벤저민 프랭클린 자서전

세계문학전집

2 3 1

Benjamin Franklin : The Autobiography of Benjamin Franklin

벤저민 프랭클린 자서전

벤저민 프랭클린 지음

이종인 옮김

문학동네

일러두기

1. 번역 대본으로는 Benjamin Franklin, *The Autobiography of Benjamin Franklin* (SoHo Books, 2011)을 사용했다.
2. 주석은 모두 옮긴이주다.
3. 본문 중 고딕체는 원서에서 이탤릭체로 강조한 부분이다.
4. 책 말미의 '주요 등장인물'은 여러 자료를 참조하여 옮긴이가 추가한 것이다.

차례 ▐

제1부

트위퍼드, 세인트애새프 주교관에서, 1771.

나의 아들에게

나는 그저 소소한 사건이라고 해도 조상의 일화를 수집하는 일이 늘 즐거웠단다. 너와 함께 영국에 머물 때 그곳 친척들에게 조상들의 일을 묻고 또 물었지. 애초에 그러려고 떠난 여행이었다는 걸 기억할 게 다. 네가 아직은 많은 부분을 모를, 내가 나고 자란 환경에 대해 너 역시 궁금해할 것도 같고, 또 마침 시골 외진 곳에서 방해받지 않고 일주일을 쉬게 되었으니 너를 위해 그 일화들을 적어보기로 했다. 물론 이렇게 하는 데는 그것 말고 다른 이유들도 있다.

내가 가난하고 이름 없는 가문에서 태어나고 자랐으나 풍요로운 상태에 이르렀고, 세상에서 어느 정도 명성을 얻었고, 상당한 행복을 누리면서 인생을 헤쳐온 것은 하느님의 축복 덕분에 인생의 성공을 가져오는 수단들을 잘 활용했기 때문이다. 내 후손들도 그 수단을 알고 싶어할 테고, 그것 중 일부가 자신의 상황에 적합하다고 생각되면 따라하게 될 것이다.

내가 누린 인생의 행복을 곰곰 생각하면서 때때로 이렇게 말하곤 했다. 만약 나에게 선택의 기회가 주어진다면, 저자들이 재판에서 초판의 일부 잘못된 부분을 교정할 권리를 가지듯 내게 그런 권리가 주어진다면, 나는 똑같은 내 인생을 처음부터 다시 시작하는 것에 반대하지 않을 것이다. 잘못된 부분을 고치는 것은 물론이요, 일부 기이한 사건 사고들을 바꿔 다른 사람들이 좀더 좋게 받아들일 수 있게 하고 싶다. 이런 수정의 권리가 거부된다고 할지라도 나는 여전히 그 기회를 받아들일 것이다. 하지만 이런 반복은 실현될 수 없으므로, 인생을 다시 산다는 것에 버금가는 일은 생애를 회상하는 것이고, 그 회상을 가능한 한 오래도록 간직하려면 글자로 남겨놓는 게 좋을 것이다.

여기서 나도 자신의 개인적 얘기와 과거 업적에 대해 말하기 좋아하는 여느 노인들처럼 행동하고 싶은 마음에 빠져든다. 하지만 과거 얘기를 하되 다른 사람들에게 지루함을 주지 않는 방향으로 해보고 싶다. 어떤 사람들은 노인에 대한 존경 때문에 내 얘기를 반드시 들어주어야 한다고 생각할지 모르지만, 이 책은 마음 내키는 대로 읽어도 좋고 내던져도 무방하다는 것을 미리 말해둔다. 그리고 마지막으로 고백하자면(내가 부정한다고 해도 아무도 믿지 않을 테니까), 내가 이 글을 쓰는 것은 상당 부분 나의 허영심을 만족시키기 위해서다. 실제로 나는 남들의 서문에서 "아무런 허영심 없이 나는 말하고자 하는데……"라는 말을 많이 듣고 보았으나, 그 말에 뒤이어 곧바로 허영에 가득찬 얘기가 나오는 것을 목도했다. 대부분의 사람은 자기 자신이 상당한 허영덩어리면서도 정작 남의 허영심은 참아주지 못한다. 하지만 나는 허영심은 그것을 가진 사람이나 주변 사람들에게 유익한 결과를 가져온다고 확신하기 때문에 허영기가 있는 사람을 만나는 경우 상당히 관대하게 봐주려 애쓴다. 따라서 어떤 사람이 허영심도 인생의 위안 중 하나라 생각하고 그것을 내려주신 하느님에게 감사드린다 해도 완전히 터무니없는 얘기는 아닐 것이다.

기왕에 하느님에게 감사드린다는 얘기가 나왔으니, 나는 아주 겸손한 마음으로 고백하고자 한다. 앞에서 말한 내 인생의 행복은 그분의 자비로운 돌봄 덕분이었고, 그 섭리로 인해 인생에서 사용할 수 있는 수단을 발견하여 성공을 거두었다. 나의 이러한 믿음은, 비록 단정지어서는 안 되겠지만, 하느님의 동일한 은총이 계속 작용하여 앞으로 내 행복을 지속해주실 것이고 남들과 마찬가지로 나도 겪게 될 최후의 일격 또한 잘 견디게 해주실 것이라는 희망으로 인도했다. 내 미래의 운명은 오로지 그분만이 아시는 일이고, 심지어 미래에 내가 겪게 될 고통이 축복으로 바뀌는 일도 그분의 권능 안에 있는 것이다.

나처럼 조상들의 일화를 수집하는 것이 취미였던 한 삼촌이 자기가 적어놓은 친척 관련 쪽지*들을 내 손에 넘겨줘서, 나는 조상들에 대해 상당히 구체적인 정보를 알게 되었다. 우리 집안은 지난 300년 동안 영

---

* 프랭클린의 삼촌인 벤저민 프랭클린이 작성한 것으로, 예일대학 도서관에 소장되어 있다.

국의 노샘프턴셔의 엑턴이라는 마을에서 살아왔는데, 얼마나 더 오래 살았는지는 삼촌도 알지 못했다. 아마도 프랭클린이라는 이름은 그전에는 한 집단 공동체의 통칭*이었을 텐데, 왕국 전체에서 사람들이 성姓을 취하던 시절 우리 조상들이 프랭클린이라는 성을 사용하게 되었고, 우리 집안은 그 시절부터 존속해 내려왔을 것이다. 아무튼 우리 집안은 엑턴 마을에서 30에이커의 자유토지를 가지고 대장일을 해왔는데, 대장장이 가업은 내게 쪽지를 건네준 삼촌의 시대까지 계속 전해내려왔고, 맏아들은 언제나 대장장이가 되었다. 삼촌과 아버지는 가문의 전통에 따라 각자의 맏아들에게 이 일을 가르쳤다. 내가 엑턴의 호적부를 찾아보니, 조상들의 출생, 결혼, 매장 기록은 1555년 이후의 것만 있었고, 그 이전 것은 교구 기록부에도 남아 있지 않았다. 호적부를 보고 내가 5대에 걸친 막내아들의 막내아들임을 알아냈다. 나의 할아버지 토머스는 1598년생인데 엑턴에서 죽 살다가 나이들어 더이상 가업을 영위할 수 없게 되자, 옥스퍼드셔의 밴버리에서 염색공으로 일하던 아들 존의 집에 살러 갔다. 나의 아버지는 존 밑에서 도제살이를 했다. 할아버지는 밴버리에서 돌아가셨고 그곳에 묻혔다. 우리는 1758년에도 할아버지의 묘비석이 그대로 있는 것을 보았다. 할아버지의 맏아들 토머스는 엑턴의 집에서 살았고, 집과 딸린 토지를 유일한 혈육인 딸에게 물려주었다. 그녀는 웰링버러의 피셔라는 남자에게 시집갔는데, 그후 유산을 현재 장원의 주인인 이스테드 씨에게 팔았다.

할아버지에게는 토머스, 존, 벤저민, 조사이어라는 장성한 네 아들

---

* Franklin은 '자유토지보유자'라는 뜻에서 유래한 성이다.

이 있었다. 이들에 대해 쪽지들을 보면서 얘기할 참인데, 내가 없어도 이 쪽지들이 없어지지 않는다면 너는 더 많은 세부 사항을 발견할 수 있을 것이다.

토머스 삼촌은 할아버지 밑에서 대장장이로 길러졌다. 하지만 그는 재주가 많았고 (나의 다른 형제들도 그런 것처럼) 당시 교구의 으뜸가는 향신鄕紳인 파머 씨로부터 학업을 독려받았기 때문에, 열심히 노력한 결과 공증인 자격을 취득해 카운티 내에서 상당한 지위에 올랐다. 그는 카운티나 노샘프턴 타운, 그리고 엑턴 마을의 공공사업들을 적극 추진한 주축 인사였다. 그런 사업들과 관련해 토머스의 이름이 자주 거명되었고 당시의 핼리팩스 경도 그 사업들을 주목하고 후원했다. 토머스 삼촌은 영국 구력舊曆으로 1702년 1월 6일에 사망했고, 그로부터 4년 후 같은 날 내가 태어났다. 우리는 엑턴의 노인들로부터 토머스 삼촌의 생애 및 성격에 대해 들은 적이 있었는데, 너는 그 얘기가 네가 알고 있는 나의 생애 및 성격과 너무 유사하다는 점을 기이하게 여기며 말했었다.

"그분이 아버지가 태어난 날 돌아가셨다면, 누군가는 아버지를 그분의 환생이라고 생각했을 거예요."

존 삼촌은 염색공으로 길러졌는데, 양모 염색공이었던 것 같다. 벤저민 삼촌은 실크 염색공으로 길러졌는데 런던에서 도제살이를 했다. 그는 재주가 많은 남자였다. 내가 소년이었을 때 그는 보스턴에 있던 우리집에 와서 몇 년 동안 살았기 때문에 나는 이 삼촌을 잘 기억한다. 그는 장수했다. 그의 손자인 새뮤얼 프랭클린은 현재 보스턴에 살고 있다. 벤저민 삼촌은 자작시를 모은 4절판 원고 두 권을 남겼다. 친구나 친척들에게 보낸 소편小篇들이었는데, 삼촌이 내게 보내준 시를 여기에 견본으로 첨부한다.* 벤저민 삼촌은 독특한 속기술을 개발하여 내게 가르쳐주었지만, 연습을 게을리하는 바람에 지금은 다 잊어버렸다. 내가 그의 이름을 물려받을 정도로 벤저민 삼촌과 아버지는 각별한 사이였다. 독실한 신자였던 벤저민 삼촌은 당대 최고 설교자들의 설교를 열심히 들으면서 속기술로 기록했는데 그렇게 모아놓은 것만 여러 권이 되었다. 그는 또한 정치가 기질이 다분했는데, 그의 지위에 걸맞지 않을 정도였다. 최근 런던에서 나는 우연히 삼촌이 수집해놓은 1641년에서 1717년까지의 공공업무와 관련된 주요 소책자 컬렉션을 입수하게 되었다. 일련번호로 발간된 것이었기에 여러 권이 빠졌음을 금방 알 수 있었으나 그래도 2절판이 8권, 4절판과 8절판이 24권이나 되었다. 헌책 판매상이 이 컬렉션을 입수했는데, 내가 가끔 그의 집에서 책을 샀기 때문에 내게 그것에 대해 알려주었다. 벤저민 삼촌이 지금으로부터 약 50년 전 아메리카로 건너가면서 여기 런던에다 남겨두고 간 것 같다. 소책자의 여백은 삼촌의 메모로 빼곡했다.

한미한 우리 집안은 초창기부터 종교개혁 운동에 가담했고, 메리 여왕**의 통치 시기 내내 프로테스탄트 신자였다. 조상들은 교황제를 열렬히 반대했기 때문에 때때로 고초를 당할 위험에 처하기도 했다. 그들은 영역본 성경을 갖고 있었고, 안전하게 감추기 위해 그것을 편 채

---

* 저자는 원고의 여백에 "이곳에 시를 삽입할 것"이라고 적었다. 미국고서적협회(AAS)가 소장한 벤저민 삼촌의 비망록에 해당 시가 실려 있다.
** 메리 여왕은 1553년부터 1558년까지 재위하던 시기에 영국성공회를 교황제인 가톨릭교회로 되돌려놓으려 했다.

14

로 조립식 의자의 밑바닥에 끈으로 묶어놓았다. 고조부는 성경을 가족들에게 읽어줄 때면, 조립식 의자를 무릎 위에 거꾸로 올려놓고 끈 아래로 책장을 하나하나 넘겼다. 자녀들 중 하나가 문 옆에 서 있다가 종교재판소의 관리가 다가오는 것을 보면 재빨리 알려주었다. 그럴 경우, 조립식 의자를 도로 바닥에 내려놓으면 성경은 의자 밑바닥에 안전하게 감추어졌다. 이 얘기는 내가 벤저민 삼촌에게서 직접 들은 것이다. 우리 가족은 모두 영국성공회 소속이었으나 찰스 2세의 치세 말기에 변화가 있었다.* 이때 일부 목사들이 영국성공회의 지시를 거부하고 노샘프턴셔에서 비밀 예배를 드리다가 축출된 사건이 발생했는데, 벤저민 삼촌과 내 아버지 조사이어는 이 목사들을 따랐고 평생 동안 그들을 지지했다. 나머지 가족은 영국성공회에 남았다.

나의 아버지 조사이어는 젊어서 결혼했고, 1682년 무렵 아내와 세 자식을 데리고 뉴잉글랜드로 이주했다. 비밀 예배는 법으로 금지되어 있었고 예배 도중 자주 단속을 받았기 때문에 아버지의 지인들 중 많은 사람이 뉴잉글랜드로 이주했고, 아버지 또한 종교의 자유를 누릴 수 있는 새로운 땅으로 그들을 따라가겠다고 결심했다. 아버지는 미국에 건너가 아이를 네 명 더 낳았고, 둘째 아내에게서 열 명을 더 얻어 자식은 모두 열일곱 명이 되었다. 한때 모두 장성해서 결혼한 열세 명과 함께 식탁에 앉아 있던 아버지의 모습을 기억한다. 나는 뉴잉글랜드 보스턴에서 막내아들로 태어났다. 밑으로 여동생이 둘 있었다. 두번째 아내인 나의 어머니 어바이어 폴저는 뉴잉글랜드 최초 이주민이었던

---

* 영국 의회는 1660년부터 1685년까지 영국성공회에 순응하지 않은 이들을 가혹하게 단속했다.

피터 폴저의 딸이다. 뉴잉글랜드 지방의 교회사를 집필한 코튼 매더는 저서 『아메리카에서의 그리스도의 놀라운 사역』에서 피터 폴저를 가리켜, 내 기억이 정확하다면, "신앙심이 깊고 박식한 잉글랜드인"이라고 경의를 표했다. 외할아버지가 잡다하고 짧은 글을 많이 썼다고 알고 있는데, 그중 딱 한 편만 인쇄되었고, 여러 해 전에 나도 그 글을 본 적이 있다. 1675년에 쓰인, 그 시대와 사람들에 관한 소박한 운문으로, 지방의 정부 관계자들에게 보낸 것이었다.

외할아버지의 글은 양심의 자유를 옹호하고 침례교, 퀘이커교, 기타 박해받는 종파들을 적극 옹호하면서, 영국 정부가 인디언과 벌이는 전쟁이나 이 나라에 발생한 재난이 모두 이 박해 때문에 일어났다고 보았다. 하느님이 그 가증스러운 범죄를 징벌하시고, 잔인무도한 법률의 철폐를 권면하신 것이었다. 내가 볼 때 시 전편에 위엄 있는 솔직함과 남성적인 자유로움이 흘러넘쳤다. 그 연의 첫 두 행은 잊어버렸지만 마지막 여섯 행은 기억하고 있다. 그 여섯 행의 취지는 그의 비난이 선의에서 나온 것이니 자신이 저자로 기억되고 싶다는 것이다.

중상모략자가 되는 것을
진심으로 싫어하기에,
내가 지금 살고 있는 셔번 마을에서
내 이름을 여기에다 적는다.
아무런 악의도 없는, 당신의 진정한 친구
피터 폴저.

형들은 모두 다른 직종에 도제살이를 갔다. 나는 여덟 살 때 그래머스쿨에 들어갔는데, 아버지가 아들을 많이 내려주신 하느님에 대한 십일조라며 나를 교회에 봉사하는 일에 바치기로 결심했기 때문이다. 나는 어렸을 때부터 글을 읽을 줄 알았고(글을 읽지 못했던 때가 잘 기억나지 않는 걸로 보아 아주 어렸을 때부터였던 것 같다), 아버지 친구들 모두 내가 훌륭한 학자가 될 거라면서 아버지의 결심을 적극 지지했다. 벤저민 삼촌도 계획에 찬성했고, 내가 삼촌의 속기 글씨를 읽을 줄 알게 되면 자신의 속기 설교집을 모두 주겠다고 말했다. 목사로 출발할 때 밑천으로 삼으라는 뜻이었던 듯하다. 하지만 나는 그래머스쿨을 일 년도 채 다니지 못했다. 그 짧은 기간에도 동급생의 중간 수준에서 금세 선두로 올라섰고, 곧이어 월반을 했고, 그해 말에는 3학년으로 올라갈 예정이었다. 하지만 대가족을 거느린 아버지는 대학 학자금을 부담할 수 없었고 또 대학을 졸업한 후에도 벌이가 시원치 않은 사람이 많기 때문에(이 말은 아버지가 내가 듣는 데서 친구분들에게 둘러댄 이유였다) 당초의 계획을 바꾸어 나를 그래머스쿨에서 자퇴시키고 쓰기와 산수를 가르치는 학교로 보냈다. 이 학교는 당시 저명인사였던 조지 브라우넬 씨가 운영했는데, 교육사업으로 크게 성공한 그는 온화하면서도 학생들의 사기를 북돋우는 교육방식으로 널리 알려져 있었다. 이 선생님 밑에서 나는 글쓰기에서 상당한 발전을 이루었으나, 산수는 낙제했고 전혀 발전이 없었다. 열 살이 되자 나는 집으로 돌아와 수지 양초와 비누를 만드는 아버지 일을 도왔다. 아버지는 원래부터 이 일을 배운 게 아니었지만, 뉴잉글랜드에 온 후 염색 일은 수요가 적어 대가족을 부양할 수 없다고 판단해 직종을 바꾸었다. 나는 아버지

가게에서 양초 심지 자르기, 양초 틀에 원료 채우기, 가게 보기, 잔심 부름 등을 했다.

나는 양초 일을 싫어했고, 바다에 대해 무한한 동경을 품었지만, 아버지는 내가 뱃사람이 되는 것을 반대했다. 하지만 바다 근처에 살아서 바다에 대해 많은 것을 알았고, 어린 나이에 헤엄을 잘 치는 법과 보트 다루는 방법을 배웠다. 다른 소년들과 보트나 카누에 오르면 나는 으레 우두머리 역할을 맡았는데, 특히 어려움이 닥쳤을 때 그랬다. 다른 경우에도 보통 소년들의 대장 노릇을 했고, 때때로 그들을 싸움으로 이끌기도 했다. 그중 한 가지 사례를 소개하고자 하는데, 비록 정당한 행동은 아니지만 어린 소년의 공공심을 잘 보여준다.

물레방아용 저수지의 한쪽 면은 염습지에 접해 있었는데, 밀물 때가 되면 우리는 그 늪지의 가장자리에 서서 피라미를 낚곤 했다. 하도 밟아대는 바람에 가장자리가 진창이 될 정도였다. 나는 언제나 서 있기 좋게 거기다 일종의 부두를 만들자고 제안하고는, 친구들에게 늪지 근처에 새 집을 짓기 위해 쌓아놓은 커다란 돌더미를 보여주었는데, 우리의 목적에 딱 들어맞는 것이었다. 인부들이 사라진 저녁 무렵에 나는 친구 여러 명과 함께 개미떼처럼 부지런히 돌더미를 나르기 시작했고, 어떤 때는 두세 명이 한꺼번에 달라붙어서 돌더미를 모두 옮겨 우리는 원하던 부두를 만들었다.

다음날 아침, 돌더미가 사라진 것을 보고 깜짝 놀란 인부들은 돌이 모두 우리의 부두를 만드는 데 사용되었다는 것을 발견했다. 인부들은 돌을 옮긴 자가 누구인지 수소문했다. 우리는 곧 발각되어 야단을 맞았다. 우리 중 몇몇은 아버지로부터 심한 꾸지람을 들었다. 내가 그 일이 유용하다고 호소했지만, 아버지는 정직하지 않은 것은 결코 유용하지 않다는 점을 가르쳐주었다.

너는 그분의 됨됨이와 인품에 대해 알고 싶을 것이다. 아버지는 아주 건강한 체격에 중간 정도의 키였으나 균형 잡힌 몸을 가진 대단히 튼튼한 분이었다. 재주가 많았고, 그림을 멋지게 그렸고, 음악에도 약간 조예가 있었다. 특히 목소리가 낭랑하여 고된 일과를 끝낸 저녁에 때때로 바이올린을 연주하면서 찬송가를 부르면 정말로 듣기 좋았다. 기계를 다루는 솜씨도 뛰어나 때때로 다른 직공의 도구도 아주 능숙하게 다루었다. 하지만 그의 가장 큰 덕성은 공적인 일이건 사적인 일이건 중대한 문제가 생기면 건전한 이해와 상식을 바탕으로 타당한 판단을 내린다는 것이었다. 실제로 아버지는 공적인 일에 관여한 적은 없었는데, 교육시켜야 할 자식이 많고 집안 사정이 빠듯해 양초 일에 전념해야 했기 때문이다. 하지만 마을 유지들이 자주 아버지를 찾아와 마을 일이나 아버지가 속한 교회 일을 자문하고 아버지의 판단과 조언에 상당한 존경심을 표했던 것을 기억한다. 또 무슨 문제가 발생하면 개인들도 아버지를 많이 찾아왔고, 서로 다투는 갑과 을은 자주 아버지를 중재자로 선임하곤 했다.

아버지는 가능한 한 자주, 대화 상대가 되는 합리적인 친구나 이웃을 식사에 초대하는 것을 좋아했고, 세련되거나 유익한 화제를 꺼내도록 주의를 기울였다. 당신 자녀들의 교육에 큰 도움이 되는 담론을 위한 이런 방식을 통해 아버지는 우리가 인생을 살아가면서 선한 것, 공정한 것, 현명한 것에 관심을 기울이도록 배려했다. 그리고 식탁 위에 차려진 음식에 대해서는 간이 잘 맞든 안 맞든, 제철이든 아니든, 맛이 좋든 나쁘든, 다른 음식에 비해 낫든 그렇지 않든 거의 또는 아예 신경을 쓰지 않았다. 나는 이런 음식 문화에서 성장했기 때문에 내 앞에 어떤 음식이 차려져 있는지 무심하거나 신경쓰지 않게 되었고, 지금까지도 저녁식사 후 몇 시간 뒤에 누가 나에게 무엇을 먹었느냐고 물으면 거의 대답을 하지 못한다. 이런 습관은 여행을 다닐 때 특히 편리했다. 미각에 관한 한 더 좋은 교육을 받아 아주 예민하면서도 세련된 취향과 욕구를 갖고 있었던 내 친구들은 때때로 입에 맞는 음식을 구하지 못해 무척 불편해했다.

나의 어머니도 아버지 못지않게 건강한 체격을 지니고 있었다. 아이 열 명을 모두 모유로 키웠다. 아버지와 어머니는 각각 89세와 85세에 돌아가셨는데, 내 기억으로 그전에는 아팠던 적이 없었다. 두 분은 보스턴에 합장되었고, 나는 몇 년 전 두 분의 무덤에 다음과 같은 비문을 새긴 대리석 묘비를 세웠다.

조사이어 프랭클린
그의 아내 어바이어
여기에 잠들다.
두 사람은 결혼하여 55년을 해로했다.
세습 영지도 고소득 직책도 없이
오로지 노동과 근면과 하느님의 축복으로
열세 명의 아이와 일곱 명의 손주를 훌륭히 키워냈다.
이 비문을 읽는 이여,
이 사례를 보고 그대의 직업에서

근면하게 일하는 모범을 얻도록 하라.

그리고 절대 섭리를 불신하지 마라.

그는 경건하고 신중한 남자였고

그녀는 신중하고 덕성 높은 여인이었다.

두 분의 막내아들이 효심으로

두 분에 대한 기억을 되새기며 이 비석을 세운다.

조사이어 프랭클린, 1655~1744, 향년 89세.

어바이어 프랭클린, 1667~1752, 향년 85세.

이처럼 이야기가 딴 길로 새는 것을 보니, 내가 늙었음을 깨닫게 된다. 한때는 아주 체계적으로 글을 썼는데 말이다. 하지만 혼자 있을 땐 공적인 무도회에 나갈 때처럼 옷을 차려입지 않는 법이다. 단지 부주의했던 것뿐이다.

다시 본론으로 돌아가자. 나는 열두 살이 될 때까지 2년간 아버지 가게에서 일했다. 양초 일을 배운 내 형 존이 아버지 곁을 떠나 결혼해서 로드아일랜드에 자신의 가게를 차리자, 내가 형의 빈자리를 채우고 양초업자가 되리라는 것은 어느 모로 봐도 뻔했다. 하지만 내가 계속 양초 일을 싫어했기 때문에 아버지는 내 적성에 맞는 일을 찾아주지 않으면 아버지를 크게 화나게 했던 조사이어 형처럼 나마저 가출하여 선원이 될지 모른다고 우려했다. 그래서 아버지는 이따금 나를 목공, 벽돌공, 선반공, 놋쇠공 등이 일하는 현장으로 데려가 어떤 반응을 보이는지 살피면서, 어떻게든 뭍에서 하는 일을 정해주려 했다. 훌륭한 기능공들이 도구를 다루는 모습은 보기가 좋았다. 그렇게 눈썰미로 배운 기술은 내게 유익했다. 기능공을 제때 구하지 못해 집안일을 직접 해야 할 때도 도움이 되었고, 실험을 해보고자 하는 의지가 충만할 때 실험용 소도구를 직접 제작하는 데도 유용했던 것이다. 아버지는 마침내 내게 칼과 포크 등을 만드는 식기용 철물공 일을 찾아주었다. 당시 벤저민 삼촌의 아들 새뮤얼이 런던에서 그 일을 배워 와 보스턴에 막 가게를 차렸으므로 나는 그곳으로 보내져 얼마간 교육을 받게 되었다. 하지만 새뮤얼 형이 나를 가르치는 대가를 바라자, 비위가 상한 아버지는 나를 다시 집으로 데려왔다.

나는 어릴 때부터 책 읽기를 좋아했고, 조금이라도 돈이 생기면 책을 샀다. 존 버니언의 『천로역정』을 읽고 크게 감동받아 소책자 형태로 분권된 그 책을 처음으로 사 모으기 시작했다. 나중에는 그 책들을 팔아 R. 버턴의 『역사 전집』을 샀다. 행상인들이 가지고 다니며 파는 자그마한 책자였는데, 값이 쌌고 모두 사오십 권쯤 되었다. 아버지의 작은 서재는 주로 논쟁적인 신학 책들로 채워져 있었고 나는 그 책들을 대부분 읽었으나, 지식에 목말라 있던 시절에 더 적합한 책들이 내 손에 들어오지 않아 늘 안타까웠다. 목사의 길을 가지 않기로 결정한 상황이어서 더욱 그랬다. 플루타르코스의 『영웅전』은 심취해 읽었는데, 지금도 그 시간이 매우 유용했다고 생각한다. 디포의 『프로젝트에 관한 에세이』와 매더 박사의 『선행에 관한 에세이』라는 책도 있었는데, 이 두 책은 훗날 내가 추진하는 주된 사업에 영향을 미친 사고방식의 전환에 큰 도움을 주었다.

이처럼 내가 책에 취미를 보이자 아버지는 다른 아들(제임스)이 이미 인쇄공으로 일하고 있었지만 나를 인쇄공으로 만들기로 마침내 결심했다. 1717년 제임스 형은 영국에서 인쇄기와 활자들을 가지고 돌아와 보스턴에 가게를 차렸다. 나는 양초 일보다는 인쇄 일이 더 마음에 들었지만, 여전히 바다에 대한 갈망을 품고 있었다. 위험한 동경이 재발하는 것을 사전에 방지하기 위해 아버지는 나를 하루라도 빨리 제임스 형에게 붙여놓으려 했다. 나는 한동안 버텼지만 결국 설득당해 아직 열두 살밖에 되지 않았는데도 도제살이 계약에 서명하고 말았다.* 스물한 살이 될 때까지 도제로 지내야 했고, 마지막 1년만 저니맨**의 임금을 보장받았다.

얼마 지나지 않아 나는 인쇄 일에 아주 능숙해져서 형에게 유익한 조수가 되었다. 나는 더 좋은 책들을 볼 수 있게 되었다. 책판매상의 도제들을 알게 되면서 때때로 자그마한 책을 빌려볼 수 있었고, 언제나 신경써서 깨끗한 상태로 읽고 빠른 시일 내에 반납했다.

어떤 때는 책을 저녁때 빌려서 그다음날 아침 일찍 돌려주어야 했기에 거의 날밤을 새우며 방에 앉아 책을 보기도 했다. 아침이 되어 책이 없어진 게 발각되거나 손님이 그 책을 찾아서 빌려준 사람이 난처해지면 안 되기 때문이었다.

그리고 얼마 후, 나는 매슈 애덤스라는 재주 많은 상인을 알게 되었다. 꽤 많은 책을 소장하고 있는 그는 우리 인쇄소에 자주 놀러왔다가 나를 눈여겨보고는 그의 서재로 초대해 친절하게도 내가 읽고 싶어하

---

* 도제살이 계약은 보통 7년이며 임금은 없는 대신에 기술을 전수받고 숙식을 제공받았다.
** 원래 자기 가게 없이 출장 다니면서 일하는 직공을 가리키지만, 여기서는 임금을 받는 직공을 뜻한다.

는 책을 빌려주었다. 나는 이제 시 쓰기를 좋아하게 되어 소품 몇 편을 썼다. 형은 그게 돈벌이가 될지 모른다고 생각하여 나를 격려했고, 나에게 발라드譚詩를 두 편 쓰게 했다. 하나는 「등대의 비극」이라는 제목을 붙였는데, 등대지기 워실레이크가 두 딸과 함께 바다에 익사하는 내용이었다. 다른 하나는 티치(일명 블랙비어드)라는 해적을 잡은 선원의 노래였다. 그러브스트리트* 발라드 스타일의 한심한 작품이었고, 그것들을 인쇄하자 형은 나에게 타운으로 가서 팔아보라고 했다. 최근 큰 물의를 일으킨 사건을 다룬 「등대의 비극」은 꽤 잘 팔렸다.** 그러자 내 허영심이 높아졌다. 하지만 아버지는 이 성과를 비웃으며 시인은 대개 거지라고 말해 나는 낙담했다. 그래서 시인 노릇을 그만두었는데, 설사 계속했더라도 신통치 않은 시인이 되었을 것이다. 하지만 산문 쓰기는 인생행로에서 커다란 도움이 되었고 내 출세의 주요 수단이기도 했으므로, 그런 상황에서 내가 어떻게 문장력(비록 변변치 않지만)을 얻게 되었는지 얘기해주고자 한다.

우리 타운에는 존 콜린스라는 또다른 책벌레 소년이 있었는데, 나는 이 친구와 곧 친해졌다. 우리는 때때로 토론을 했고, 논쟁을 벌이기를 아주 좋아해서 자연 상대방의 의견을 반박하고 싶어했다. 이런 논쟁적 경향은 자칫하면 아주 나쁜 버릇이 되기 쉬운데, 논쟁을 성사시키자면 상대방의 의견에 시비를 걸어야 하고 그러면 상대방은 아주 불쾌해지기 때문이다. 논쟁은 대화에 찬물을 끼얹고 분위기를 망칠 뿐 아니라

---

* 영국 런던의 문학가 지망생들이 살았던 가난한 동네로, 문학청년을 뜻한다.
** 조지 워실레이크는 보스턴 항구 등대의 등대지기였는데 1718년 11월 3일 아내와 딸과 함께 익사했다. 두 딸과 함께 죽었다는 것은 프랭클린의 착오다.

혐오감을 유발하여, 친구를 만들고자 하는 곳에서 적을 만들기 쉽다. 나는 아버지 서가에 있던 종교에 관한 논쟁을 다룬 책을 읽으면서 그 점을 깨달았다. 그후 내가 죽 살펴보니, 좋은 분별력을 가진 사람은 거의 논쟁에 빠져들지 않았다. 논쟁을 즐기는 사람은 변호사, 대학 교수, 그리고 에든버러에서 나고 자란 온갖 부류의 사람들뿐이었다.*

　한번은 콜린스와 나 사이에 다음과 같은 문제를 두고 논쟁이 붙었다. 여성을 공부시키는 것이 적절한가, 그리고 과연 여성은 학업 능력이 있는가. 그는 부적절하다고 말하면서 여성은 타고나기를 공부하고는 맞지 않는다고 했다. 나는 어느 정도는 논쟁을 지속시키기 위해 반대 입장을 취했다. 콜린스는 타고난 웅변가라 말을 쏟아냈고, 때때로 논리의 단단함보다는 수다스러움으로 나를 더 지겹게 했다. 우리는 결론을 내지 못한 채 헤어졌고 한동안 만나지 못할 터였으므로, 나는 책상에 앉아 내 주장을 글로 써서 깨끗하게 필사한 후 그에게 보냈다. 그는 답변을 보내왔고 나는 회신했다. 서로 서너 차례 편지를 주고받았을 때, 아버지가 우연히 내 편지들을 발견하여 읽어보았다. 아버지는 논쟁에 끼어들지는 않고 그 기회에 나의 글쓰기 방식에 대해 언급했다. 내가 철자법이나 구두법에서 상대방보다 우월하나(인쇄소에서 일하는 덕분에) 표현의 우아함, 글을 써나가는 방식, 통찰력 등에서 크게 미흡하다는 점을 여러 가지 사례를 들면서 지적해주었다. 나는 아버지의 지적이 타당하다고 생각하여 글쓰기 방법에 대해 더욱 신경을 썼고, 글쓰는 능력을 향상시켜야겠다고 결심했다.

---

* 여기서 프랭클린은 18세기 사람들이 농담의 표적으로 즐겨 삼은 스코틀랜드 사람들을 가리키고 있다.

이 무렵『스펙테이터』낱권을 만나게 되었다. 제3호였다. 전에는 본 적이 없는 잡지였다. 그것을 사서 몇 번이나 읽었고 거기 실린 글에 크게 감동받았다. 그 안의 문장이 훌륭하다고 생각해서 가능하다면 모방하고 싶었다. 그럴 목적으로 나는 잡지의 몇 페이지를 골라 각 문장의 뜻을 짧게 요약했다. 그런 다음 며칠 후, 잡지를 보지 않고 요약만 보면서 머릿속에 떠오르는 필요한 단어들을 사용해 원래의 문장을 되살리려 노력했다. 이렇게 완성한 글을『스펙테이터』의 원문과 비교하면서 일부 잘못 쓴 곳들을 찾아내 고쳤다. 나는 어휘력이 빈약하고, 단어를 즉각 기억해내거나 사용하는 능력이 부족하다는 것을 알게 되었다. 만약 내가 운문 쓰기를 계속했더라면『스펙테이터』를 만나기 전에 그 어휘들을 습득했을 것이다. 운문을 쓰자면 운율이나 각운을 맞추기 위해 뜻은 같지만 길이가 다르거나 소리가 다른 단어를 지속적으로 사용해야 하기 때문이다. 그렇게 다양성을 추구할 필요가 계속 있었다면 자연스럽게 머릿속에 다양한 어휘를 새기고 내 것으로 만들었을 터였다.

그리하여 나는 잡지 속 이야기 몇 편을 골라 운문 형태로 바꾸어보았다. 그리고 시간이 좀 지나 원래의 산문을 다 잊어버렸을 때, 그 운문을 다시 산문으로 바꾸었다. 요약문의 순서를 일부러 마구 뒤섞어놓고 몇 주 뒤 최상의 순서대로 다시 맞춰서 온전한 문장을 구성하여 전체적인 글을 완성하려 했다. 생각을 정리하고 배열하는 방법을 가르쳐준 방법이다. 이렇게 완성한 글을『스펙테이터』의 원문과 비교하면서 많은 결점을 찾아내 다시 고쳤다. 하지만 사소한 의미의 세부 사항에서는 내가 원문의 글쓰기나 어휘력을 향상시켰다는 자부심을 느껴서 내심 기쁘기도 했고, 이를 통해 언젠가 상당한 능력을 갖춘 영어 문장

가가 될 수도 있으리라고 생각했다. 반드시 그렇게 되겠다는 야망을 품었다. 내가 문장 연습을 하고 글을 읽는 시간은 일과 후 밤중이거나 일과 전 새벽 혹은 일요일이었다. 가능하면 일요 예배에 참석하는 것은 피하려고 나는 일요일마다 혼자 인쇄소에 나갔다. 아버지 밑에 있을 때는 강요에 의해 교회에 나갔고 이때도 의무라고 생각했으나, 문장 연습을 해야 했으므로 신앙심을 표할 시간을 낼 수가 없었다.

열여섯 살이 되었을 때 우연히 트라이언이라는 사람이 쓴 채식을 권장하는 책을 읽고 채식주의를 실천하기로 결심했다.

아직 미혼이었던 형 제임스는 직접 살림을 하지 않고 도제들과 함께 다른 집에서 하숙했다. 내가 고기를 먹지 않자 다른 사람들은 불편하게 여겼고, 내 특이한 행동을 자주 비난했다. 나는 트라이언이 권유한 요리 방식, 가령 삶은 감자와 쌀, 속성 푸딩, 그 외 몇 가지 음식 만드는 방법을 익혔고, 형에게 매주 내 몫으로 하숙집에 내는 식비의 절반을 내게 준다면 스스로 음식을 만들어 먹겠다고 제안했다. 형은 즉시 동의했고, 나는 곧 형이 주는 돈 절반으로 식사를 해결할 수 있다는 것을 알게 되었다. 그리고 추가로 책을 사들일 수 있는 밑천이 생겼다. 또다른 이점도 있었다. 형과 다른 사람들이 식사를 하기 위해 인쇄소를 잠시 비우는 동안, 나는 가게에 혼자 남아 간단히 식사를 해결한 후 그들이 돌아올 때까지 공부를 했다. 식사는 주로 비스킷 한 쪽, 빵 한 조각, 약간의 건포도, 제과점에서 산 파이, 물 한 잔 정도였다. 먹고 마시는 것을 절제한 덕분에 머리가 늘 맑아서 학습해야 할 내용을 재빨리 파악했으므로 공부는 나날이 발전했다.

이 무렵 나는 수학 실력이 너무 부족한 탓에 부끄러운 일을 몇 번 겪고(학교에 다닐 때도 이 과목에서 두 번이나 낙제했다), 코커의 산수책을 입수하여 독학으로 전권을 손쉽게 떼었다. 항해술을 다룬 셀러와 셔미의 책도 읽었고, 그 책들에 들어 있는 기하학 지식도 조금은 얻게 되었다. 하지만 기하학에서 그 이상의 진전은 없었다. 이 무렵 로크의 『인간오성론』과 포르루아얄 학파의 『생각의 기술』도 읽었다.

문장 실력을 향상시키려고 열중하는 동안 영어 문법책을 만났는데(그린우드에서 나온 것으로 생각된다), 책 말미에 수사학과 논리학의 기술에 대한 두 가지 개요가 있었다. 특히 논리학의 기술을 다룬 부분은 소크라테스식 문답법으로 마무리되어 있었다. 곧 크세노폰의 『소크라테스 회상록』을 구입했는데, 소크라테스식 문답법의 사례가 많이 수록되어 있었다. 나는 그 방법에 매혹되어 그것을 써먹기 시작했고, 예전의 갑작스러운 반대와 강압적인 논증 방식을 버리고 겸손한 질문자 혹은 의심하는 자의 자세를 취했다. 그 당시 나는 섀프츠베리와 콜린스의 책을 읽고 기독교 교리 중 많은 부분을 진정으로 의심하게 되었고, 소크라테스식 문답법이 나 자신에게는 가장 안전하고 상대방에게는 가장 당황스럽다는 것을 알게 되었다. 나는 그 방법을 좋아했고 계속 사용했으며 점점 더 교묘해지고 노련해졌다. 그러면 나보다 지식이 높은 사람들에게서도 그들이 미처 예상하지 못한 양보를 끌어낼 수 있었고, 그들을 궁지에 빠뜨려 헤어나지 못하게 할 수 있었다. 순전히 교묘한 논증 방식의 결과로, 나 자신이나 나의 주장이 누릴 수 없는 승리를 차지하기도 했다. 이 방법을 몇 년 동안 써먹었으나 점차 그만두었고, 주장을 보다 겸손한 어조로 표현하는 습관만 유지했다. 논쟁의 대상이 될 수 있는 사항을 개진할 때는 '확실히', '의심할 나위 없이' 등

강압적인 분위기를 풍기는 표현을 피했다. 그 대신 이렇게 말했다. "이러저러한 것이 아닐까 생각한다, 혹은 짐작한다.""이런저런 이유로 이런 것 같다, 혹은 이렇게 생각한다.""사정이 그런 것이 아닐까 추측한다.""내 생각이 틀리지 않는다면 이런 것 같다." 이 습관은 큰 도움이 되었다고 믿는다. 어떤 의견을 개진할 때, 내가 원하는 조치를 취하는 쪽으로 상대방이 설득되도록 해주었다. 대화의 주된 목적은 서로 정보를 교환하고 상대방을 즐겁게 하거나 설득하는 것이다. 따라서 선량한 의도를 가진 합리적인 사람은 강압적이고 오만한 자세로 의견을 펼쳐서 선량한 일을 할 수 있는 자신의 능력을 감소시키지 말아야 한다. 강압적이고 오만한 자세는 상대방에게 혐오감을 주어 반대를 불러일으키기 쉽고, 대화의 주된 목적인 정보 교환이나 즐거움, 설득하려는 의도를 좌절시키기 때문이다. 네가 어떤 의견을 개진하는 데 강압적이고 교조적인 자세를 보인다면, 상대방의 반감을 불러일으켜 솔직한 대응을 막아버릴 것이다. 네가 다른 사람들의 지식으로부터 정보나 교훈을 얻으려 하면서도 현재의 네 의견을 고집한다면, 논쟁을 싫어하는 겸손하고 합리적인 사람들은 너의 잘못된 의견을 그대로 내버려두려고 할 것이다. 이런 자세로는 대화하는 상대방을 즐겁게 하지 못할뿐더러 네가 원하는 동의를 얻어내지도 못한다. 영국 시인 알렉산더 포프는 현명하게도 이렇게 썼다.

인간은 가르침을 당하지 않는 느낌이 들도록 가르쳐야 하고
인간이 알지 못하는 것은 예전에 알았는데 잊어버린 것처럼 말해야 한다.

포프는 또 이렇게 권했다.

비록 확실한 사항이라고 해도 겉으로는 겸손한 기색을 보이며 말해야 한다.

포프는 이 행에다 어울리지 않는 행을 붙여놓았는데, 다음 행을 결합시켰으면 좋았을 것이다.

겸손의 결핍은 곧 합리성의 결핍이다.

왜 원래의 행은 어울리지 않느냐고 묻는다면, 그 두 행을 제시해보마.

불손한 언사는 변명의 여지가 없다.
겸손의 결핍은 곧 합리성의 결핍이다.

자, 봐라. 합리성의 결핍(어떤 불운한 사람에게 결핍되어 있다 치고)은 곧 겸손의 결핍에 대한 변명이 되지 않겠는가? 따라서 두 행은 이렇게 고쳐야 하지 않을까?

불손한 언사는 다음과 같은 변명만 허용한다.
겸손의 결핍은 곧 합리성의 결핍이다.

하지만 이에 대한 판단은 나보다 더 좋은 판단력을 가진 사람에게 맡기도록 하겠다.

나의 형 제임스는 1720년인가 1721년부터 신문을 인쇄하기 시작했다. 아메리카에서 나온 두번째 신문이었고, 제호는 〈뉴잉글랜드 커런트〉였다. 첫번째 신문은 〈보스턴 뉴스레터〉였다. 내가 기억하기로는 형의 친구들이 신문을 내지 말라고 만류했는데, 아메리카는 이미 발행되고 있는 신문 하나로 충분하기 때문에 다른 신문은 성공할 수 없다고 판단했던 것이다. 하지만 이 글을 쓰고 있는 지금(1771년), 아메리카에서는 25종 이상의 신문이 나오고 있다.

형은 신문 발간 사업을 그대로 밀어붙였고, 활자를 조판해서 인쇄한 뒤 나에게 신문을 들고 거리로 달려가 고객들에게 전달하게 했다.

형의 친구들 중에 멋진 사람이 몇몇 있어서 형의 신문에 짧은 글을 즐겨 써주었고, 그 덕으로 신문은 인정받고 판매 부수도 늘어났다. 이 신사들은 우리 인쇄소에 자주 찾아왔다. 그들의 대화를, 그들의 글이 좋은 반응을 얻고 있다는 얘기를 들으면 나도 흥분되어 그들처럼 글을 써보고 싶었다. 하지만 나는 아직 소년인데다 형이 내가 쓴 글이라는 것을 알면 신문에 실어주지 않을 것 같아, 필체를 다르게 하여 익명으로 글을 써서 밤중에 인쇄소 대문 밑에 살짝 밀어넣었다. 그 글은 다음 날 아침에 발견되었고, 평소처럼 형의 문인 친구들이 방문했을 때 그들에게 전달되었다. 그들은 글을 읽고 내가 듣는 데서 논평했는데, 칭찬이 난무하자 나는 엄청난 기쁨을 느꼈다. 게다가 그들이 글의 저자를 추측하면서 내놓은 서로 다른 이름은 학식과 재주가 뛰어나다고 소문난 사람들뿐이었다. 이제 와서 하는 말이지만, 내가 운이 좋아 좋은 심사위원을 만났거나, 어쩌면 그들이 내가 당시 생각했던 것처럼 그리 훌륭한 문인은 아니었는지도 모른다.

이 일로 격려를 받은 나는 글을 여러 편 써서 같은 방식으로 전달했고 역시 호평을 받았다. 나는 한동안 비밀을 지켰으나 성과에 대한 분별력이 바닥나는 바람에 사실대로 털어놓았다. 형의 친구들로부터 좀 더 인정을 받기 시작하면서 나의 허세는 더욱 심해졌다. 그런 태도를 좋게 여길 리 없었던 형은 내가 점점 건방져진다고 생각했는데, 아마도 타당한 판단이었을 것이다. 이 무렵부터 형과 나 사이에 갈등이 생기기 시작했는데, 나의 건방짐이 그 이유 중 하나였을 것이다. 비록 형제간이었지만 형은 자신을 주인으로, 나를 도제로 생각해서 다른 도제들이 형에게 바치는 충성을 나에게도 요구한 반면, 나는 형이 과도하게 요구한다고 생각해 동생을 어느 정도 너그럽게 봐주기를 기대했던 것이다. 형제간의 논쟁은 종종 아버지 앞으로 가게 되었는데, 아버지의 판결은 대체로 내 편을 들어주었기 때문에 나는 대체로 내가 옳거나 더 나은 변론자라고 생각했다. 그러나 형은 성격이 불같아서 종종 나를 때렸고, 나는 아주 부당한 일이라고 생각했다. 도제살이가 너무 지루하다고 생각하면서 기간을 단축할 방법이 없을까 궁리하던 중 전혀 예상하지 못한 방식으로 기회가 찾아왔다.*

지금 내용은 기억나지 않지만, 우리 신문에 실린 정치 관련 기사 하

---

* 프랭클린은 원고의 여백에 이렇게 썼다. "형이 나를 가혹하고 독재적으로 대한 것은 내게 독재권력에 대한 뿌리 깊은 혐오감을 심어주는 계기가 되었다. 그 혐오감은 평생 나를 떠나지 않았다."

나가 의회의 비위를 거슬렀다. 의장의 체포영장이 떨어지고 형은 연행되어 심문을 받더니 한 달간 투옥되었는데, 아마도 필자를 밝히려 하지 않았기 때문인 듯하다. 나 또한 연행되어 의회에서 심문을 받았다. 만족스러운 답을 주지 않았지만, 그들은 나에게 경고만 주고 훈방 조치했다. 내 신분이 도제인 만큼 주인의 비밀을 지켜줄 수밖에 없으리라는 점을 감안한 것이었다.

서로 사이가 좋지는 않았지만 형을 투옥한 조치에 크게 분개한 나는 한 달 동안 형 대신 신문의 운영을 맡았다. 나는 신문에다 통치자들을 꼬집는 얘기를 과감하게 썼는데, 형은 아주 흐뭇하게 받아들인 반면에 다른 사람들은 좋지 않은 시선으로 보면서 내게 비방과 풍자의 기질이 있다고 생각했다. 형은 의회의 다음과 같은 (아주 이상한) 명령과 함께 감옥에서 풀려났다. "제임스 프랭클린은 더이상 〈뉴잉글랜드 커런트〉라는 신문을 발간할 수 없다."

형과 친구들은 인쇄소에서 회의를 열어 이 명령에 어떻게 대응할지 논의했다. 어떤 사람은 신문의 이름을 바꾸어 명령을 피해가자고 제안했다. 하지만 형은 그렇게 하기를 꺼렸고, 마침내 앞으로는 벤저민 프랭클린의 이름으로 신문을 내는 게 더 좋겠다는 결론을 내렸다. 그 경우 형은 도제의 이름으로 신문을 계속 발간한다는 의회의 비난을 받을 수 있으므로 대응 방안이 함께 구상되었다. 즉 나의 도제 계약서 뒷면에 직무를 완수했음을 표시해 나에게 돌려주고, 의회의 시비가 있을 경우 이 계약서를 내보이는 것이었다. 하지만 형이 계속 나의 조력을 보장받을 수 있도록 남은 기간 동안 지금처럼 일해야 한다는 새로운 도제 계약서를 비밀리에 작성했다. 아주 허술한 위장 전략이었다. 그렇지만 곧 그렇게 실행되었고, 신문은 내 이름으로 몇 달 동안 발간되었다.

마침내 형과 나 사이에 새로운 갈등이 불거졌다. 나는 형이 비밀 도제 계약서를 감히 공개하지 못하리라 여기고 자유를 요구했다. 약점을 이용하려 한 것은 공정하지 못한 행동이었기에, 내 인생의 첫번째 오점이라고 인정한다. 하지만 불공정하다는 혐의는 내게 별로 중요하지 않았다. 화날 때마다 나를 마구 때리는 형의 소행에 치를 떨고 있었기 때문이다. 하지만 형은 그 점만 빼면 전반적으로 악한 사람은 아니었다. 어쩌면 내가 너무 건방지고 도발적이었는지도 모르겠다.

내가 떠나려는 것을 알고 형은 타운의 다른 인쇄소에 취직하지 못하도록 조치를 취했다. 형이 인쇄소의 주인들에게 미리 일러놓은 탓에 그들은 나에게 일을 주기를 거부했다. 그래서 나는 인쇄소가 있는 도시로는 가장 가까운 뉴욕으로 갈 생각을 했다. 나는 이미 여당에 찍힌 데다 형의 사례에서 나타난 의회의 독단적인 일 처리방식으로 볼 때 계속 남아 있으면 곧 곤란한 상황에 빠져들 것 같아 보스턴을 떠나고 싶었다. 게다가 내가 종교에 대해 무분별한 논쟁을 벌였기에, 선량한 사람들은 나를 불신자 혹은 무신론자로 여기면서 혐오스러워했다. 내 뜻을 굽히지 않기로 결심했지만, 아버지가 이번에는 형의 편을 드는 상황이어서 솔직하게 얘기했다가는 반대에 부딪힐 게 뻔했다. 그래서 내 친구 콜린스의 도움을 받았다. 그는 뉴욕행 외돛배의 선장을 찾아가 나의 승선을 주선하면서 변명을 둘러댔다. 콜린스의 친구인 내가 어떤 불량한 여자와 놀아나다가 그녀가 임신했는데, 그 여자의 친구들이 결혼을 강요하는 바람에 은밀히 배를 타려고 한다는 것이었다. 나는 가지고 있던 책들을 일부 팔아 뱃삯을 마련했고 아무도 몰래 배에 올랐다. 마침 순풍이 불어 배는 사흘 만에 고향에서 300마일 떨어진 뉴욕에 도착했다. 나는 겨우 열일곱 소년이었고, 추천장은 고사하고 아는 사람도 없었으며, 호주머니에는 돈도 별로 들어 있지 않았다.

이 무렵 바다에 나가겠다는 동경심은 사그라졌다. 그렇지 않았다면 갈망을 채우러 바다로 떠났을 것이다. 하지만 기술이 있고 또 스스로를 꽤 훌륭한 인쇄공이라고 생각했으므로, 그곳의 인쇄업자인 윌리엄 브래드퍼드 씨라는 노인을 찾아가 나를 좀 써달라고 부탁했다. 그는 당초 펜실베이니아에서 인쇄업을 하다가 조지 키스와 다투고 뉴욕으로 옮겨온 터였다.

그는 현재 일감이 별로 없는데다 일손도 충분해서 채용할 수 없다고 했지만 다음과 같이 말했다. "내 아들이 필라델피아에서 인쇄소를 하는데 최근에 주임 조수였던 아퀼라 로즈가 죽어서 일손이 필요하네. 자네가 거기 간다면 채용해줄 걸세." 필라델피아는 뉴욕에서 다시 100마일이나 떨어진 곳이었지만 나는 앰보이행 배를 탔고, 짐을 넣은 궤짝과 물건은 나중에 배편으로 부치기로 했다.

뉴욕만을 건너는데 강풍이 불어와 너덜너덜한 돛을 갈가리 찢어놓는 바람에 우리 배는 아서 킬에 도착하지 못하고 롱아일랜드 쪽으로 밀려갔다. 그 와중에 술 취한 네덜란드인 승객이 바다로 떨어졌다. 가라앉으려는 찰나, 나는 물속으로 손을 넣어 그의 머리채를 잡아당겨 다시 배 위로 끌어올렸다. 몸을 부르르 떨더니 약간 술이 깬 그는 주머니에서 책을 한 권 꺼내더니 내게 말려달라고 부탁하고서 잠이 들었다. 그 책은 내가 예전부터 좋아했던 존 버니언의 『천로역정』 네덜란드어 판으로, 좋은 종이에 멋지게 인쇄된데다 동판화 삽화들이 들어 있었고 장정도 내가 그때까지 본 어떤 원어판보다 세련되었다. 그때 이후 나는 그 책이 유럽의 대부분 언어로 번역되었고, 성경을 제외하면 가장 널리 읽히는 책이라는 것을 알게 되었다.

정직한 존은 내가 알기로 서사와 대화를 적절히 뒤섞은 최초의 작가다. 이러한 글쓰기 방식은 독자들을 매혹하는데, 아주 흥미진진한 부분에서 독자는 작중인물이 되어 그들의 논의에 참가하는 듯한 느낌을 받게 된다. 대니얼 디포는 『로빈슨 크루소』『몰 플랜더스』『종교적 구애』『가정 지침서』 등의 작품에서 이 방법을 모방하여 성공을 거두었다. 새뮤얼 리처드슨도 장편소설 『파멜라』 등의 작품에서 같은 방법을 사용했다.

섬에 가까이 다가가서야 상륙 불가능한 곳임을 알게 되었다. 돌 많은 해변에는 파도가 엄청나게 높았다. 그래서 우리는 닻을 내리고 배를 돌려 해안 쪽으로 다가갔다. 몇몇 사람들이 물가로 나와 우리에게 환영의 손짓을 했고 우리도 화답했다. 하지만 바람이 너무 거세고 파도가 너무 높아 서로의 말을 알아들을 수가 없었다. 해안에 카누가 있길래 우리를 카누로 데려가달라고 손짓으로 요청했다. 하지만 그들은 우리의 말을 못 알아들었는지 아니면 비현실적인 요청이라고 생각했는지 그냥 가버렸다. 밤이 다가왔지만 바람이 잦아들기를 기다리는 것밖에 다른 방법이 없었다. 뱃사공과 나는 가능하다면 자두는 것이 좋겠다고 생각했다. 우리는 아직도 몸이 젖은 상태인 네덜란드인과 함께 배 밑창으로 몰려갔는데, 뱃전을 때리는 물보라가 안으로 스며들어 네덜란드인 못지않게 온몸이 젖어버렸다. 이렇게 해서 우리는 거의 잠도 못 자고 날밤을 새웠다. 다음날 바람이 잦아들자 우리는 방향을 바꾸어 다시 앰보이로 향했고 밤이 되기 전에 그곳에 도착했다. 우리는 음식을 먹지 못한 채 더러운 럼주 한 병 말고는 마실 것도 없이 서른 시간을 짜디짠 바닷물 위에서 보낸 것이다.

저녁에 나는 열이 높아서 일찍 잠자리에 들었다. 고열에는 차가운 물을 많이 마시는 것이 좋다는 얘기를 어디선가 읽은 기억이 나서 그 처방대로 했고 밤새 땀을 아주 많이 흘렸다. 그다음날 아침 열이 떨어지자 나루를 건너 뉴저지의 벌링턴까지 50마일을 걸어갔다. 그곳에 가면 필라델피아까지 데려다주는 배편을 구할 수 있다는 얘기를 들은 터였다.

그날은 하루종일 비가 억수로 쏟아졌다. 나는 온몸이 젖었고 정오가 되자 아주 피곤했다. 그래서 허름한 여인숙에 들어 하룻밤을 묵는데, 괜히 집을 떠났다는 생각이 들기 시작했다. 사람들이 이런저런 질문을 던졌는데, 몰골이 너무 초라했던 내가 언제 붙잡혀갈지 모르는 도망친 하인이라고 생각하는 것 같았다. 나는 그다음날도 계속 걸었고, 저녁에 벌링턴에서 8~10마일 정도 떨어진 여인숙에 들었다. 브라운이라는 의사가 운영하는 집이었다. 내가 요기를 하는 동안 그가 말을 걸어왔고, 내가 글을 좀 읽었다는 것을 알고는 몹시 사교적으로 다정하게 대했다. 그후 그가 죽을 때까지 우리의 교제는 계속되었다. 영국의 많은 도시들과 유럽의 시골 지방에 대해 아주 인상적인 얘기를 해줄 정도로 아는 것이 많았던 걸 보면 그는 순회 의사였던 것 같다. 문학적 자질도 있고 영리했지만 종교를 믿지 않은 그는 몇 년 뒤 베르길리우스의 『아이네이스』를 엉터리 시로 패러디한 찰스 코튼처럼 성경을 엉터리 시로 패러디했다. 이런 기법을 써서 성경 속의 많은 사실들을 아주 우스꽝스럽게 보이도록 만들었기 때문에 그의 풍자시가 발간되었더라면 마음 약한 사람들에게 상처를 주었을 것이다. 하지만 그 작품은 결코 발간되지 않았다.

나는 그날 밤 그의 집에서 묵은 후 다음날 아침 벌링턴에 도착했지만, 정기선이 내가 도착하기 직전에 떠났다는 것을 알고 발을 동동 굴렀다. 그날은 토요일이었는데, 화요일 이전에는 다음 배가 뜨지 않는다는 것이었다. 나는 조금 전 항해중에 먹을 생강빵을 샀던 그 타운의 노파에게 되돌아가서, 사정이 이런데 어떻게 하면 좋겠냐고 물었다. 노파는 배편이 있을 때까지 자기 집에 머물라고 말했다. 나는 걸어서 벌링턴까지 오느라고 발바닥이 아팠으므로 노파의 제안을 받아들였다. 그녀는 내가 인쇄공이라는 사실을 알고 벌링턴에 머물면서 인쇄일을 하면 어떻겠냐고 물었다. 인쇄 일을 시작하려면 어떤 장비가 있어야 하는지 몰라서 하는 말이었다. 그녀는 나를 아주 따뜻하게 맞아주고 호의를 베풀어 소고기로 저녁식사를 차려주면서, 그 대가로 맥주 한 잔을 받았을 뿐이었다. 나는 화요일까지 그곳에 묵을 생각이었다. 저녁때 강가를 산책하는데 몇 사람을 태운 배 한 척이 내 옆을 지나갔다. 필라델피아로 가는 배라고 했다. 그들은 나를 태워주었고, 바람이 불지 않아 우리는 가는 내내 노를 저어야 했다. 자정 무렵이 되었는데도 여전히 도시가 보이지 않자, 일부 승객이 필라델피아를 지나쳤다고 확신하면서 더이상 노를 젓지 말자고 했다. 다른 사람들은 우리의 현재 위치를 알지 못했다. 그래서 우리는 강기슭을 향해 자그마한 냇물로 들어가서 낡은 울타리 근처에 상륙했다. 10월이라 밤공기가 차가웠기 때문에 울타리의 나무를 뜯어다가 모닥불을 피우고 거기 머물면서 날이 새기를 기다렸다. 동틀 무렵 일행 중 한 사람이 그곳이 필라델피아 약간 위쪽에 있는 쿠퍼강 지류임을 알아보았다. 그 지류에서 벗어나자 곧 필라델피아가 보였고, 우리는 일요일 아침 여덟시나 아홉시쯤 필라델피아에 도착해 마켓스트리트 부두에 내렸다.

이 여행에 대해 아주 자세히 적었는데, 필라델피아에 처음 들어간 모습도 자세히 적을 생각이다. 네가 이런 초라한 시작을, 그후 내가 그 도시에서 출세한 모습과 비교해보기를 바라는 마음에서다. 좋은 옷들은 배편으로 나중에 올 예정이었기 때문에 나는 당시 작업복을 입고 있었다. 험한 여행으로 온몸이 아주 지저분했다. 호주머니에는 셔츠와 양말이 들어 있었고, 그 도시에 아는 사람 하나 없는데다 어디에 묵어야 하는지도 알지 못했다. 험한 여행, 수면 부족, 노 젓기 등으로 아주 피곤했고 정말 배가 고팠다. 내가 갖고 있는 현금이라고는 네덜란드화 1달러와 동전 1실링 정도였다. 나는 1실링을 뱃사람들에게 뱃삯으로 주었다. 그들은 처음엔 나도 열심히 노를 저었다며 받기를 거부했다. 그러나 나는 돈을 받으라고 고집을 부렸다. 사람은 때때로 돈이 많을 때보다 돈이 별로 없을 때 더 관대해진다. 돈이 없는 사람으로 여겨지기를 두려워하기 때문일 것이다.

나는 거리를 걸어가며 시장 근처에서 주위를 두리번거리다가 빵을 들고 가는 소년을 보았다. 빵으로 끼니를 해결한 적이 많았던 나는 어디서 샀느냐고 묻고서 곧바로 소년이 가르쳐준 2번가의 빵집으로 달려갔다. 보스턴에서 즐겨 먹던 비스킷을 달라고 했지만, 필라델피아에는 그런 비스킷이 없는 것 같았다. 하는 수 없이 3페니 빵을 달라고 했는데 그런 빵도 없다는 것이었다. 그래서 돈의 차이나 주인이 내놓는 빵의 이름은 물론 이곳의 매우 값싼 물가도 모른 채 빵을 아무거나 3페니어치 달라고 했다. 그랬더니 그는 커다랗게 부풀어오른 롤빵 세 개를 건네주었다. 그 엄청난 부피에 놀랐지만 그대로 받아들고, 호주머니에는 빈 공간이 없어서 양 겨드랑이에 하나씩 끼고 나머지 하나는 먹으면서 걸어갔다. 마켓스트리트를 걸어 4번가까지 올라갔고, 훗날 나의 장인이 될 리드 씨의 집을 지나쳤다. 미래의 아내인 리드 양은 집 앞에 서 있다가 나를 보고서 아주 괴상하고 우스꽝스러운 모습이라는 표정을 지었는데, 충분히 그렇게 생각할 만했다. 이어 나는 방향을 틀어 체스트넛스트리트와 월넛스트리트의 일부를 걸어내려갔다. 그렇게 걸어가는 내내 롤빵을 먹으면서 모퉁이를 돌아서니 다시 마켓스트리트 부두가 나왔고, 내가 타고 온 배가 거기 있었다. 그 배로 가서 물을 한 모금 마셨다. 이제 롤빵 하나로 배가 불렀으므로 남은 롤빵 두 개는 그 배를 함께 타고 와서 환승할 다른 배를 기다리는 여자와 그녀의 아이에게 주어버렸다.

기운을 차린 후 다시 거리 위쪽으로 걸어올라갔다. 그 시간에는 말쑥하게 차려입은 사람들이 많았는데, 모두 같은 방향으로 걸어가고 있었다. 나는 그들과 합류하여 시장 근처에 있는 퀘이커교도의 커다란 예배당에 들어가게 되었다. 그들 사이에 끼어 앉아 잠시 주위를 둘러보았지만 아무런 소리도 들려오지 않았으므로, 나는 여독과 전날의 수면 부족으로 곧 잠에 빠져들었고, 모임이 끝나 누군가 친절하게 나를 흔들어 깨워줄 때까지 계속 잤다. 그러고 보니 이 퀘이커 예배당이 내가 필라델피아에서 처음으로 들어간 집, 처음으로 잠을 잔 집이었다.

다시 강 쪽으로 걸어내려가면서 사람들의 얼굴을 살펴보다가 인상이 좋은 퀘이커교도 청년을 만났다. 그에게 다가가 타관 사람이 묵을 만한 숙소를 가르쳐달라고 부탁했다. 우리는 그때 '스리 매리너스'라는 간판이 내걸린 집 근처에 있었다. 청년이 말했다. "여기는 외지인들이나 찾는 곳이지 평판이 좋지 않아요. 저와 함께 가시면 더 좋은 집을 알려드리겠습니다." 그는 나를 워터스트리트에 있는 '크루키드 빌릿'으로 데려갔다. 여기서 나는 점심을 먹었다. 내가 식사를 하는 동안 사람들은 은근히 이것저것 물어왔다. 어린 나이와 행색으로 미루어 가출했다고 의심하는 듯했다.

점심을 먹고 나니 다시 졸음이 밀려왔다. 침실로 안내받자 옷도 벗지 않고 드러누워 저녁 여섯시에 식사하러 오라는 소리가 들릴 때까지 잤고, 저녁을 먹은 다음에도 일찍 잠자리에 들어 다음날 아침까지 곤히 잤다. 그러고 나서 최대한 단정한 옷차림을 하고 인쇄업자 앤드루 브래드퍼드를 찾아갔다. 그곳에서 뉴욕에서 만났던 앤드루의 아버지를 다시 보았다. 말을 타고 여행했기 때문에 나보다 먼저 필라델피아에 도착했던 것이다. 그는 나를 아들에게 소개했고, 아들은 나를 정중히 맞이하면서 아침식사를 대접했지만 최근에 직원을 한 명 채용했기 때문에 지금은 일손이 필요 없다고 말했다. 그러나 최근 타운에 인쇄소를 새로 차린 키머라는 사람이 나를 채용할지 모른다며 가보라고 덧붙였다. 만약 채용되지 않는다 해도 자기 집에 묵도록 배려하겠으며, 정규직 자리가 날 때까지 이따금 약간의 일거리도 주겠다고 했다.

브래드퍼드 노인은 인쇄소까지 함께 가주겠다고 말했고, 키머를 만나자 나를 이렇게 소개했다. "이웃 양반, 인쇄 일을 할 줄 아는 젊은이를 데려왔는데, 혹시 이런 직원을 필요로 할지 모르겠구려." 키머는 내게 몇 가지 질문을 하고 식자 막대기를 쥐여주면서 어떻게 작업하는지 시범을 보이라고 했다. 나를 지켜본 후 지금은 일거리가 없지만 곧 채용하겠다고 했다. 그러고는 전에 본 적 없는 브래드퍼드 노인을 선의에 찬 타운 사람으로만 여기고 자신의 현재 사업과 전망에 대해 이야기했다. 반면에 브래드퍼드 노인은 자신이 다른 인쇄소 주인의 아버지라는 사실을 밝히지 않은 채, 곧 엄청난 인쇄 일을 맡을 거라는 키머의 말을 듣고서 교묘한 질문을 던져 자세한 얘기를 하도록 만들었다. 또한 전혀 의심을 일으키지 않으면서 키머의 사업관, 일을 받으리라고 기대하는 발주처, 일을 진행하려는 방식 등에 대해 말하도록 유도했다. 옆에서 그 얘기를 모두 들은 나는 브래드퍼드가 아주 영리한 늙은 재간꾼이라면, 키머는 신출내기에 지나지 않는다고 생각했다. 브래드퍼드가 떠나고 내가 그 노인의 신원을 알려주자 키머는 크게 놀랐다.

키머인쇄소에는 오래되어 덜거덕거리는 인쇄기 한 대에다 작고 낡은 '잉글리시'* 활자 한 벌밖에 없었다. 키머는 당시 그 활자를 이용하여 앞에서 언급한 아퀼라 로즈의 죽음을 슬퍼하는 「비가」를 조판하고 있었다. 젊고 재주가 많은데다 훌륭한 인품을 지녀 타운에서 크게 존경을 받던 로즈는 의회의 서기이자 훌륭한 시인이기도 했다. 키머도 운문을 썼지만 아주 한심한 방식을 사용했다. 운문을 쓴다고 할 수도 없었는데, 그의 방식은 머릿속에 떠오르는 생각을 곧바로 식자植字하는 것이었기 때문이다. 그러니 원고는 아예 없었고 한 벌의 활자가 담긴 상자만 있었다. 「비가」를 찍으려면 모든 활자가 필요했으므로 누가 옆

---

* 일반 활자보다 큰 것으로 신문이나 교과서 조판에는 쓸 수 없었다.

에서 도와줄 수도 없었다. 나는 그의 인쇄기를 잘 정비하여 작업할 수 있도록 애썼다(키머는 인쇄기를 아직 사용해본 적이 없었고 그에 대해 아는 것이 전혀 없었다). 그가 조판을 끝내면 곧 다시 와서 「비가」를 인쇄해주겠다고 약속하고는 브래드퍼드인쇄소로 돌아왔다. 앤드루는 당장 할 수 있는 일거리를 약간 주었고, 나는 그곳에서 숙식을 해결했다. 며칠 뒤 키머가 나를 불러 「비가」를 인쇄해달라고 했다. 이제 그는 활자를 한 벌 더 확보했고 재쇄할 소책자도 있었는데, 나보고 그 작업을 해달라고 요청했다.

이 두 인쇄업자는 내가 보기에 인쇄 일을 하기에는 자격 미달이었다. 브래드퍼드는 어려서부터 일을 배운 것도 아닌데다 일자무식이었다. 키머는 배운 것은 조금 있으나 식자공에 불과해 인쇄 일은 전혀 몰랐다. 그는 과거에 '프랑스 예언자'*의 신도였기에 그 종파다운 광적인 선동 행위도 할 줄 알았다. 당시 그는 특정 종파에 소속되어 있지는 않았으나 때때로 모든 종파에 소속된 것처럼 말하기도 했다. 키머는 세상일에 대해 아주 무지했고, 그의 조판에는 오자가 너무 많다는 것도 나중에 발견했다. 그는 내가 자기 밑에서 일하면서 브래드퍼드의 집에서 기숙하는 것을 못마땅하게 생각했다. 그에게도 집이 있기는 했지만 가구가 없어서 나를 먹이고 재워줄 수 없었다. 그래서 그는 나를 앞에서 언급한 리드 씨 집에서 숙식하게 했다. 리드 씨는 그의 집주인이었다. 이 무렵 나의 짐 궤짝과 옷들이 배편으로 수송되어 왔으므로, 나는 리드 양의 눈에 좀더 어엿한 외양을 내보일 수 있었다. 필라델피아에 처

---

* 루이 14세의 프로테스탄트 박해에 맞서 18세기 초 무장반란을 일으킨 종파로, 1709년에 이단 판정을 받고 강제 해산되었다.

음 들어와 롤빵을 먹으며 거리를 걸어내려갔던 그때보다 말이다.

나는 이제 책 읽기를 좋아하는 타운의 젊은 청년들과 사귀기 시작했다. 그들과 함께 저녁시간을 아주 유쾌하게 보냈다. 근면하게 절약해서 돈을 모아 아주 즐겁게 지냈다. 가능한 한 보스턴은 잊어버리려 했고 보스턴 사람들이 내가 어디에 있는지 모르기를 바랐다. 단 내 친구 콜린스만은 예외였다. 나는 그에게 편지로 내 거처를 밝혔고 그는 비밀을 지켜주었다. 그런데 뜻밖의 일이 생겨 내가 의도했던 것보다 훨씬 빨리 보스턴으로 돌아가게 되었다.

보스턴과 델라웨어 사이를 운행하는 외돛배의 선장이었던 매형 로버트 홈스는 필라델피아에서 밑으로 40마일 떨어진 델라웨어의 주도 뉴캐슬에 갔다가 내 소식을 듣고 편지를 보내왔다. 보스턴에 사는 친구들이 갑작스럽게 사라진 나를 걱정하고 있으며, 모두들 내게 호의를 품고 있으니 고향으로 돌아간다면 모든 일을 내가 원하는 대로 처리해줄 것이라고 간곡히 타일렀다. 나는 답장에서 그의 조언에 감사를 표했지만, 내가 보스턴을 갑작스럽게 떠난 사유를 자세히 설명했고 그가 생각하는 것만큼 그리 엉뚱한 짓을 한 것은 아님을 충분히 납득할 수 있도록 썼다.

홈스 선장이 내 편지를 받았을 때, 당시 뉴캐슬에 있던 그 지방의 지사* 윌리엄 키스 경도 바로 옆에 있었다. 매형은 지사에게 내 얘기를 하면서 편지를 보여주었다. 지사는 그 편지를 읽고 나서 내 나이를 듣더

---

* 지사라고는 하나 당시 아메리카는 영국의 식민지였고, 오늘날같이 미국의 거대한 주의 주지사 수준은 아니었다. 특히 펜실베이니아의 경우 정식 지사는 영주였으므로 키스는 엄밀히 말하면 대리 지사에 지나지 않았다.

니 깜짝 놀랐다고 한다. 지사는 내가 장래가 유망한 청년인 것 같으니 격려해줘야 한다고 말했다는 것이다. 현재 필라델피아에 있는 인쇄업자들은 다 형편없으므로 내가 인쇄소를 차린다면 분명 성공할 것이며, 자기가 나서서 나를 위해 정부 관급 사업을 주선하는 것은 물론 할 수 있는 데까지 도와주겠다는 말도 했다고 한다. 당시 나는 그런 사정을 전혀 모르고 있다가 나중에 보스턴에서 매형에게 들었다. 어느 날 키머와 내가 창가에서 일을 하고 있을 때, 지사와 또다른 신사(나중에 알고 보니 뉴캐슬의 프렌치 대령이었다)가 멋지게 차려입고 길을 건너 곧바로 우리 인쇄소로 오는 것이 보였다. 곧 문을 두드리는 소리가 들렸다.

키머는 자신을 찾아온 손님으로 생각하고 즉시 아래층으로 달려내려갔다. 그러나 지사는 내 이름을 묻더니 나에게 다가왔다. 그는 내가 일찍이 본 적 없는 겸손한 태도로 나를 여러 번 칭찬하더니 친하게 지내고 싶다고 말했고, 여기에 처음 왔을 때 자기를 찾아와 인사하지 않은 것을 부드러운 어조로 나무랐다. 그러고는 프렌치 대령과 맛있는 마데이라주를 마시러 인근의 술집에 가는 길이라면서 나를 데려가고 싶다고 했다. 나는 적잖이 놀랐고, 키머는 독약 먹은 돼지처럼 나를 노려보았다. 나는 지사와 대령을 따라 3번가 모퉁이에 있는 술집으로 갔다. 마데이라주를 마시면서 지사는 내 사업을 시작해보라고, 충분히 성공할 수 있다고 말했다. 지사와 대령은 내게 펜실베이니아와 델라웨어 양 지방의 정부 관급 사업을 따는 데 편의와 영향력을 제공하겠다고 장담했다. 아버지가 내 사업을 지원해줄지 의문이라고 하자 지사는 아버지에게 편지를 써주겠다고, 사업의 수익성을 충분히 설명하면 아버지를 틀림없이 설득할 수 있을 거라고 했다. 그래서 나는 아버지에게 보내는 지사의 추천장을 들고 가장 빠른 다음 배로 보스턴으로 돌아가기로 했다. 이 계획은 비밀에 부치기로 하여 나는 키머에게 돌아가 평소처럼 일했고. 지사는 가끔 나를 불러 점심식사를 함께 해서 나는 무척 영광스럽게 생각했다. 지사는 아주 다정하고 친숙하고 정겨운 말투로 나와 대화를 나누었다.

1724년 4월 말경 보스턴으로 가는 작은 배편이 생겼다. 나는 친구들을 만난다는 핑계로 키머에게 휴가를 얻었다. 지사는 내게 장문의 편지를 건네주었다. 나에 대한 칭찬을 아끼지 않으면서 필라델피아에 인쇄소를 차리면 큰돈을 벌 거니까 꼭 사업을 지원하라고 아버지에게 권하는 내용이었다. 그런데 배가 만灣을 내려가다가 모래톱에 부딪혀 물이 새어들어왔다. 우리는 바다에서 괴로운 시간을 보냈다. 항해 내내 계속 배의 물을 퍼내야 했고, 나도 교대로 물 퍼내기 작업에 동참했다. 그렇지만 우리는 약 2주 후 무사히 보스턴에 도착했다. 나는 7개월이나 고향을 떠나 있었고 친구들은 아무도 내 소식을 듣지 못한 터였다. 매형 홈스 선장이 아직 그곳에 돌아오지 않은데다 내 소식을 편지로 전하지 않았기 때문이다. 내가 갑작스럽게 등장하니 가족들은 매우 놀랐다. 그렇지만 모두 나를 다시 보게 되어 기뻤고 환영해주었다. 제임스 형만 빼고. 나는 형의 인쇄소로 찾아갔다. 머리에서 발끝까지 새 양복을 빼입어 형 밑에 있을 때보다 더 멋진 옷차림을 한 채였다. 게다가 손목시계도 차고, 호주머니에는 5파운드에 달하는 스틸링 은화가 들어 있었다. 형은 떨떠름한 표정으로 나를 맞고서 위아래를 한 번 훑어보더니 다시 일하러 돌아갔다.

직공들은 내가 어디를 다녀왔고, 그 지방은 어떤 곳이며, 그곳에서 하는 일은 어땠는지 따위를 물어왔다. 나는 필라델피아를 칭송하면서 그곳에서 행복한 생활을 했고 다시 돌아갈 생각이라고 힘주어 말했다. 직공 하나가 필라델피아에서는 어떤 돈을 쓰느냐고 묻기에 은화 한 움큼을 꺼내어 그들 앞에 펼쳐 보였다. 당시 보스턴은 지폐만 사용했으므로 그들에게는 보기 드문 구경거리였다.* 그런 다음 회중시계도 보여주었다. 그리고 마지막으로 그들에게 술을 사 마시라며 스페인 은화 한 닢을 건네주고 형의 인쇄소를 나왔다. 형은 그때까지도 뾰로통한 표정으로 뚱해 있었다. 내가 방문해서 형은 무척 불쾌해했다. 얼마 후 어머니가 형을 불러 나와 화해하라면서 형제간에 원만한 관계를 유지하고 앞으로도 의좋게 살아가기를 간절히 바란다고 말씀하시자, 형은 내가 직공들 앞에서 자신을 노골적으로 모욕했기 때문에 절대 잊어버리지도 용서하지도 않겠다고 대답했다. 그러나 형의 오해였다.**

아버지는 상당히 놀라면서 지사의 편지를 받아들었지만, 며칠 동안 그 편지에 대해 아무 말도 하지 않았다. 마침내 매형인 홈스 선장이 돌아오자 아버지는 편지를 선장에게 보여주며 키스 지사를 아는지, 그가 어떤 인물인지 물었다. 성인이 되려면 아직 3년이나 더 있어야 하는 미성년자에게 사업을 벌이라고 권한 걸 보면 그리 분별력 있는 사람은

---

* 아메리카 식민지에서 은화는 아주 귀했는데 특히 보스턴 지방이 그랬다. 보스턴은 법률로 은화의 가치를 아주 낮게 고정해놓았기 때문에 투기꾼들은 보스턴에서 은화를 사 모아 다른 지방에 가서 고가로 팔아넘겼다.
** 형과 동생은 후일 화해했다. 형 제임스는 나중에 뉴포트로 이사해 그곳에서 인쇄소를 개업하고 동생 벤저민의 「가난한 리처드의 달력」을 인쇄했다. 또 형의 아들 제임스 주니어는 벤저민의 인쇄소에서 도제로 일했다.

아닌 것 같다는 의견도 덧붙였다. 홈스 선장은 계획을 지원하기 위해 자신이 할 수 있는 일은 다 하겠다고 대답했지만, 아버지는 너무나 부적절하다고 생각해서 마침내 단호히 거절했다. 이어 윌리엄 경에게 정중히 거절하는 편지를 보냈다. 아들에게 그처럼 호의를 베풀어주어 감사하나 가게를 차리는 일은 도와줄 수 없다는 뜻을 분명히 밝혔다. 아들이 너무 어려서 그처럼 중요한 사업의 운영을 맡길 수 없고, 창업 준비에는 돈이 많이 든다는 얘기도 덧붙였다.

당시 우체국 서기로 근무하던 친구 콜린스는 필라델피아에 관한 내 얘기에 무척 흥미를 느껴 자기도 그곳으로 같이 가겠다고 했다. 내가 아버지가 결론을 내리기를 기다리는 동안 그는 나보다 먼저 육로로 로드아일랜드로 떠났다. 콜린스는 꽤 많은 수학과 자연철학 관련 서적을 남겨두었는데, 내가 보스턴을 떠날 때 그의 책과 내 책을 가지고 그가 기다리는 뉴욕으로 오기를 원했다.

아버지는 비록 윌리엄 경의 제안에 찬성하지 않았지만, 내가 살고 있는 곳의 높은 양반으로부터 그 정도 인정을 받아서 대견하게 생각했고, 내가 근면하고 꼼꼼하여 짧은 시간에 좋은 평가를 받은 것도 흐뭇하게 여겼다. 또 형과 나 사이에 화해의 가능성이 별로 없어 보여서 내가 필라델피아로 다시 돌아가는 것을 허락했다. 아버지는 그곳 사람들을 공손히 대하고, 폭넓은 인정을 받도록 애쓰며, 남을 조롱하고 비방하려는 나의 기질을 조심하라고 당부했다. 꾸준히 근면하게 일하고 신중하게 저축해나간다면 스물한 살 성인이 될 때 충분히 내 가게를 차릴 수 있을 거라고 말했다. 창업할 준비가 되면 나머지 부족분은 아버지가 대겠다는 말도 했다. 아버지와 어머니가 사랑의 표시로 준 약간의 선물을 제외하면, 이것이 내가 얻어낼 수 있는 전부였다. 나는 부모님의 동의와 축복을 받으며 뉴욕을 향해 다시 떠났다.

외돛배가 로드아일랜드의 뉴포트로 들어서자 나는 몇 해 전 결혼해 그곳에 정착한 맏형 존을 찾아갔다. 그는 언제나 나를 사랑했으므로 따뜻하게 맞아주었다. 형의 친구 중에 버넌이라는 사람이 있었는데, 펜실베이니아에서 받을 돈이 약 35파운드 있다면서 내가 그 돈을 대신 받아서 보관하고 있다가 자기가 지시하면 보내달라고 했다. 버넌은 내게 채권 대리 수령인 문서를 써주었다. 이 일은 후에 내게 상당한 어려움을 안겨주었다.

뉴포트에서 우리 배는 뉴욕으로 가는 많은 승객을 태웠는데, 그중에는 친구인 듯한 두 젊은 여인과, 시종들을 거느린 엄숙하고 조신한 퀘이커교도 부인이 있었다. 내가 뭐든지 도와주려는 자세를 보이자 호감을 느꼈는지 그 부인은 내게 호의를 보였다. 그리하여 내가 다른 두 젊은 여자와 날이 갈수록 가까워지는 것을 보고(두 여자가 빠르게 다가왔다), 그녀는 나를 따로 불러 이렇게 말했다. "젊은이, 나는 자네가 걱정되네. 같이 여행하는 친구도 없고, 세상에 대해서 잘 아는 것 같지도 않아. 또 젊음이 빠져들기 쉬운 함정이 어떤 건지도 모르는 듯하네. 장담하는데, 저들은 나쁜 여자들이야. 모든 행동거지에서 나타나고 있어. 경계하지 않는다면, 자네를 위험에 빠뜨릴 걸세. 저 여자들은 자네와는 상관없는 부류야. 자네가 걱정되어 조언하는 것이니, 저들과 친하게 지내지 말게."

나는 처음엔 그녀가 생각하는 것처럼 두 여자를 나쁘게 보지 않았다. 그녀는 내가 눈치채지 못했던, 자신이 직접 목격하고 들은 그들의 행동과 언사를 말해주었는데, 그제야 나는 그녀가 옳다고 확신했다. 나는 그녀의 자상한 조언에 감사를 표하면서 그대로 따르겠다고 약속했다. 뉴욕에 도착하자 두 젊은 여자는 내게 자신들이 사는 곳을 말해주면서 한번 놀러오라고 했다. 하지만 나는 가지 않았고, 그건 잘한 일이었다. 그다음날 선장은 선실에서 은제 숟가락과 다른 물건들이 사라진 것을 발견했다. 두 여자가 매춘부라는 것을 알고 있었던 그는 가택 수색영장을 발부받아 그들의 집을 뒤져 잃어버린 물건을 회수했고, 도둑질한 여자들은 처벌받았다. 우리는 항해 도중 살짝 긁히기는 했어도 암초와의 충돌을 피한 바 있지만, 나는 그 두 여자를 피한 일이 더 의미심장하다고 생각했다.

뉴욕에서 나보다 먼저 도착해 있던 친구 콜린스를 만났다. 우리는 어릴 때부터 친했고 같은 책들을 함께 읽었다. 책 읽고 공부할 시간이 나보다 많았던 그는 수학을 잘해서 그 분야의 재능이 나를 훌쩍 뛰어넘었다. 보스턴에 살 때 나는 여가 시간 대부분을 그와 대화하면서 보냈는데, 당시 그는 근면했을 뿐만 아니라 술을 입에 대지 않았다. 여러 목사들과 신사들이 그의 학문을 칭찬했고, 그는 출셋길이 아주 밝아 보였다. 하지만 내가 없는 동안 그는 브랜디에 빠져 살았다. 그가 직접 얘기해주기도 했고 남들로부터도 들었는데, 뉴욕에 도착한 이후 그는 매일 술에 취해 지내며 아주 이상하게 행동했다고 했다. 게다가 도박까지 해서 돈을 잃는 바람에 내가 그의 숙박비, 필라델피아까지의 여행비와 체류비를 대신 내주어야 했기 때문에 그는 커다란 골칫거리가 되었다.

당시 뉴욕 지사였던 버넷(버넷 주교의 아들)은 선장으로부터 승객들 중 한 젊은이가 상당히 많은 책을 가지고 있더라는 얘기를 듣고서 나를 지사 관저로 한번 데려와보라고 했다. 나는 지시를 따랐다. 당연히 콜린스를 데려가야 했지만 술에 취해 있어서 함께 갈 수가 없었다. 지사는 나를 아주 정중히 대했고 자신의 방대한 서재를 보여주었다. 우리는 책과 저자들에 대해 많은 대화를 나누었다. 그는 나를 눈여겨본 두번째 지사였다. 나같이 한미한 소년에게는 아주 기쁜 일이었다.

우리는 계속해서 필라델피아로 향했다. 도중에 버넌이 대신 받으라고 한 돈을 받았는데, 그 돈이 없었더라면 우리는 여행을 마치지 못할 뻔했다. 콜린스는 회계사무소에 취직하고 싶어했다. 그러나 그들이 그의 숨결에서 술냄새를 맡았는지 아니면 그의 괴상한 행동을 보았는지, 그는 추천서를 여러 장 갖고 있었음에도 취직하지 못했다. 그는 계속 내 집에 살면서 내 돈으로 숙식을 해결했다. 내가 버넌의 돈을 가지고 있다는 것을 알고 그는 취직하는 즉시 갚겠다면서 계속 돈을 꾸어갔다. 결국 상당 부분을 빌려갔을 때, 나는 버넌이 돈을 부치라고 하면 어찌해야 할지 걱정할 지경이 되었다.

그는 술을 계속 마셨고 우리는 그 때문에 종종 싸웠다. 그는 취하면 심하게 화를 냈다. 한번은 다른 젊은이들과 함께 델라웨어행 보트를 탔는데, 그는 자기 차례가 되었는데도 노 젓기를 거부했다. "나는 노를 젓지 않을 테야." 그가 말했다. "우린 너 대신 노를 저어줄 수는 없어." 내가 말했다. "너는 노를 젓거나 아니면 밤새 물위에 있어야 할 거야, 좋을 대로 해." 그가 말했다. "우리가 노를 젓자. 그게 무슨 대단한 일이라고?" 다른 젊은이들이 말했다. 하지만 나는 콜린스의 다른 행동들 때문에 이미 마음이 상해 있었던 터라 그 대신 노 젓기를 계속 거부했다. 그러자 그는 기어코 노를 젓지 않으면 나를 물속으로 던져버리겠다고 위협했다. 그가 노를 젓기 위해 앉는 자리를 밟으며 다가와 나를 치려고 했을 때, 나는 그의 사타구니 밑으로 손을 집어넣고 벌떡 일어서면서 그를 거꾸로 물속에 처박았다. 그가 헤엄을 잘 친다는 것을 알고 있었기에 그의 안전에 대해서는 별로 걱정하지 않았다. 하지만 그가 뱃전을 붙잡기 전에 우리는 노를 몇 번 세게 저어 그의 손이 닿지 않는 쪽으로 배를 움직였다. 그가 배 가까이 다가오면 우리는 다시 노를 몇 번 저어 멀어지면서 그에게 노를 젓겠느냐고 물었다. 그는 화가 나서 죽을 지경이면서도 고집스럽게 노를 젓겠다는 약속은 하지 않았다. 하지만 마침내 힘이 떨어지는 것을 보고 우리는 그를 건져올렸고 저녁 무렵 몸에서 물이 뚝뚝 떨어지는 그를 데리고 집으로 돌아왔다. 그후 우리는 서로 좋은 말을 주고받지 않았다. 그때 바베이도스에 사는 어떤 신사의 자제들을 가르칠 가정교사를 구하던 서인도제도의 선장이 우연히 콜린스를 만난 후 그를 데려가기로 했다. 내 곁을 떠나면서 콜린스는 취직해 받은 첫 월급을 송금하여 빚을 갚겠다고 약속했다. 하지만 나는 그후 그의 소식을 듣지 못했다.

버넌의 돈을 써버린 것은 내 인생 최초의 커다란 과오였다. 이 일은 내가 중요한 사업을 관리하기에는 너무 어리다는 아버지의 판단이 그리 틀리지 않았음을 확인해주었다. 하지만 윌리엄 키스 지사는 아버지의 편지를 읽고 아버지가 지나치게 신중하다고 말했다. 사람은 천차만별이고, 나이를 먹었다고 해서 반드시 분별력이 높은 것은 아니며, 젊다고 해서 분별력이 없는 것은 아니라고 했다. 지사는 나에게 말했다. "부친이 인쇄소를 차려줄 수 없다니 내가 직접 차려주겠네. 영국에서 수입해야 할 물품 목록을 주면 내가 주문을 해주지. 자네는 나중에 능력이 될 때 갚으면 돼. 이곳에 훌륭한 인쇄업자가 있어야 한다는 내 생각은 확고하고, 자네가 성공할 것이라고 확신하네." 정말 마음에서 우러나온 말 같아서 나는 지사의 발언을 조금도 의심하지 않았다. 나는 그때까지 필라델피아에 인쇄소를 차린다는 계획을 죽 비밀로 지켜왔다. 만약 내가 지사의 도움으로 인쇄소를 차릴 거라는 계획이 알려졌다면, 지사를 잘 아는 친구들이 지사의 말을 너무 믿지 말라고 충고해주었을 것이다. 나는 그가 지킬 마음이 조금도 없는 약속을 남발하는 성격임을 나중에야 알게 되었다. 하지만 내가 지사를 찾아가서 인쇄소를 차려달라고 한 것도 아니고 지사 자신이 그렇게 약속했는데, 어떻게 내가 그 관대한 제안을 진실하지 않다고 의심할 수 있었겠는가? 나는 그를 세상에서 가장 선량한 사람이라고 믿었다.

나는 자그마한 인쇄소를 차리는 데 필요한 물품 목록을 지사에게 주었고, 총액은 내 계산으로 대략 은화 100파운드에 달했다. 그는 목록을 마음에 들어했고, 내가 직접 영국으로 가서 활자를 고르고 모든 물품이 상급품인지 확인해보는 것이 더 유익하지 않겠느냐고 물었다.

지사가 이어서 말했다. "거기 가면 사람들을 사귈 수 있고, 출판과 문구 사업에서 유익한 접촉 창구를 만들 수도 있을 거야." 나도 그렇게 생각했다. "그럼 애니스를 타고 갈 준비를 하게." 지사가 말했다. 애니스는 일 년에 한 번씩 필라델피아와 런던 사이를 운항하는 유일한 배였다. 하지만 애니스가 출항하려면 아직 몇 달이 남아 있었기에 나는 계속 키머인쇄소에서 일했다. 콜린스가 빌려가서 갚지 않은 돈 때문에 노심초사했고, 날마다 버넌이 그 돈을 부치라고 하면 어쩌나 하는 걱정이 머릿속을 떠나지 않았다. 하지만 버넌이 실제로 송금을 요청한 것은 몇 년 후의 일이다.

보스턴에서 돌아오던 첫번째 항해에서 있었던 일을 언급하지 않은 것 같다. 블록섬 근처에서 바다가 잔잔했으므로 우리 승객들은 대구를 잡기 시작하여 많이 건져올렸다. 그때까지 나는 육식을 하지 않겠다는 결심을 지켜오고 있었다. 사람들이 대구를 잡을 때 나는 스승 트라이언처럼 물고기를 잡는 것은 일종의 이유 없는 살생이라고 생각했다. 물고기들이 우리에게 어떤 피해도 입히지 않았고 입힐 수도 없으므로 살육은 정당화될 수 없다고 말이다. 이 모든 주장은 아주 합리적으로 보였다. 하지만 예전에 생선을 아주 좋아했던 터라, 뜨거운 프라이팬에서 갓 튀겨져 나온 대구 냄새는 정말 좋았다. 원칙과 식욕 사이에서 잠시 망설이다가 조금 전 갈라진 대구의 배에서 잔챙이들이 많이 나오는 것을 보았던 게 떠올랐다. 그러자 이런 생각이 들었다. '너희끼리 그렇게 잡아먹는데, 내가 너희를 못 먹을 이유가 없다.' 그래서 나는 대구를 아주 맛있게 먹었고, 그후에도 다른 사람들과 생선을 즐겨 먹으면서 채식주의 식단은 가끔씩 지켰다. '합리적인 인간'이라는 것은 참으로 편리한 구실이었다. 어떤 일이든 자기 마음대로 주무를 수 있는 적절한 이유를 발견해내니까.

키머와 나는 꽤 좋은 사이를 유지하며 지냈고 서로 뜻이 잘 맞았다. 그가 나의 사업 계획을 전혀 몰랐기 때문이다. 그는 예전과 같은 열광을 그대로 지니고 있어서 남들과 논쟁하기를 즐겼다. 그래서 우리는 많은 논쟁을 벌였다. 나는 소크라테스의 논증법을 써먹었다. 당장은 논지와 아주 무관해 보이지만 서서히 논지에 접근하여 그를 어려움과 모순에 빠뜨리는 질문들을 던져서 크게 당황하게 만들었다. 마침내 그는 우스꽝스러울 정도로 경계하면서 아주 평범한 질문에도 대답을 하지 않고 먼저 이렇게 물었다. "자네는 무엇을 추론할 의도인가?" 그러나 이로 인해 나의 논박 능력을 아주 높이 평가하게 된 그는 새로운 종파를 설립하고자 하는데 동료가 되어달라고 진지하게 제안했다. 자신이 설교하면 내가 반대자들을 논증으로 제압해달라는 것이었다. 그런데 막상 그가 설명한 교리의 몇 가지 사항이 수수께끼 같아서 나는 반대 의견을 표했다. 내 의견과 생각을 어느 정도 집어넣지 않는다면 논박자 역할을 맡을 수 없다고 말했다.

키머는 턱수염을 자라는 대로 길게 길렀다. 모세의 율법에 "너희는 수염 끝을 손상하지 말라"고 쓰여 있기 때문이었다. 그는 또 '제7일'을 안식일로 지켰다. 이 두 가지 사항은 그가 믿는 교리의 핵심이었다. 나는 그 두 가지 사항을 싫어했다. 하지만 고기를 먹지 않는다는 것을 교리에 넣어주면 그 두 가지를 받아들이겠다고 했다. 그가 말했다. "내 체질이 견디지 못할 것 같은데." 나는 견딜 수 있을 뿐만 아니라 그렇게 하면 건강이 더 좋아질 것이라고 안심시켰다. 키머는 원래 대식가였으니 그를 반쯤 굶주리게 하는 데서 즐거움을 느껴야겠다고 생각했다. 그는 내가 같이 한다면 채식주의를 실천해보겠다고 동의했다. 나는 그러기로 했고, 우리는 석 달 동안 채식주의를 실천했다. 우리의 식사는 이웃에 사는 여자가 음식을 조리해서 가져오기로 했다. 그녀는 나에게서 서로 다른 날짜에 맞춰 준비할 40가지 음식 목록을 받아갔는데, 그 음식들에는 생선, 고기, 닭고기 등이 전혀 들어 있지 않았다. 식비는 한 주에 1인당 18펜스밖에 들지 않을 정도로 쌌기 때문에 이 시기의 내게는 더할 나위 없이 좋았다. 나는 그후로 여러 번 사순절을 철저히 지켜서 보통식을 버리고 채식만 했고, 그 시기가 지나면 전혀 어려움 없이 다시 보통식으로 돌아왔다. 그래서 변경은 단계적으로 해나가야 한다는 얘기를 전혀 믿지 않는다. 나는 아무 어려움 없이 채식을 해나갔지만, 불쌍한 키머는 엄청나게 고통을 받았다. 그는 곧 채식을 지겨워했고, 이집트의 고기 가마를 갈망하여 구운 돼지를 주문했다.* 그는 나와 두 여자 지인을 식사를 함께 하자며 초대했다. 하지만 요리가 일찍 나오자 그는 유혹을 이기지 못하고 우리가 도착하기도 전에 다 먹어치웠다.

이 시기에 나는 리드 양에게 구애했다. 나는 그녀에게 깊은 존경과 애정을 품고 있었고, 나름의 이유로 그녀 또한 같은 마음이리라고 생각했다. 하지만 나는 장거리 여행을 떠나야 했고 우리 둘 다 막 열여덟이 지나 어렸으므로 그녀의 어머니는 결혼을 당분간 연기하는 것이 현명하다고 생각했다. 꼭 결혼할 거라면 내가 돌아온 후에 하는 게 더 좋다는 것이었다. 그때가 되면 내 사업을 시작해 어엿한 주인이 되어 있을 테니까. 어쩌면 리드 부인은 내 앞날이 생각대로 풀릴지 확실하지 않다고 생각했는지도 모르겠다.

이 시기에 내가 주로 사귄 사람들은 찰스 오스본, 조지프 왓슨, 제임스 랠프였는데 셋 다 독서를 좋아했다. 오스본과 왓슨은 타운의 저명한 공증인 혹은 부동산 양도 전문 변호사인 찰스 브록던 밑에서 서기로 일했고, 랠프는 상인의 서기로 근무했다. 왓슨은 경건하고 합리적

---

* 「출애굽기」 16장 2~3절에 나오는 내용으로, 황야에서 고기를 먹지 말라는 모세의 지시를 받은 이스라엘 사람들이 이집트에 남기고 온 고기 가마를 갈망한 것을 가리킨다.

인 젊은이였고 아주 성실했다. 하지만 다른 두 사람은 신앙의 원칙이 다소 느슨해 나에게 고통을 안겨주었다. 특히 랠프는 콜린스만큼이나 불경스러워 내가 혼을 내주곤 했다. 오스본은 재치 있고 솔직하고 합리적이었으며 친구들에게 진실하고 호의가 넘쳤다. 그러나 문학적인 문제에서만큼은 비평하는 걸 너무 좋아했다. 랠프는 재주가 많고 예의 바르고 아주 유창했다. 나는 랠프처럼 말을 잘하는 사람을 본 적이 없다. 오스본과 랠프는 둘 다 시를 아주 좋아했고, 소품을 쓰고 있었다. 우리 넷은 일요일이면 스쿨킬강 근처의 숲속으로 유쾌한 산책을 떠났는데, 그곳에서 서로 글을 읽어주고 글에 대해 의견을 나누기도 했다.

랠프는 시를 계속 쓸 계획이었고, 언젠가 위대한 시인이 되어 큰돈을 벌리라는 것을 의심하지 않았다. 가장 훌륭한 시인들도 처음에는 자신처럼 많은 실수를 저질렀다고 주장했다. 오스본은 랠프를 만류하면서 시에 재능이 없으니 어릴 때부터 교육받은 직종 외의 일을 하겠다는 생각은 아예 말라고 조언했다. 그 대신 상업으로 나가면, 비록 밑천이 없더라도 근면성실하니 상회의 대리상으로 취직할 수 있을 것이며, 시간이 흐르면 자신의 계좌로 거래도 하게 될 거라고 얘기했다. 나는 가끔 어휘력을 향상시키기 위해 시를 짓는 것은 괜찮지만 그 이상은 안 된다고 충고했다.

그런 전제하에 우리는 다음번 모임 때 각자 시 한 편을 지어 와서 네 사람의 공통된 관찰, 비평, 교정을 통해 어휘력을 향상시키자고 제안했다. 우리의 목적은 언어와 표현에 있었으므로 창작은 배제하기로 했다. 그리하여 하느님의 강림을 묘사한 「시편」 18편을 모방한 시를 써 오기로 했다. 만날 시간이 다가오자 랠프는 나를 먼저 불러내어 자신의 시가 준비되었다고 말했다. 나는 그동안 바빴던데다가 의욕이 생기지 않아 아무것도 쓰지 못했다고 대답했다. 그는 자신의 시를 내게 보여주며 의견을 구했고, 내가 보기에도 장점이 많은 시였기에 잘 썼다고 칭찬했다. 그러자 랠프가 말했다. "오스본은 내 시에 장점이 있다는 얘기는 절대로 안 하고, 순전히 시기심 때문에 천 군데는 더 지적할 거야. 그 친구가 자네는 시기하지 않아. 그러니 자네가 이 시를 가져가서 자네 것인 양 한번 제출해봐. 나는 시간이 없어서 못 쓴 체할 테니. 그런 다음 오스본이 뭐라고 하는지 한번 보자고." 나는 동의하여 내 시인 것처럼 보이게 하려고 즉시 랠프의 시를 베껴썼다.

우리는 만났다. 먼저 왓슨이 자신의 시를 읽었다. 아름다운 점도 있었지만 결점도 많았다. 오스본의 시가 낭독되었다. 왓슨의 시보다 훨씬 나았다. 랠프는 공정한 비평을 했다. 일부 결점을 지적했지만 좋은 점은 칭찬해주었다. 그러면서 자신은 시를 써오지 못했다고 했다. 나는 일부러 뒤로 빼면서 써온 시를 내놓지 않으려 했다. 좀더 시간이 있었다면 잘 고쳐서 왔을 것이라고 말했다. 하지만 변명은 용납되지 않았고 나는 시를 내놓아야 했다. 시는 낭독되었고, 친구들의 요청으로 다시 낭독되었다. 왓슨과 오스본은 경쟁을 포기했고, 입을 모아 그 시를 칭찬했다. 랠프는 약간 비판하면서 일부 수정할 데를 지적했다. 하지만 나는 내 텍스트를 옹호했다. 오스본은 랠프에게 반대 의견을 표했고, 랠프가 시인으로서도 시원치 않지만 비평가로서도 마찬가지라고 말했다. 그래서 랠프는 더이상 논쟁하지 않았다. 그 두 사람이 함께 집으로 돌아갈 때, 오스본은 내 시라고 생각하는 글을 더욱더 강력하게 칭찬했다. 아까는 그걸 나에 대한 아첨이라고 생각할까봐 일부러

자제했다는 것이었다. 그는 이렇게 말했다. "프랭클린이 이처럼 시를 잘 쓸 줄 누가 알았을까. 굉장한 묘사력, 굉장한 힘, 굉장한 불길이야! 오히려 원본을 개선했어. 그 친구 대화할 때는 어휘 선택도 제대로 못 하더니. 망설이고 실수를 하지. 그런데, 맙소사! 이렇게 잘 쓰다니!" 다음에 만났을 때 랠프는 우리가 오스본에게 걸었던 술수를 밝혔고, 오스본은 웃음거리가 되었다.

이 일로 랠프는 시인이 되겠다는 결심을 더욱 굳혔다. 나는 그의 시 작詩作을 만류하려고 애썼으나, 알렉산더 포프가 창작 열기를 식혀줄 때까지 그는 계속 운문을 썼다.* 그렇지만 랠프는 훌륭한 산문작가가 되었다. 그의 얘기는 앞으로 더 하게 될 것이다. 나머지 두 사람에 대해서는 더 얘기할 기회가 없을 것 같으니 여기서 언급하고자 한다. 왓슨은 몇 년 뒤 내 품에서 죽었다. 우리 중 가장 선량한 친구였으므로 나는 무척 슬펐다.

오스본은 서인도제도로 가서 변호사가 되어 큰돈을 벌었으나 그 역시 젊어서 죽었다. 그와 나는 아주 진지하게 한 가지 약속을 했는데, 우리 둘 중에 먼저 죽는 사람이, 가능하다면, 이승의 친구를 다정하게 찾아와 저승에서 알게 된 사실들을 얘기해주기로 한 것이다. 하지만 그는 약속을 지키지 않았다.

지사는 나와 함께 있는 것을 좋아하여 관저로 나를 자주 불렀고, 인쇄소를 차려주는 것을 언제나 기정사실인 양 말했다. 나는 인쇄기, 활자, 종이 등을 구입할 대금을 제공해줄 신용장 외에 지사의 친구들에

---

* 랠프는 추후 잉글랜드로 건너가 당대 영국의 최고 시인인 알렉산더 포프를 공격하는 시를 썼으나, 포프는 「바보 열전」이라는 시에서 랠프를 준엄히 꾸짖었다.

게 가는 추천장을 가지고 갈 예정이었다. 나는 이 추천장을 받기 위해 지사를 방문할 날짜를 여러 번 지정받았으나, 번번이 미루어졌다. 지사가 차일피일 미루는 동안, 여러 번 출항이 지연된 배가 마침내 떠나게 되었다. 내가 작별인사를 하고 추천장을 받기 위해 지사 관저를 방문했을 때, 비서인 바드 박사가 나와서 지사가 현재 추천장을 쓰느라 아주 바쁘다고 말했다. 하지만 지사는 배보다 먼저 뉴캐슬에 갈 테니 거기서 필요한 추천장을 건네줄 것이라고 전했다.

랠프는 결혼한데다 아이도 하나 있었지만, 나와 함께 항해하기로 결심했다. 그는 영국에서 사업 거점을 확보하여 위탁받은 물건을 판매할 계획인 듯했다. 하지만 나중에 알고 보니, 아내의 친척들에게 불만을 품은 나머지 아내를 그들에게 맡기고 아예 돌아가지 않을 작정이었다. 친구들에게 작별인사를 하고 리드 양과 몇 마디 약속의 말을 주고받은 후, 나는 배를 타고서 필라델피아를 떠났고 배는 곧 뉴캐슬에 닻을 내렸다. 지사는 거기 없었다. 지사의 거처를 찾아가니 비서가 아주 정중한 메시지를 직접 내게 전해주었다. 지사가 현재 아주 중요한 업무를 보고 있는 중이라 직접 만나지는 못하지만 추천장을 인편을 통해 배로 보내줄 거라는 얘기였다. 여행을 잘하고 속히 돌아오기를 바란다는 말도 덧붙였다. 나는 약간 당황했지만 그대로 배에 올랐고, 여전히 아무런 의심도 하지 않았다.

필라델피아의 저명한 변호사 앤드루 해밀턴 씨가 같은 배에 아들과 함께 타고 있었다. 해밀턴 부자와 함께 퀘이커교도인 상인 데넘 씨, 메릴랜드에서 무쇠 공장을 같이 운영하는 어니언 씨와 러셀 씨가 커다란 일등선실을 썼다. 랠프와 나는 삼등선실에 자리잡았는데, 배에 탄 사람들이 아무도 우리를 알아보지 못했으므로 평범한 승객으로 간주되었다. 그런데 많은 보수를 제공할 테니 압수된 배의 변호를 맡아달라는 요청을 받은 해밀턴 씨가 아들(이름이 제임스였는데 훗날 지사가 되었다)과 함께 뉴캐슬에서 필라델피아로 되돌아갔다. 그리고 출항하기 직전에 프렌치 대령이 배에 올랐는데, 나에게 아주 정중하게 인사하는 바람에 사람들의 주목을 받은 나는 랠프와 함께 다른 신사들의 초청으로 마침 자리가 난 일등선실로 옮기게 되었다.

프렌치 대령이 지사의 추천장을 가져왔을 거라고 짐작하면서 나는 선장에게 내 이름 앞으로 온 편지가 있느냐고 물었다. 선장은 편지들을 모두 한 가방 안에다 집어넣어 지금은 찾을 수 없지만 영국에 내리기 전에 꺼낼 기회가 있을 거라고 대답했다. 그래서 나는 얼마간 안심했고 여행을 계속했다. 선실에는 사교적인 사람들이 있었고, 게다가 해밀턴 씨가 식료품을 모두 두고 간 덕에 아주 잘 먹었다. 이 항해에서 데넘 씨와 내가 맺은 우정은 그가 죽을 때까지 계속되었다. 그렇지만 날씨가 너무 나빠서 항해 자체는 그리 유쾌하지 않았다.

영국해협에 들어섰을 때 선장은 내게 약속한 대로 가방을 뒤져서 지사의 편지를 찾아보게 해주었다. 내 앞으로 온 편지는 없었다. 나는 지사의 필체로 미루어보아 내 것일 법한 편지 예닐곱 통을 꺼냈다. 특히 그중 하나는 왕실 인쇄업자인 배스킷에게 가는 것이었고, 다른 하나는 출판업자에게 가는 것이었다. 우리는 1724년 12월 24일 런던에 도착했다. 나는 내 쪽으로 걸어오는 출판업자를 기다렸다가 키스 지사의 편지라며 건네주었다. 출판업자는 "난 이런 사람 모르는데" 하면서도 편지를 뜯어보았다. "오! 이건 리들스든이 보낸 편지로군. 나도 최근에 그자가 완전 사기꾼이라는 것을 알게 되었소. 그자라면 거래하지 않을 거고, 그자의 편지는 받지도 않겠소."

출판업자는 편지를 내 손에 다시 쥐여준 뒤 몸을 돌려서 다른 손님을 상대하러 갔다. 나는 그게 지사의 편지가 아니라는 것을 알고 깜짝 놀랐다. 여러 상황을 잘 생각하고 비교한 뒤, 나는 비로소 지사의 정직성을 의심하기 시작했다. 나는 친구 데넘을 발견하고 사건의 전말을 털어놓았다. 데넘은 키스 지사가 어떤 인간인지 알려주면서 그가 나를 위해 그런 편지를 써주었을 리가 없다고 말했다. 지사를 아는 사람은 그를 조금도 믿지 않는다는 얘기였다. 데넘은 지사가 신용장을 써준다는 얘기에 웃음을 터뜨리면서, 제공할 신용이 없는데 무슨 신용장이냐고 되물었다. 내가 앞으로 어떻게 해야 할지 모르겠다고 걱정하자, 그는 인쇄소 일자리를 알아보라고 조언했다. "여기 인쇄소에서 능력을 향상시키게. 그러면 아메리카로 돌아가 자네 인쇄소를 차릴 때 크게 유리할 거야."

우리 두 사람도 그 출판업자와 마찬가지로 리들스든 변호사가 지독한 협잡꾼이라는 것을 알게 되었다. 그자는 리드 양의 아버지에게 자기 대신 보증을 서게 함으로써 리드 씨의 재산을 절반이나 거덜낸 사기꾼이었다. 편지를 보니 당초 우리 배를 타고 런던으로 올 예정이었던 해밀턴 변호사에게 피해를 입히려는 은밀한 음모가 진행중인 것 같았다. 키스도 리들스든과 관련되어 있는 듯했다. 해밀턴의 친구인 데넘은 그에게 이 사실을 알려줘야 한다고 생각했다. 잠시 뒤 해밀턴이 영국에 도착했는데, 나는 키스와 리들스든에 대한 분노와 악감정으로, 또 해밀턴에 대한 호의로 그를 만나 그 편지를 넘겨주었다. 그는 중요한 정보를 줘서 진심으로 고맙다고 했다. 그때 그는 나의 친구가 되었고, 그후 여러 번 큰 도움을 주었다.

하지만 가난하고 무지한 소년한테 한심하게 사기나 치고 조잡한 장난을 한 지사의 행동을 어떻게 봐야 할 것인가! 그건 그의 습관이었다. 그는 모든 사람을 기쁘게 해주고 싶었다. 하지만 줄 게 별로 없었으므로 기대감만 잔뜩 안겨주었다. 그 고약한 습관을 제외하면, 그는 재주가 많은 합리적인 사람이었고, 훌륭한 작가였고, 시민들에게는 좋은 지사였다. 그러나 임명권자인 영주들에게는 좋은 지사가 아니었다. 그들의 명령을 때때로 무시해버렸기 때문이다. 우리 나라의 훌륭한 법률 중 몇몇은 그의 재임중에 계획되고 발효된 것이다.

랠프와 나는 단짝 친구였다. 우리는 주당 3실링 6펜스에 리틀 브리튼의 임대 가옥에 들어갔는데, 우리가 마련할 수 있는 최대한의 예산이었다. 그는 몇몇 친척들을 찾아갔으나 다들 가난하여 도움이 되지 못했다. 그제야 그는 런던에 계속 머무를 계획이고 필라델피아에 돌아갈 뜻이 없음을 밝혔다. 그는 가지고 온 돈이 없었다. 겨우 모았던 돈은 모두 뱃삯으로 써버렸다. 나는 15피스톨*을 갖고 있었다. 그는 일거리를 알아보는 동안 내게서 생활비 조로 돈을 빌려갔다. 처음에 그는 연극배우가 적격이라고 생각하여 극단에 들어가려고 했다. 하지만 그가 지원한 극단 대표인 윌크스는 배우로 성공할 가능성이 거의 없으니 극단에 취직할 생각을 접으라고 솔직하게 충고했다. 이어 랠프는 페이터노스터 로에 있는 출판업자 로버츠를 찾아가 구체적인 조건을 제시

---

* 스페인의 옛 금화.

하며 『스펙테이터』 같은 주간지에 글을 쓰게 해달고 부탁했지만 로버츠는 받아들이지 않았다. 그러자 랠프는 법률사무소 거리인 템플 근처에서 출판업자와 변호사를 위해 필사원으로 취직하려 했지만 일자리가 없었다.

나는 곧 바살러뮤 클로스에서 유명한 파머인쇄소에 취직했고, 여기서 일 년 가까이 일했다. 꽤 열심히 일했지만 수입의 대부분을 랠프와 함께 연극을 보고 다른 오락에 써버렸다. 내가 가져온 돈 15피스톨도 다 써버린 터라 그날 벌어 그날 먹는 처지가 되었다. 랠프는 아내와 아이를 완전히 잊어버린 듯했고, 나도 리드 양과의 언약을 서서히 잊어가고 있었다. 그녀에게 딱 한 번 편지를 썼는데, 그나마도 곧 돌아가지는 못할 것 같다는 내용이었다. 내가 저지른 커다란 오점 중 하나이고, 삶을 다시 살 수 있다면 반드시 고치고 싶은 부분이다. 사실 수입이 모두 생활비로 나가버리는 바람에 돌아갈 뱃삯조차 없는 상태였다.

파머인쇄소에서 나는 울러스턴의 『자연의 종교』 제2판의 식자 작업을 했다. 울러스턴의 추론 중 일부는 근거가 튼튼하지 못한 듯해 나는 그런 점들을 지적하는 철학 소논문을 썼다. 제목은 '자유와 필연, 쾌락과 고통에 관한 논문'이었다. 나는 그 글을 내 친구 랠프에게 헌정했고 소량을 인쇄했다. 그 일로 파머 씨는 나를 재간 있는 젊은이로 보아주었지만, 그 소논문에 표명된 그에게 혐오스러워 보이는 원칙들에 대해서는 준엄하게 꾸짖었다. 그 소논문을 인쇄한 일은 내 또다른 오점이었다. 리틀 브리튼에 살 때 나는 옆집에서 책방을 하던 윌콕스라는 사람을 알게 되었다. 그는 헌책을 엄청나게 수집해놓은 터였다. 그 당시에는 순회도서관이 없었다. 윌콕스와 나는 합리적인 조건으로(자세한 사항은 지금 잊어버렸지만) 그의 책들 중 아무것이나 마음대로 빌려서 읽고 반환하기로 합의했다. 나는 아주 유익한 거래라고 생각했고, 가능한 한 많이 이용하려고 애썼다.

나의 소논문은 우연히 『인간 판단력의 무오류성』이라는 책의 저자이자 외과의사인 라이언스의 손에 들어갔고, 이를 계기로 우리는 친구가 되었다. 그는 나를 주목하고서 종종 찾아와 그런 주제들에 대해 대화를 나누었다. 한번은 치프사이드가의 어느 거리에 위치한 페일 에일을 파는 맥줏집 혼스에 나를 데려가 『꿀벌의 우화』의 저자인 맨더빌 박사에게 소개해주기도 했다. 박사는 그곳에서 일종의 클럽을 차리고 좌장 역할을 하고 있었는데, 가장 유머러스하고 사람들을 즐겁게 하기 때문이었다. 라이언스는 또 뱃슨의 커피하우스에서 나에게 펨버턴 박사도 소개해주었는데, 박사는 나중에 아이작 뉴턴 경을 만나게 해주겠다고 약속했다. 나는 그 만남을 간절히 기다렸으나 성사되지는 않았다.

나는 영국으로 건너갈 때 몇 가지 신기한 물건을 가지고 갔는데, 그 중 가장 눈에 띄는 것은 불에 대면 빛이 나는 석면으로 만든 지갑이었다. 한스 슬론 경은 그 얘기를 듣고 나를 찾아와 블룸즈버리 스퀘어에 있는 자기 집에 초대했다. 그는 자신의 기이한 물건들을 보여주더니 내 석면 지갑을 자기 소장품에 넣고 싶다고 했다. 그는 내게 상당한 값을 치렀다.

우리가 세 들어 사는 집에는 클로이스터스 거리에서 모자 가게를 운영하는 젊은 여자가 있었다. 교양 있는 집안에서 성장해 재치 있고 생기가 넘쳤으며 대화를 아주 재미있게 이끌어갔다. 랠프는 저녁이면 그녀에게 희곡을 읽어주었고, 두 사람은 곧 친밀해졌으며, 그녀가 다른 집으로 옮기자 랠프도 따라갔다. 그들은 한동안 동거했다. 하지만 그는 여전히 직업이 없었고 그녀의 수입으로는 그녀의 아이까지 세 사람을 부양하지 못했으므로, 그는 런던을 떠나 시골 학교에 취직할 결심을 했다. 필체가 아주 좋고 산수와 회계에 능하니 그런 일을 맡을 자격이 충분하다고 생각했다.

하지만 그는 그 일자리를 부끄럽게 여기며, 장래에는 큰돈을 벌 것이라고 확신했다. 그래서 나중에 자신이 그런 초라한 일을 했다는 것을 들키지 않으려고, 본명을 감춘 채 영광스럽게도 내 이름을 대신 사용했다. 나는 얼마 후 그로부터 편지를 받았는데, 버크셔의 작은 마을에 자리를 잡았고, 그곳에서 학생 한 명당 주당 6펜스를 받으면서 열명 내지 열두 명에게 읽기와 쓰기를 가르친다는 내용이었다. 그는 동거녀였던 T부인을 잘 부탁한다면서, 자신에게 편지를 쓸 때는 어디어디의 교장인 프랭클린 씨 앞으로 보내달라고 말했다.

그는 내게 자주 편지를 보냈고, 당시 쓰고 있던 서사시의 상당 부분을 보내면서 나의 논평과 교정을 요청했다. 나는 가끔은 그렇게 해주었지만, 그의 시 쓰기를 만류하려고 애썼다. 그때 마침 에드워드 영의 풍자시가 출간되었다. 나는 뮤즈의 힘으로 출세하겠다는 희망을 품고 뮤즈를 좇는 것은 어리석은 일이라고 강력히 경고한 그 작품의 대부분을 필사해 보냈다. 하지만 아무 소용이 없었다. 편지가 올 때마다 랠프의 시가 동봉되어 있었다. 한편 T부인은 랠프 때문에 친구도 일자리도 잃고 자주 곤궁에 빠졌는데, 그럴 때마다 나를 불러 돈을 빌려달라고 했고 나는 형편 닿는 대로 도와주었다. 나는 그녀와 함께 있는 것이 점점 좋아졌다. 그 당시 나에겐 아무런 종교적 제약도 없었기에 내가 그녀에게 소중한 존재라고 여기며 성적인 접근(또다른 오점)을 시도했다. 그녀는 당연히 화를 내며 나를 물리쳤고 그 사실을 랠프에게 알렸다. 이 일로 우리의 우정에 금이 갔다. 런던으로 돌아왔을 때, 랠프는 그 일로 인해 내게 진 모든 빚이 사라졌다고 말했다. 그래서 나는 그에게 빌려준 돈, 예전에 그를 위해 쓴 돈을 돌려받을 수 없게 되었다. 당시 부채를 상환할 능력이 전혀 없었기 때문에 랠프의 선언은 그리 중요하지 않았다. 오히려 그와의 우정이 청산되자 나는 부담에서 해방되었다는 느낌이 들었다. 이제 돈을 조금씩 모아야겠다고 생각했다. 더 좋은 보수를 기대하며 나는 파머인쇄소를 떠나 링컨스 인 필즈 근처에 있는 와츠인쇄소로 옮겼다. 파머인쇄소보다 규모가 훨씬 큰 곳이었다. 여기서 런던 체류 기간 내내 일했다.

와츠인쇄소에 들어가서 나는 인쇄 업무를 맡았다. 아메리카에 있을 때는 인쇄와 조판 일을 함께 하여 신체 운동을 충분히 할 수 있었는데, 파머인쇄소에서는 조판만 해서 운동 부족이라고 생각했기 때문이다. 나는 일하는 동안 물만 마셨다. 하지만 쉰 명에 달하는 다른 인쇄공들은 맥주를 엄청 마셔댔다. 수시로 나는 대형 활자판을 양손에 하나씩 들고 계단을 오르내렸지만, 다른 인쇄공들은 활자판 하나를 양손으로 들고 겨우 움직였다. 이런 내 모습을 몇 번 보더니 그들은 나를 '워터 아메리칸'이라고 불렀고, 독한 맥주를 마시는 그들보다 내가 힘이 더 세다며 감탄했다!

인쇄소에는 직공들에게 맥주를 가져다주는 맥줏집 사환이 대기하고 있었다. 인쇄를 담당하는 동료는 매일 맥주를 아침식사 전에 1파인트*, 아침식사 때 빵과 치즈를 곁들여 또 1파인트, 그리고 아침과 점심 사이에 1파인트, 점심때 1파인트, 오후 여섯시 무렵에 1파인트, 일과가 끝 났을 때 1파인트, 무려 6파인트를 마셨다. 내 생각엔 혐오스러운 습관 이었다. 하지만 그는 일할 힘을 내려면 독한 맥주를 마셔야 한다고 했 다. 나는 맥주에서 나오는 힘은 맥주 속에 녹아 있는 곡식이나 보리의 양에 비례할 뿐이라고, 빵 1페니어치에 그보다 많은 보리가 들어 있다 고 알려주었다. 따라서 물 1파인트와 함께 빵을 먹는다면, 1쿼트**의 맥 주보다 더 많은 힘을 준다고 말했다. 하지만 그는 아랑곳하지 않고 계 속 맥주를 마셨고, 토요일 밤마다 정신을 흐리게 하는 맥주 때문에 주 급에서 4~5실링을 공제당했다. 나는 그 비용을 지출할 필요가 없었다. 이 불쌍한 친구들은 맥줏값 때문에 늘 적자에 허덕였다.

몇 주가 지나자 와츠 씨가 내게 조판실에서 근무해달라고 해서 나는 인쇄공들과 헤어졌다. 조판실 직원들은 일종의 신고식으로 내게 5실링 을 내놓으라고 요구했다. 나는 능력보다 낮은 급료를 받고 있었기에 강도짓이라고 생각했다. 주인도 그렇게 생각해 내지 말라고 했다. 나 는 이삼 주를 버텼고, 그래서 파문당한 사람 취급을 받았으며, 그들은 사소한 장난을 치기 시작했다. 내가 잠깐이라도 자리를 비우면 조판해 놓은 글자들을 뒤섞고, 작업하던 페이지들을 엉뚱한 곳으로 옮겨놓고, 세워놓은 활자기둥을 흩트려놓았다. 그들은 예배당에 정기적으로 나 가지 않는 자에게 재앙이 찾아온다면서, 그 장난을 모두 예배당 귀신 의 탓으로 돌렸다.*** 주인이 보호해주었음에도 불구하고 나는 신고식 을 치를 돈을 낼 수밖에 없었다. 계속 함께 일해야 하는 사람들과 사이

---

* 1파인트는 약 570밀리리터.
** 1쿼트는 2파인트. 1갤런의 4분의 1에 해당한다.

나쁘게 지내는 것은 어리석다고 확신했기 때문이다.

나는 그들과 사이가 좋아졌고, 곧 상당한 영향력을 행사하게 되었다. 나는 그들의 예배당 규칙에 대해 일부 합리적인 변경안을 제시했고, 모든 반대를 무릅쓰고 관철시켰다. 그들은 내 모범적 사례를 보고서 아침식사 때 빵과 치즈에 맥주를 곁들이던 습관을 내던지고, 나처럼 이웃집에서 후춧가루와 빵가루에 약간의 버터가 들어간 뜨끈한 죽을 한 그릇씩 제공받았다. 그 가격은 맥주 1파인트 값에 지나지 않는 1.5펜스였다. 더 만족스럽고 값싼 아침식사인데다 머리를 맑게 해주었다. 하지만 맥주를 하루종일 계속 마신 직공들은 종종 맥줏값을 제때 지불하지 못해 신용불량이 되었고, 맥주를 계속 마시기 위해 내게 돈을 빌려달라고 했다. 그들 말로는 '그들의 빛이 사라졌다'는 것이다. 나는 토요일 저녁이면 주급 테이블 옆에 지키고 섰다가 빌려준 돈을 회수했는데, 어떤 때는 30실링 가까이 되었다. 이렇게 돈을 잘 빌려주는데다 쾌활한 말로 풍자를 잘했으므로, 나는 곧 직공들 사이에서 상당한 지위를 얻게 되었다. 일요일의 숙취로 월요일에 결근하는 일이 없었으므로 주인도 나를 좋게 보았다. 조판을 재빨리 하는 능력 덕분에 급한 일을 도맡게 되었는데, 이런 일일수록 보수가 더 좋았다. 나는 이제 인쇄소에서 잘나갔다.

리틀 브리튼의 집은 인쇄소에서 너무 멀리 떨어져 있어서 나는 로미

*** 인쇄공들은 인쇄소를 예배당이라고 불렀다. 이런 명칭이 붙게 된 기원은, 영국 최초의 인쇄소는 낡은 예배당을 개조한 것이었기 때문이다. 인쇄공의 신고식은 기계공의 신고식과 유사했다. 인쇄소에 들어간 직공은 예배당의 공동선을 위해 1갤런 혹은 그 이상의 맥주를 사야 했다. 영국에서 이 관습은 30년 전에 사라졌다. 미국에는 이 관습이 들어오지 않았다. (프랭클린 아들의 언급)

시예배당 바로 맞은편의 듀크스트리트에 있는 적당한 임대가옥을 구했다. 전면에 이탈리아 상점이 있고 뒤쪽으로 이 층이 더 올라간 집이었다. 집주인은 과부였다. 그녀에게는 딸과 하녀, 그리고 상점 일을 보는 점원이 한 명 있었는데 그는 그 집에서 살지 않았다. 그녀는 리틀브리튼의 집에 내 평판을 알아본 후 그 집과 같은 주당 3실링 6펜스에 임차인으로 받아들이기로 했다. 집에 남자가 살면 어느 정도 보호막이 되어줄 거라는 기대감 때문에 시세보다 싸게 받는 것이라고 말했다. 나이 많은 과부인 그녀는 목사의 딸로 태어나 개신교도로 자랐지만, 매우 존경하는 남편을 따라 가톨릭으로 개종했다고 했다. 과거에 저명인사들 사이에서 살았으므로 찰스 2세 시대까지 거슬러올라가는 많은 저명인사의 일화를 알고 있었다. 그녀는 통풍으로 무릎이 불편해서 방 밖으로 거의 나가지 않았기 때문에 때때로 말동무가 필요했다. 그녀와 대화를 나누면 아주 즐거웠으므로 나는 요청이 올 때마다 그녀와 저녁을 함께 보내려고 했다. 우리의 저녁은 안초비 반 접시, 아주 조그만 버터 바른 빵 한 조각, 그리고 둘이 나눠 마시는 맥주 반 파인트가 전부였다. 하지만 진짜 즐거움은 그녀와 나누는 대화에 있었다. 내가 언제나 시간을 잘 지키고 집안에서 아무런 문제도 일으키지 않았으므로 그녀는 나와 헤어지기를 원치 않았다. 한번은 내가 인쇄소 근처에 주당 2실링 하는 집이 있다는 얘기를 듣고는 돈을 모아야 할 형편이라 그 정도면 상당히 절약이 되겠다고 하자, 그녀는 그 집 얘기는 다시 꺼내지 말라면서 앞으로 주당 2실링을 깎아주겠다고 했다. 그래서 나는 런던에 머무는 동안 계속 주당 1실링 6펜스로 그녀의 집에 묵었다.

그녀의 집 다락방에는 일흔 살 독신 여성이 은둔자처럼 살고 있었는데, 집주인은 이 여자에 대해 이렇게 말해주었다. 로마가톨릭 신자인 그녀는 어린 시절 해외로 보내져 수녀가 되기 위해 수녀원에 들어갔다. 그러나 그 나라에 적응하지 못하고 고국으로 돌아왔는데, 영국에는 수녀원이 없었기 때문에 상황이 허용하는 한 수녀와 비슷한 생활을 하기로 맹세했다. 그래서 그녀는 모든 재산을 자선단체에 내놓고 연간 12파운드로만 살아가는데, 이 금액 중에서도 상당액을 자선에 쓰고, 정작 자신은 멀건 죽만 먹으면서 죽을 끓일 때 외에는 불도 사용하지 않았다. 그녀는 그 다락방에서 여러 해 동안 살았는데, 바로 아래층에 사는 가톨릭 임차인들이 계속 집세를 내주었기 때문이다. 그들은 그녀를 다락방에 모시는 것을 축복으로 생각했다. 신부가 매일 그녀를 찾아와 고해성사를 집전했다. 집주인은 그녀에게 물어보았다. "다락방에 혼자 살면서 무슨 고백할 거리가 그렇게 많길래 매일 신부님에게 고해하는 건가요?" 그랬더니 그녀가 대답했다. "아, 헛된 생각은 피할 수가 없더군요." 나는 딱 한 번 그녀를 방문할 수 있었다. 그녀는 쾌활하고 공손했으며 아주 즐겁게 대화를 나누었다.

방은 깨끗했고 가구라고는 매트리스 하나, 십자가상과 성경이 놓인 테이블, 내게 앉으라고 권한 스툴, 난로 위에 걸려 있는 성 베로니카의 초상화가 전부였다. 초상화 속의 성녀는 그리스도의 피 흘리는 얼굴이 기적적인 형태로 나타난 손수건을 내보이고 있었다. 초상화에 대해 아주 진지하게 설명하는 그녀는 창백해 보였지만 아픈 것은 아니었다. 이 사례는 아주 적은 수입으로도 삶과 건강을 유지할 수 있다는 증거다.

와츠인쇄소에서 나는 와이게이트라는 아주 멋진 젊은이와 사귀게 되었다. 부유한 친척들 덕분에 다른 인쇄공보다 더 좋은 교육을 받은 그는 라틴어 지식이 상당했고, 프랑스어를 할 줄 알았으며, 책 읽기를 좋아했다. 나는 와이게이트와 그의 친구를 강으로 두 번 데려가 수영하는 법을 가르쳐주었고, 그들은 곧 헤엄을 잘 치게 되었다.

그들은 나를 시골에서 올라온 신사들에게 소개했다. 그들은 첼시왕립병원과 돈 살테로의 신기한 물건을 구경하기 위해 강에서 배를 타고 첼시로 갔다.* 돌아오는 길에 와이게이트의 말을 듣고 호기심이 생긴 일행이 요청하는 바람에 나는 옷을 벗고 강물로 뛰어들어 첼시에서 블랙프라이어스까지** 헤엄을 쳤다. 그 과정에서 물위와 물속에서 많은 재주를 선보여 처음 보는 사람들을 놀라게 하고 기쁘게 했다.

나는 어릴 때부터 수영 기술 시범 보이는 것을 좋아해서 테브노***의 동작과 자세를 모두 연구하여 연습했고, 실용적인 자세 이외에 좀더 우아하고 자연스러운 동작을 하기 위해 나름의 스타일도 추가했다. 그 다양한 영법과 자세를 일행에게 선보이고는 그들의 칭찬에 매우 우쭐해졌다. 인쇄소 주인이 되기를 열망하던 와이게이트는 내 수영 실력을 직접 보고서 점점 나에게 호감을 갖게 되었고, 우리가 공부한 내용이 비슷하다는 사실도 그의 호감을 더욱 키웠다. 그는 마침내 내게 유럽 전역을 여행해보자는 제안을 했다. 가는 곳마다 인쇄소에서 일을 하면

---

* 돈 살테로는 앞에서 나온 한스 슬론 경의 전속 이발사였는데, 슬론 경에게서 받은 신기한 물건들로 첼시의 강변에 커피하우스를 차렸다. 그의 전시물에는 욥의 눈물, 그리스도가 골고다로 메고 간 십자가의 파편, 빌라도 아내가 거느린 하녀의 여동생이 썼던 모자 등이 있었다.
** 약 4.5킬로미터.
*** 멜키세덱 테브노는 세계를 돌아다닌 여행가이자 프랑스 왕의 사서였다. 1696년 그는 『수영의 기술』이라는 책을 펴냈는데, 다양한 영법과 자세를 소개하는 판화 39점이 수록된 60페이지짜리 소책자였다.

충분히 경비를 마련할 수 있다는 것이었다. 나는 그 제안에 솔깃했다. 하지만 그즈음 여유 시간이 있을 때마다 만나던 좋은 친구인 데넘 씨에게 그 계획을 말했더니, 그는 만류하면서 펜실베이니아로 돌아갈 생각만 하라고 했다. 자신도 곧 돌아갈 예정이라면서.

나는 이 착한 사람의 성격 중 한 면모를 여기 기록해야겠다. 그는 전에 브리스틀에서 사업을 하다가 실패해 여러 사람에게 빚을 졌고, 채권자들과 합의해 아메리카로 건너간 터였다. 거기서 상인으로 열심히 일해 몇 년 사이에 큰돈을 벌었다.

나와 같은 배를 타고 영국에 돌아온 그는 예전의 채권자들을 식사에 초대해서 그들이 보여주었던 관대한 처분에 감사를 표했다. 채권자들은 식사 대접 외에는 아무것도 바라지 않았으나, 첫번째 코스의 그릇이 치워지자 각자 그 밑에서 자기앞수표를 발견했다. 수표의 액면에는 과거에 갚지 못한 채무에 더하여 이자까지 계산된 금액이 적혀 있었다.

데넘 씨는 곧 필라델피아로 돌아갈 예정이며, 거기서 가게를 열기 위해 엄청난 양의 물건을 가져갈 계획이라고 말했다. 내게 자기 가게의 직원으로 일해보자고 제안했다. 장부기입 요령을 가르쳐줄 테니 회계장부를 기록하고, 그의 편지를 대필하고, 가게를 봐주었으면 좋겠다고 말했다. 내가 상업 업무를 익히는 즉시 승진시켜 밀가루와 빵 등을 거래하도록 서인도제도에 보낼 것이며, 이익이 많이 나는 거래 건도 알선해주겠다고 덧붙였다. 내가 잘해낸다면 가게를 차려주겠다고도 말했다.

그 제안은 나를 기쁘게 했다. 당시 런던이 지겨워졌고, 펜실베이니아에서 보낸 즐거운 여러 달이 생생하게 기억나면서 다시 돌아가고 싶었기 때문이다. 그래서 펜실베이니아 돈으로 연간 50파운드라는 연봉에 즉각 동의했다. 그때 식자공으로 받던 돈보다 적었지만, 전망은 더 좋은 편이었다.

나는 이제 인쇄업을 영원히 떠나는 것이라고 생각했다. 그래서 날마다 데넘 씨와 함께 다니면서 새로운 상업 업무를 익혔다. 상인들을 찾아가 다양한 물건을 사들이고, 포장하는 것을 감독하고, 데넘 씨의 심부름을 하고, 인부들을 불러서 선적시키는 일 따위를 했다. 모든 물건을 배에 싣자 며칠간 시간 여유가 생겼다. 그때 놀랍게도 이름만 알고 있던 위대한 인물인 윌리엄 원덤 경의 부름을 받아 대화를 나누게 되었다. 그는 어떻게 들었는지 내가 첼시에서 블랙프라이어스까지 헤엄친 일과 단 몇 시간 만에 와이게이트와 그의 친구에게 수영을 가르친 일을 알고 있었다. 그에게는 곧 여행길에 오를 아들이 둘 있었다. 그는 내가 아들들에게 수영을 가르쳐주면 후사하겠다고 말했다. 그애들은 아직 런던에 오지 않았고 내가 얼마나 더 머물지도 불확실했으므로 그 일을 맡을 수가 없었다. 하지만 이 일을 계기로 만약 내가 영국에 남아 수영 학교를 연다면 돈을 많이 벌 수 있을 거라는 생각이 들었다. 아주 명확해 보였기 때문에 그 제안이 좀더 일찍 나왔더라면 그토록 일찍 아메리카로 돌아가지는 않았을 것이다. 몇 년 후, 너와 나는 윌리엄 원덤 경의 아들인 에그리먼트 백작과 중요한 일을 벌이게 되는데, 그 얘기는 적당한 곳에서 다시 하겠다.*

이렇게 나는 런던에서 약 18개월을 보냈다. 대부분의 시간에 열심히 일했고, 연극을 보고 책 읽는 것 외에 나 자신을 위한 시간은 별로 없었다. 내 친구 랠프 때문에 나는 가난해졌다. 그는 내게 약 27파운드를 빚졌는데 이젠 받을 길이 없어 보였다. 내 작은 수입에서 따지면 큰 금액이었다! 그렇지만 나는 그를 사랑했다. 좋은 면을 많이 가지고 있었기 때문이다. 나는 재산을 늘리지는 못했지만 아주 멋진 친구들을 만났고 그들과의 대화는 큰 도움이 되었다. 독서도 많이 했다.

우리는 1726년 7월 23일 그레이브센드에서 출발했다. 항해중에 있었던 사건을 알고 싶다면 내 일기를 보아라. 거기에 자세히 적혀 있을 게다. 그 일기에서 가장 중요한 부분은 내가 바다에서 구상한 인생계획일 것이다. 장차 인생을 어떻게 운영해나갈 것인가에 대한 특기할 만한 계획이다. 아주 어렸을 때 세운 계획이지만 노년에 이르기까지 꽤 철저하게 지켰던 것이니까.**

우리는 10월 11일 필라델피아에 상륙했다. 상황이 많이 바뀌어 있었다. 지사는 고든 소령으로 교체되어 키스는 더이상 지사가 아니었다. 나는 평범한 시민이 되어 거리를 걸어가는 키스를 만났다. 나를 보자 약간 부끄러워하는 듯했으나 아무 말도 하지 않고 지나갔다. 만약 리드 양을 만났더라면 나도 키스처럼 부끄러워했을 것이다. 하지만 그녀의 친구들은 내 편지를 보고 나의 귀국이 불확실하다는 것을 알고서 그녀에게 다른 사람과 결혼할 것을 종용했다. 그래서 그녀는 내가 없을 때 로저스라는 도공陶工과 결혼했다. 하지만 결혼 생활은 행복하지

---

* 프랭클린의 원래 자서전 집필 계획은 1771년의 사건까지 다루는 것이었다. 그러나 윌리엄 윈덤 경의 아들이 식민지 담당 총리가 된 것은 1761년의 일이고, 자서전은 1757년에서 끝나므로 이 아들에 대한 얘기는 뒤에 나오지 않는다.
** 여기서 아들에게 참고하라고 말한 일기는 1787년 레딩에서 만들어진 원고를 바탕으로 스파크스가 발간했다. 하지만 이 일기에는 '인생계획'이 들어 있지 않다.

못했고 곧 그와 헤어졌다. 그녀는 그와 함께 살기를 거부했고 그의 성을 따르지도 않았는데, 그에게 이미 아내가 있다는 게 밝혀졌기 때문이었다. 로저스는 한심한 작자였으나 뛰어난 직공이었기 때문에 그녀의 친구들은 그를 좋게 보았던 것이다. 그는 빚을 지고 1727년인가 1728년에 도망쳐서 서인도제도로 갔다가 거기서 죽었다. 인쇄업자 키머의 인쇄소는 더욱 좋아졌다. 문구류를 잘 갖춘 가게에는 신형 활자들도 많았으며, 비록 숙련공은 아니지만 여러 명의 일꾼을 거느렸고 상당히 많은 일감을 확보한 듯했다.

데넘 씨는 워터스트리트에 가게를 냈고 우리는 그곳에 물품을 진열했다. 나는 근면하게 일했고, 회계를 공부했으며, 얼마 지나지 않아 판매의 달인이 되었다. 우리는 같은 집에 살면서 숙식을 함께 했다. 그는 나를 정말로 좋아했으므로 아버지처럼 조언을 해주었다. 나도 그를 존경하고 사랑했으므로 우리는 아주 행복하게 오래 살 수도 있었을 것이다. 하지만 1726년에서 1727년으로 넘어가던 1월 초, 내가 갓 스물한 살을 지났을 때, 우리는 둘 다 중병에 걸렸다. 내 병은 늑막염이었는데 거의 죽음의 문턱까지 갔다. 나는 몹시 아팠고 마음속으로 죽을 각오를 했다. 그러나 그후 회복되는 것을 보고서 오히려 실망했다. 가게로 되돌아가 하기 싫은 일을 다시 해야 한다는 것이 원망스러웠다. 나는 데넘 씨의 병이 무엇이었는지는 잊어버렸다. 그는 오랫동안 앓았고 마침내 그 병으로 사망했다. 그는 나에 대한 배려로 약간의 유산을 구두유언으로 남겼고* 나를 또다시 광대무변한 세상에 내놓았다. 가게는 유

---

* 유산은 런던에서 아메리카로 돌아올 때 데넘이 벤저민 대신 내주었던 뱃삯 10파운드의 부채를 탕감해준 것이었다.

언 집행인들의 손으로 넘어갔고, 나의 고용 계약은 해지되었다.*

그 무렵 필라델피아에 있던 매형 홈스 선장은 나에게 인쇄업으로 다시 돌아가라고 권했다. 키머는 연봉을 많이 줄 테니 그의 인쇄소에 다시 와서 운영을 좀 맡아달라며 유혹했다. 대신 그는 문구점 일에 집중하겠다는 것이었다. 나는 런던에 있을 때 키머의 아내와 그녀의 친구들로부터 키머의 나쁜 평판을 들어 알고 있었기 때문에 그와 다시 거래하고 싶지 않았다. 나는 상점 점원으로 취직하려고 애썼다. 하지만 적당한 자리가 나지 않아 다시 키머와 계약했다. 나는 그의 인쇄소에서 여러 일꾼을 만났다. 휴 메러디스는 웨일스계 펜실베이니아 사람으로 서른 살이었고 어려서부터 농사일을 배웠다. 정직하고 합리적이고 눈썰미가 상당하며 글도 어느 정도 읽은 사람이었지만, 술을 좋아했다. 스티븐 포츠는 성년이 지난 시골 출신 젊은이였는데 역시 어려서부터 농사일을 배웠다. 덩치가 엄청 컸고 재치와 유머가 많았으나 약간 게을렀다. 키머는 이 두 사람을 아주 적은 주급으로 고용했다. 그들의 주급은 숙련도가 높아지는 데 따라 석 달마다 1실링씩 늘게 되어 있었다. 나중에 높은 임금을 주겠다는 기대감을 심어주어 키머는 이 두 사람을 끌어들였던 것이다. 메러디스는 인쇄 일을, 포츠는 제본 일을 맡았는데, 계약상 키머가 그들을 가르치게 되어 있었다. 하지만 키머는 그 두 일을 전혀 알지 못했다. 야성적인 아일랜드인 존 아무개 또한 아무런 기술이 없었다. 키머는 어떤 배의 선장으로부터 존의 4년 고용

---

* 여기에 약간 날짜의 착오가 있는 듯하다. 프랭클린은 1726년 10월부터 1727년 8월까지 데넘 밑에서 일했고 1727년 3월 혹은 4월에 아팠던 것 같다. 그는 1727년 가을에 키머의 인쇄소에 다시 취직했다. 그리고 데넘은 1728년 4월까지 생존해 있었다.

계약을 사들였는데, 존 역시 인쇄공으로 훈련될 예정이었다. 옥스퍼드 학생 조지 웨브도 4년 고용계약해 식자공으로 만들 생각이었다. 웨브에 대해서는 다시 거론할 것이다. 그리고 데이비드 해리라는 시골 소년이 도제로 있었다.

나는 곧 그가 전에 주었던 것보다 더 높은 임금으로 나를 고용한 의도를 알아차렸다. 나를 통해 이 기술 없고 값싼 노동력을 숙련시키려는 것이었다. 그들을 잘 훈련시켜놓으면, 나 없이도 장기 계약에 묶인 그들만으로 인쇄소를 꾸려나갈 수 있다는 속셈이었다. 그렇지만 나는 개의치 않고 유쾌하게 일했고, 큰 혼란에 빠져 있던 키머의 인쇄소를 잘 조직했으며, 직공들이 점차 그들의 일에 신경쓰면서 더 잘하도록 이끌었다.

옥스퍼드 학생이 돈에 팔려 하인 처지로 전락했다는 것은 좀 기이한 일이었다. 열여덟 살이 넘지 않은 웨브는 내게 신상 얘기를 털어놓았다. 그는 글로스터에서 태어나 그곳의 그래머스쿨을 다녔고, 연극 공연을 할 때 맡은 배역을 탁월하게 연기해 학생들 사이에서 돋보였다. 그는 그 학교의 익살 클럽 소속이었고, 산문과 운문으로 소품인 글들을 썼는데 그것들이 글로스터 신문에 실리기도 했다. 그는 옥스퍼드 대학에 진학해 일 년쯤 다녔지만 만족스럽지 않았고, 오직 런던에 가서 연극배우가 되고 싶을 뿐이었다. 마침내 그는 석 달 치 용돈인 15기니를 받자 부채를 청산하지 않고 타운을 벗어나 학사복을 가시금작화 덤불에 숨기고서 런던까지 걸어갔다. 조언해줄 친구 하나 없었던 그곳에서 그는 곧 나쁜 무리와 어울리게 되면서 15기니를 다 써버렸다. 연극배우들에게 소개될 기회를 잡지 못했고, 궁핍해져서 옷을 전당잡혔으며, 빵조차 얻기 어려워졌다. 어떻게 해야 할지 막막한 상황에서 몹시 허기진 채로 거리를 걸어가다가 해외인력 모집 광고를 보게 되었다. 아메리카에서 근무하는 조건으로 즉시 숙식과 기호품을 제공한다는 내용이었다.

그는 곧바로 찾아가서 도제 계약에 서명했으며, 친구들에게 무슨 일이 벌어졌는지 편지 한 줄 쓰지 않은 채 배에 실려 아메리카로 건너왔다. 그는 생기 넘치고 재치 있고 선량하고 함께 지내기 좋은 친구였지만, 게으르고 생각이 모자라고 경솔하기 그지없었다.

아일랜드인 존은 곧 달아났다. 나머지 직공들과 나는 아주 유쾌하게 지냈다. 그들은 키머에게서는 전혀 가르침을 받지 못했지만 나한테서는 날마다 새로운 것을 배웠기 때문에 나를 더욱 존경했다. 키머가 토요일을 안식일로 지켰기 때문에 우리는 일요일뿐만 아니라 토요일에도 일하지 않았다. 그래서 나는 이틀 동안 독서를 할 수 있었다. 나는 필라델피아 시내의 멋진 사람들을 더 많이 사귀게 되었다. 키머도 아주 정중하고 존경하는 듯한 태도로 나를 대했고, 나를 불안하게 만드는 것은 버넌에게 진 빚뿐이었다. 나는 그때까지 경제 사정이 좋지 못했기 때문에 그 빚을 갚을 수가 없었다. 그러나 버넌은 너그럽게도 돈의 상환을 요구하지 않았다.

우리 인쇄소에는 때때로 여벌 활자가 없는 경우가 있었는데, 아메리카에는 활자를 주조하는 곳이 없었다. 나는 런던의 제임스인쇄소에서 활자 주조하는 광경을 보기는 했으나 당시에는 별로 신경쓰지 않았다. 하지만 나는 이제 우리가 갖고 있는 활자들을 각인기刻印器 삼아 활자틀을 만들고 납으로 원판을 주조해서 빠진 활자들을 모두 채워넣을 수 있었다. 나는 문자 도안을 새기기도 했고 잉크도 만들었다. 나는 좋게 말해 전반적인 관리자였고 실제로는 잡역부였다.

물론 나는 열심히 근무했지만, 다른 직공들의 일솜씨가 늘었기 때문에 내 역할은 날마다 덜 중요해져갔다. 키머는 내 두번째 분기 임금을 지불하면서 큰 부담이라며 좀 깎아달라는 말까지 했다. 그는 점점 퉁명스러워졌고, 주인 행세를 하기 시작했으며, 트집을 잡으면서 심술궂게 굴었고, 툭하면 한바탕 싸울 기세였다. 그래도 나는 키머가 상황이 어려워 저러는 것이겠지 하고 생각하면서 꾹 참고 계속 열심히 일했다. 그러다 마침내 사소한 일이 발생해 우리의 관계를 끊어놓았다. 어느 날 법원 근처에서 큰 소음이 들려오기에 무슨 일인지 살피려고 창문 밖으로 고개를 내밀었다. 마침 거리에 있던 키머는 고개를 쳐들고서 나를 보더니 화가 난 커다란 목소리로 일어나 열심히 하라고 소리치더니 몇 마디 비난을 퍼부었다. 나를 더욱 불쾌하게 만든 것은 사람들이 다 듣는 데서 그런 말을 했다는 점이었다. 그 순간 밖을 내다보던 이웃들은 내가 천대를 받는 모습을 다 보게 된 것이었다. 그는 즉시 인쇄소로 올라와 계속 싸움을 걸었고, 양쪽에서 고성이 오갔다. 그는 계약서에 명시된 대로 삼 개월 전 해고통지를 당장 하겠다고 말하면서 해고하기까지 그렇게 긴 시간을 기다려야 해서 억울하다고 했다. 나는 당장 그만둘 테니 억울해할 필요 없다고 대꾸하고는 모자를 집어들고 인쇄소 밖으로 걸어나왔다. 아래층에 있던 메러디스가 내 물건을 챙겨서 숙소로 가져다주길 바라면서.

메러디스는 저녁에 내 물건을 가져왔고, 우리는 내 앞날에 대해 얘기를 나누었다. 그는 나를 아주 높이 평가했기에 함께 근무하지 못하고 내가 떠나야 하는 것을 무척 아쉬워했다. 내가 보스턴으로 돌아갈까 생각중이라고 했더니 메러디스는 몇 가지 이유를 대면서 만류했다. 그는 키머 소유의 재산이 전부 빚 때문에 저당잡혀 있다는 사실을 상기시켜주었다. 채권자들이 불안해하고 있다, 키머는 때때로 현찰이 급해 이익이 나지 않는데도 인쇄 일을 해주고 외상을 주면서 장부에 기재도 하지 않을 정도로 인쇄소를 한심하게 운영하고 있다, 그는 곧 망할 테니까 그때 내가 그 빈 공간을 파고들 수 있다는 것이었다. 나는 돈이 없다면서 반대했다. 그러자 메러디스는 자기 아버지가 나를 높이 평가한다면서, 언젠가 아버지와 대화한 적이 있는데 나와 동업을 한다면 가게 차릴 돈을 아버지가 대줄 것 같다고 했다. 메러디스는 이렇게 말했다. "봄이 되면 내가 키머와 맺은 계약 기간이 끝납니다. 그때쯤이면 우리는 인쇄기와 활자를 런던에서 들여올 수 있을 거예요. 나는 뛰어난 직공은 못 됩니다. 당신만 좋다면, 당신은 인쇄 기술을 제공하고 나는 자본을 제공해서 이익을 반반씩 나눕시다."

그 제안이 그럴듯해 나는 동의했다. 마침 타운에 와 있던 메러디스의 아버지도 그 제안을 승낙했다. 그는 내가 아들에게 커다란 영향력을 발휘하여 상당 기간 술을 마시지 않게 한 것을 고마워했고, 우리가 동업자가 되어 밀접한 관계를 맺게 된다면 아들이 한심한 음주 습관에서 완전히 벗어나지 않을까 희망했다. 나는 인쇄소 운영에 필요한 물품 목록을 그에게 건네주었고, 그는 다시 상인에게 주었다. 물품을 주문했고, 발주 상황은 물품이 들어올 때까지 비밀에 부쳤으며, 그동안 나는 가능하다면 시내의 다른 인쇄소에 일자리를 알아보기로 했다. 하지만 빈자리가 없어서 며칠간 일없이 놀았다. 그때 키머는 뉴저지의 지폐를 인쇄하는 일거리를 얻게 될 가능성이 높아졌는데, 지폐 찍는 일은 나만이 알고 있는 다양한 문양과 글자를 넣는 기술을 필요로 했다. 브래드퍼드인쇄소가 나를 고용해 일거리를 빼앗을까봐 그는 나에게 아주 정중한 메시지를 보내왔는데, 오랜 친구들이 갑작스러운 분노로 인한 사소한 시비 몇 마디 때문에 헤어질 수는 없는 것이니 다시 인쇄소로 돌아와주었으면 좋겠다는 내용이었다. 메러디스는 그리 되면 매일 나에게 하나라도 더 배울 수 있을 것이라며 그 말을 따르도록 나를 설득했다. 그래서 나는 키머인쇄소로 돌아갔고, 한동안 전보다 더 화기애애하게 지냈다. 뉴저지 일거리는 우리 인쇄소에서 따냈고, 나는 그 일을 위해 동판인쇄기를 만들었는데, 아메리카 최초였다. 나는 지폐에 들어갈 다양한 도안과 보안장치의 판을 만들었다. 우리는 함께 뉴저지의 벌링턴으로 갔고, 거기서 나는 지폐 찍는 일을 완벽하게 수행했다. 키머는 그 일로 상당한 돈을 벌었으므로 상당 기간 물속에 가라앉지 않고 버틸 수 있었다.

벌링턴에서 나는 그 지방의 많은 유지들과 사귀었다. 그들 중 몇몇은 의회가 지명한, 지폐 인쇄 작업을 감독하는 위원회의 위원이었다. 그들의 임무는 법률이 명한 것 이상으로 지폐를 찍지 못하게 살피는 것이었다. 그들은 교대로 우리 곁에 붙어 서 있었는데, 당번을 설 때마다 보통 친구 한두 명을 말동무로 데리고 왔다. 나는 독서를 많이 하여 키머보다 머리가 트여 있었기 때문에 그들은 나와 나누는 대화를 유익하다고 생각했다. 그들은 나를 집에 데려갔고, 친구에게 소개해주었으며, 키머보다 훨씬 정중하게 대했다. 반면에 키머는 주인인데도 다소 무시당했다. 사실 그는 기이한 사람이었다. 공동생활을 꺼려했고, 상대방의 의견을 무례하게 반박하기를 즐겼으며, 외양이 추레하여 아주 지저분해 보였고, 일부 종교적인 문제에 열광적이었으며, 악당 기질까지 지니고 있었다.

우리는 벌링턴에서 근 3개월 동안 머물렀다. 일을 끝낼 무렵 나는 앨런 판사, 지방장관 새뮤얼 버스틸, 아이작 피어슨, 조지프 쿠퍼, 의회 의원인 스미스 집안 사람들, 측량감 아이작 디코 등을 친구로 생각하게 되었다. 측량감은 날카로우면서도 현명한 노인이었다. 그는 어린 시절 벽돌공들에게 진흙을 수레로 날라다주는 조수부터 시작해 성년이 되어서야 글자를 배웠지만, 측량사들의 측쇄를 들고 다니며 측량 기술을 배워 열심히 일한 까닭에 현재의 좋은 지위에 오르게 되었다고 말했다. 그는 이런 말도 했다. "자네는 곧 저 친구를 이 일에서 몰아내고 인쇄업으로 필라델피아에서 큰돈을 벌게 될 거야." 그 당시 측량감은 내가 그곳이나 다른 곳에서 인쇄소를 차리려 한다는 것을 전혀 모르고 있었는데도 말이다. 이때 사귄 사람들은 후일 내게 큰 도움이 되었고, 나 또한 그들 중 일부에게 도움을 주었다. 그들은 세상을 떠나기 전까지 계속해서 나를 존중해주었다.

공식적으로 사업에 뛰어든 얘기를 하기 전에 원칙 및 도덕과 관련해 내 마음 상태가 어떠했는지 네게 알려주는 게 좋을 듯하다. 이 상태가 이후의 내 인생에 일어난 사건에 얼마나 큰 영향을 미쳤는지 알게 될 테니까. 부모님이 일찍감치 종교 교육을 시켜서 나는 어린 시절 내내 독실한 개신교 신자로 성장했다. 하지만 열다섯 살 무렵, 여러 다른 책들에 논의되어 있는 여러 가지 사항에 의문을 품은 끝에 나는 계시 자체를 의심하기 시작했다. 이신론理神論*에 반대하는 책들이 내 손에 들어왔다. 보일 강연** 설교들의 핵심을 모아놓은 것이었다. 하지만 그 설교집은 당초의 의도와는 정반대로 내게 영향을 미쳤다. 이신론을 반박하기 위해 인용된 이신론자들의 주장이 유신론자들의 주장보다 훨씬 더 설득력이 있었다. 간단히 말해서, 나는 완벽한 이신론자가 되었다. 나의 강력한 주장으로 인해 곧 다른 사람들, 특히 콜린스와 랠프가 이 길로 빠져들었다. 두 사람은 그후 나에게 큰 잘못을 저지르고도 양심의 가책을 받지 않았다. 또다른 자유사상가***인 키스 지사가 내게 한 행동도 가증스러웠고, 내가 버넌과 리드 양에게 한 행동도 칭찬할 만한 것은 아니라서 나는 때때로 큰 고통에 빠졌다. 그래서 이신론이라는 교리가 진실일지 모르지만 인생을 살아나가는 데는 그리 유익하지 않다고 의문을 품게 되었다. 내가 런던에서 발간한 소논문의 제사에는 다음과 같은 존 드라이든의 시구를 넣었다.

---

* 이신론은 16세기에 소키아누스 일파가 처음으로 주장한 것으로, 무신론과 구별하기 위해 스스로를 이렇게 불렀다. 그후 이신론은 주로 17세기와 18세기에 영국에서 벌어진 자유사상운동을 가리키는 말로 쓰였다. 이신론은 계시를 부정하고 그 대신에 이성의 힘을 강조한다. 이신론의 주요 주장은 다음 다섯 가지다. 1)하느님이 이 세상을 창조한 것은 맞지만, 그후 계시의 방법으로든 기적의 방법으로든 현재의 세상 돌아가는 일에는 일절 간섭하지 않는다. 따라서 예수그리스도에 대해서 부정적인 견해를 취한다. 2)선(옳음)과 악(그름)은 분명히 다른 개념이다. 3)인생의 의무는 선을 현양하는 것이다. 4)영혼은 불멸이다. 5)우리가 내세에서 누릴 지위는 현세에서 실천한 윤리적 행동에 의해 결정된다. 이신론은 무신론과 유신론 사이에 존재하는 사상으로 인식되어, 유신론자들에 의해서는 위장한 무신론으로, 무신론자들에 의해서는 어정쩡한 자유사상으로 폄하되었다. 19세기에 벤저민 프랭클린은 이신론 신봉자로 인식되었고 그래서 신앙이 박약하거나 없는 사람으로 매도되었다.
** 화학자 로버트 보일이 "유해한 불신자"들에 대항하기 위해 연간 여덟 번의 설교를 해달라며 매년 50파운드의 돈을 기증했는데, 이 설교를 가리켜 보일 강연이라 한다.
*** 이신론자의 다른 표현.

존재하는 것은 뭐든지 옳다. 그러나 반쯤 눈먼 사람은
사슬의 일부, 즉 가장 가까이 있는 연결고리만 본다.
그의 눈은 모든 것 위에서 균형을 잡는
평평한 들보를 보지 못한다.

나는 신의 속성, 그분의 무한한 지혜와 선량함과 권능으로부터 다음
과 같은 결론을 내렸다. 이 세상에 있는 그 무엇도 잘못일 수 없고, 미
덕과 악덕은 공허한 구분일 뿐이며, 선악의 구분이 전에는 멋지게 보
였으나 지금은 전혀 그렇지 않았다. 나도 모르게 어떤 오점이 내 주장
속으로 스며들어, 형이상학적 추론에서 늘 그렇듯, 그뒤의 모든 추론
을 오염시킨 것이 아닌가 하고 의심했다.

나는 사람과 사람의 거래에서는 진실, 성실, 정직을 지키는 것이 제
일 중요하고 그래야 인생의 축복이 온다고 확신하게 되었다. 살아 있
는 동안 지속적으로 실천하게 될 결심을 종이에 써놓았는데, 아직도
일기장 속에 그 내용이 남아 있다. 선악에 대한 계시는 그 자체로 나에
게 아무런 의미가 없었다. 나의 의견은 이랬다. 어떤 행동은 계시에 의
해 금지되었기 때문에 악한 것이 아니고, 또 어떤 행동은 계시에 의해
권장되었기 때문에 선한 것이 아니다. 여러 가지 상황을 종합하고 또
그 행동의 성질을 살펴보건대, 아마도 악한 행동은 우리에게 나쁘기
때문에 금지되었을 것이고, 선한 행동은 우리에게 좋기 때문에 권장되
었을 것이다. 이런 의견, 섭리의 자상한 손길 혹은 수호천사의 보살핌,
우연히도 순조로웠던 환경과 상황, 이 모든 요소가 다 합쳐져서 청춘

의 위험스러운 시기를 그런대로 무사히 보낼 수 있었던 것 같다. 젊은 시절 나는 아버지의 시야에서 벗어나 조언을 받지 못한 채, 낯선 사람들 사이에서 때때로 위험한 상황에 처했지만, 신앙의 결핍으로부터 생겨날 수도 있는 '제멋대로'인 악행이나 부정한 행위는 저지르지 않았던 것이다. 여기서 내가 '제멋대로'라고 한 것은, 앞서 말한 상황에는 젊음, 무경험, 남들의 악행 따위로 인한 필연성이 있었기 때문이다. 그리하여 나는 세상을 살아가는 데 그런대로 원만한 성격을 갖추었다. 나는 그 성격을 적절하다고 평가해 그대로 유지하기로 결심했다.

벌링턴에서의 지폐 인쇄 작업을 끝내고 필라델피아로 돌아오자 곧새 활자도 런던으로부터 도착했다. 우리는 키머와 담판을 지었고, 그가 우리의 창업 얘기를 듣기 전에 그를 떠났다. 우리는 시장 근처에서 임대가옥을 발견해 계약했다. 당시 연간 24파운드이던 집세를 절약하기 위해(또한 집세가 한때 70파운드까지 나갔다는 것을 알고 있었으므로), 우리는 유리공 토머스 고드프리 가족을 2차 임차인으로 받아들여 집세의 상당 부분을 내게 했고, 그들과 함께 식사를 해결했다. 우리가 활자 상자를 개봉하고 인쇄기를 설치하자마자 내 친구 조지 하우스가 우리에게 어떤 시골 사람을 데려왔다. 길에서 만났는데 마침 인쇄소를 찾더라는 것이었다. 우리가 가지고 있던 현금은 다양한 물품을 구입하느라고 바닥난 터였기에, 이 사람이 가져온 5실링은 적시에 들어온 우리의 첫 수확이었고, 일찍이 내가 벌어본 그 어떤 1크라운*보다 더 큰 기쁨을 안겨주었다. 나는 조지 하우스에게 느낀 고마움 덕분에 새로

---

* 1크라운은 5실링.

사업을 시작하는 창업자들을 좀더 적극적으로 도와주려는 마음가짐을 지니게 되었다.

어느 지방에나 멸망을 예언하는 비관론자들이 있다. 필라델피아에도 그런 사람이 있었다. 그는 저명하고 나이가 들었으며 현명해 보이고 아주 신중하게 말하는 사람이었다. 이름은 새뮤얼 미클이었다. 나와는 초면인 이 신사가 어느 날 우리 인쇄소 문 앞에서 걸음을 멈추더니 내가 최근에 새 인쇄소를 개업한 젊은이냐고 물었다. 그렇다고 대답하니 그는 내가 안됐다고 말했다. 인쇄소는 비용이 많이 들어가는 사업인데 투자금이 결국 날아갈 것이라고 했다. 필라델피아는 퇴보하는 도시이고 사람들은 절반쯤 파산했거나 파산 직전 상태라는 게 이유였다.* 그런 비관론과 어긋나는 현상, 가령 건물 신축과 임대료 상승 등은 그가 볼 때 기만적인 겉모습일 뿐, 그것들이 곧 우리를 망하게 할 것이라고 했다. 그가 현재 있거나 앞으로 있을 불운을 아주 자세히 묘사했기 때문에 나는 다소 울적해졌다. 만약 내가 인쇄업을 시작하기 전에 그를 만났더라면 사업을 하지 않았을지도 몰랐다. 그런데 이자는 이 퇴보하는 도시에 계속 살았고 같은 가락의 비관적 노래를 계속 불러댔다. 그러면서 그후 여러 해 동안 집도 사지 않았다. 다 망할 거라면서 말이다. 마침내 나는 그가 비관론을 퍼뜨리던 시점보다 다섯 배나 더 비싸진 집을 사는 모습을 느긋이 지켜보게 되었다.

앞에서 얘기했어야 하는데, 전해 가을에 나는 멋진 친구들과 함께

---

* 프랭클린은 1728년 봄에 새 인쇄소를 설립했는데, 필라델피아는 그 직전인 1727년 10월부터 1728년 1월까지 엄청난 불경기를 겪어서 펜실베이니아 화폐가 크게 평가절하되었다.

상호 향상을 목표로 하는 클럽을 결성하고 준토*라고 명명했다. 우리는 금요일 저녁마다 만났다. 내가 정한 모임의 규칙은 각 회원이 돌아가면서 도덕, 정치, 자연철학 등의 탐구 주제를 하나씩 내고, 회원들이 함께 토론하자는 것이었다. 또한 각 회원은 삼 개월에 한 번씩 자신이 좋아하는 주제로 에세이를 써서 낭독하기로 했다. 우리의 토론은 회장 주재하에 진행하며, 논쟁적 성향이나 승리에 대한 욕구는 배제하고 진리 탐구라는 성실한 목표를 추구했다. 토론 열기가 뜨거워지는 것을 예방하기 위해 너무 적극적으로 자신의 의견을 제시하거나 다른 회원의 의견을 직접적으로 반박하는 것을 금지했고, 위반하면 약간의 벌금을 부과했다.

초창기 회원 중에 조지프 브린트널이 있었다. 그는 공증용 문서를 필사하는 일을 하는 선량하고 다정한 중년 남자였고 시를 아주 좋아했다. 손에 들어오는 모든 시를 열심히 읽었고 그럴듯한 시도 여러 편 써냈다. 자질구레한 장신구를 잘 만들었고 말도 조리 있게 했다.

독학한 수학자인 토머스 고드프리는 나름의 성취를 이루었고, 나중에 '해들리의 사분의四分儀'라고 알려진 물건을 발명했다. 하지만 전공 외에 아는 게 거의 없었고, 그리 유쾌한 친구는 아니었다. 내가 만나본 대부분의 수학자처럼 모든 발언에 대해 언제나 정확성을 요구했고, 늘 사소한 문제를 가지고 부정하거나 따지기를 좋아하여 대화를 망쳐놓기 일쑤였다. 그는 곧 우리 모임을 떠났다.

측량기사인 니컬러스 스컬은 나중에 측량감으로 승진했다. 책을 좋

---

* Junto. 스페인어로 '모임'이라는 뜻의 junta에서 유래한 이름.

아했고 때때로 시를 지었다.

구두공인 윌리엄 파슨스는 독서를 좋아했고 상당한 수학 지식을 축적했다. 그는 처음에 점성술을 공부할 목적으로 수학을 공부했으나 이후에는 점성술을 경멸하게 되었다. 그 또한 측량감이 되었다.

목수면서 아주 뛰어난 기계공인 윌리엄 모그리지는 건실하고 합리적인 남자였다.

휴 메러디스, 스티븐 포츠, 조지 웨브에 대해서는 이미 앞에서 언급했다.

로버트 그레이스는 상당한 재산을 가진 젊은 신사였는데 관대하고 생기 넘치고 재치가 있었다. 말장난과 친구들을 좋아했다.

당시 상인의 서기였던 윌리엄 콜먼은 내 또래였다. 아주 침착하면서도 명석한 두뇌와 선량한 심장의 소유자였던 그는 내가 만나본 사람 중 도덕을 철저하게 지키는 사람이었다. 그는 나중에 아주 저명한 상인이 되었고, 우리 지방의 판사가 되었다. 우리의 우정은 그가 죽을 때까지 40여 년간 중단 없이 계속되었다. 우리 클럽도 그 정도 지속되었는데, 당시 우리 지역에 존재했던 철학, 도덕, 정치에 관한 한 최고의 학교였다. 토론하기 한 주 전에 탐구 사항이 발표되면 우리는 그 사안과 관련된 여러 주제에 대해 폭넓게 독서를 해야 했다. 그래야 다음주 토론에 나가서 논지에 맞게 말을 할 수 있었다. 여기서 우리는 더 좋은 대화 습관을 얻었다. 회원들이 서로 혐오감을 주지 않는다는 규칙을 철저히 준수하면서 논의했기 때문이다. 이런 배경 덕분에 클럽은 오래 존속할 수 있었다. 앞으로도 자주 이 클럽을 언급할 기회가 있을 것이다.

하지만 내가 여기서 특별히 이 클럽을 언급한 것은 회원들이 내게 베풀어준 사업의 기회를 말하기 위해서다. 특히 브린트널은 퀘이커교도들의 역사를 전지 40부에 인쇄하는 일의 일부를 우리에게 주었고, 나머지는 키머에게 돌아갔다. 보수가 낮았기 때문에 우리는 아주 힘들게 일해야 했다. 2절판 전지를 사용한 프로 파트리아 판형이었고, 본문 활자는 12포인트에 각주는 10포인트였다.

내가 하루에 전지 하나를 조판하면, 메러디스가 그것을 인쇄기에 걸어 인쇄했다. 당일 조판한 활자판을 해체하여 활자 박스에 다시 넣고 나면 밤 열한시가 되었고 어떤 때는 더 늦어지기도 했다. 다른 친구들이 때때로 가져다주는 자그마한 일거리에도 대비해야 했기 때문이다. 나는 무슨 일이 있어도 하루에 2절판 전지 한 장은 조판하겠다고 결심했다. 그러나 어느 날 밤 조판을 모두 끝냈다고 생각했는데, 두 페이지가 갑자기 조판 틀 안에서 무너지면서 활자들이 뒤엉켜 못 쓰게 되었다. 나는 곧 그 페이지를 해체하여 다시 제대로 해놓고 난 다음에 잠자리에 들었다. 이웃들에게 이런 근면함이 알려지면서 우리는 좋은 평판과 신용을 얻게 되었다. 처음에 우리가 인쇄소를 차렸을 때만 해도 저녁에 클럽에 모여서 얘기를 나누던 상인 대부분은 우리가 곧 망할 것이라고 보았다. 이미 키머와 브래드퍼드라는 두 인쇄소가 있기 때문에 경쟁에서 이길 수 없다고 본 것이다. 하지만 베어드 박사는 정반대 의견을 내놓았다(너와 나는 수년 후 베어드 박사의 고향인 스코틀랜드 세인트앤드루스에서 그를 만나게 된다). "프랭클린은 내가 본 그 누구보다도 근면하고 성실합니다. 내가 클럽에서 집으로 돌아갈 때도 여전히 일을 하고 있더니, 그다음날 아침 이웃들이 침대에서 일어나기도 전에 다시 일을 시작하더군요." 이 말은 다른 사람들에게 영향을 미쳤다. 우리는 곧 그들 중 한 사람으로부터 우리에게 문구류를 납품하겠다는 제안을 받았다. 하지만 우리는 아직 소매업까지 손대고 싶지는 않았다.

어쩌면 자랑처럼 보일지도 모르는 내 근면함을 아주 구체적으로 자유롭게 언급했는데, 이 글을 읽는 후손이 그 미덕의 용도를 잘 알기를 바라기 때문이다. 그들은 이 자서전을 통해 근면함의 미덕이 내게 유익하게 작용했음을 볼 수 있을 것이다.

조지 웨브는 그 무렵 사귄 여자친구에게 돈을 빌려 키머인쇄소에서 근무해야 하는 시간을 메꾼 다음 우리에게 와서 직공으로 일하고 싶다고 말했다. 우리는 당시 그를 고용할 형편이 못 되었다. 그런데 나는 어리석게도 사업상 비밀을 그에게 말해버리고 말았다. 내가 앞으로 신문을 시작할지 모르는데 그때가 되면 일거리가 생길 거라고 귀띔했던 것이다. 웨브에게 내 성공의 희망은 신문에 달려 있다는 말도 했다. 브래드퍼드가 펴내는 당시 그 지역 유일한 신문은 시시한데다 관리도 엉망이어서 별로 재미가 없었는데도 그에게 이익을 남겨주고 있었다. 그래서 좋은 신문을 내면 상당한 반응과 후원이 있을 것이라고 보았다. 나는 웨브에게 아무에게도 말하지 말아달라고 부탁했다. 하지만 그는 키머에게 말해버렸고, 키머는 선수를 치기 위하여 즉시 신문을 펴내겠다는 계획을 발표했다. 키머가 신문사를 차리면, 웨브는 거기에 취직하기로 했다는 사실을 알고 나는 분개했다. 아직 신문을 시작할 형편이 못 되었으므로 나는 그들에게 반격을 가하기 위해 브래드퍼드의 신문에다 '호사가'라는 제목으로 재미있는 글을 여러 편 실었고, 그후에는 브린트널이 몇 달 동안 계속 그 칼럼을 맡았다. 이런 방법을 쓰자 일반 대중의 관심은 브래드퍼드 신문에 집중되었고, 우리가 조롱하고 멸시했던 키머의 계획은 관심을 받지 못했다. 그래도 키머는 신문을 발행했는데, 아홉 달이 지나도 구독자가 겨우 90명밖에 되지 않자 신문사를 내게 헐값으로 넘기겠다고 제안했다. 나는 여러 달 동안 신문을 낼 생각을 하고 있었으므로 제안을 즉시 받아들였다. 신문은 몇 년 사이에 내게 큰 이익을 가져다주었다.

인쇄업 운영과 관련하여 '나'라는 표현을 썼지만 메러디스와의 동업은 여전히 계속되고 있었다. 일인칭 단수로 말한 것은 아마도 인쇄소 운영이 전적으로 내 소관이었던 까닭일 게다. 메러디스는 식자공이 아니었고 인쇄 솜씨도 신통치 않았으며 술에 취해 있을 때가 더 많았다. 내 친구들은 그런 술꾼과 동업한다고 탄식했지만, 나는 주어진 상황을 최대한 유리하게 활용할 수밖에 없었다.

우리 신문은 그 지역 어느 신문과도 다른 독특한 외양을 갖고 있었다. 활자체도 더 좋았고, 인쇄 상태도 더 좋았다. 게다가 당시 버넷 지사와 매사추세츠 의회 사이에서 벌어지던 논쟁에 대해 내가 활기찬 논평을 써서 신자 그 지방의 주요 인사들이 깊은 인상을 받았고, 그래서 우리 신문과 발행인이 사람들의 입에 많이 오르내리게 되었으며, 몇 주 만에 그들 모두 우리 신문의 구독자가 되었다.

이와 유사한 사례가 그후에도 여러 번 되풀이되었고, 우리 신문의 발행 부수는 점점 늘어났다. 글쓰기를 배운 일이 처음으로 좋은 영향을 가져왔던 것이다. 또다른 영향은 지방 유지들이 신문 발행인이 글까지 쓸 줄 아는 것을 보고서 내게 일을 맡기면 편리하겠다고 생각한 것이었다. 브래드퍼드는 아직도 의사록, 법률 문서, 기타 공공사업 문건을 인쇄하고 있었다. 그는 의회가 지사에게 보내는 연설문을 아주 조잡하고 엉성한 방식으로 인쇄했다. 우리는 그것을 우아하고 정확하게 다시 인쇄하여 모든 의원에게 보냈다. 의원들은 금방 차이점을 알아보았다. 이것은 의회에 있는 내 친구들의 주장에 힘을 실어주었고, 의원들은 다음해에는 우리 인쇄소를 선정했다.

의회에 있던 친구들 가운데 앞에서 언급한 해밀턴 씨를 잊지 말아야 할 것이다. 그는 당시 영국에서 돌아와 의석을 차지하고 있었다. 그는 이 건에서도 나를 위해 특별히 힘을 써주었지만 그후에도 여러 번 도와주었고, 세상을 떠날 때까지 나를 후원했다.

이 무렵 버넌 씨는 내게 받을 돈이 있다는 사실을 상기시켰으나 상환을 재촉하지는 않았다. 나는 그에게 편지를 써서 잊지 않고 있으니 조금만 더 기다려달라고 부탁했다. 그는 흔쾌히 미루어주었고, 나는 갚을 능력이 되자마자 깊은 감사를 표하면서 원금에 이자까지 쳐서 돌려주었다. 이렇게 해서 오점 하나를 어느 정도 바로잡았다.

전혀 예상하지 못한 또다른 어려움이 닥쳐왔다. 메러디스의 아버지는 내 능력을 믿고 인쇄소를 차리는 비용을 모두 내놓기로 합의했었는데, 필요한 비용 200파운드 중 100파운드만 내놓았다. 우리에게 물건을 댔던 상인이 나머지 100파운드를 받지 못하자 초조해진 나머지 우리 모두를 고소했다. 우리는 보석을 받았지만 사태는 암담했다. 만약 돈을 기한 내에 내놓지 못하면 소송이 진행되어 곧 판결까지 가서 형이 집행될 것이고, 우리와 함께 희망찬 미래도 물거품이 될 터였다. 빚을 갚으려면 인쇄기와 활자를 반값에 팔아넘겨야 하기 때문이다.

이런 곤궁한 상황에서 진정한 친구 두 명이 나를 따로따로 찾아왔다. 나는 그 은혜를 지금껏 잊지 않았으며 앞으로도 결코 잊지 않을 것이다. 요청하지도 않았는데 그들은 내가 혼자서 인쇄소를 운영한다면 비용을 모두 대겠다고 말했다. 그들은 내가 메러디스와 동업하기를 원하지 않았다. 그들은 메러디스가 종종 술 취한 채 거리를 걸어다니고 맥줏집에서 저급한 놀이를 하면서 인쇄소의 명예를 떨어뜨리는 모습을 목격했다고 말했다. 이 두 친구는 윌리엄 콜먼과 로버트 그레이스였다. 나는 그들에게 메러디스 부자가 당초의 합의를 이행할 의사를 가지고 있는 한 내가 일방적으로 동업 파기를 제안할 수는 없다고 말했다. 나는 아직도 메러디스 부자가 내게 해준 일에 대해 상당한 고마움과 의무감을 느끼고 있으며, 따라서 그들이 합의를 지킨다면 현재대로 계속 동업할 수밖에 없다고 말했다. 그러나 그들이 합의 사항을 지키지 않아 동업이 파기될 지경이라면 친구들의 도움을 기꺼이 받아들이겠다고 대답했다.

한동안 이런 상황이 지속되자, 어느 날 나는 동업자에게 말했다. "당신 아버지는 인쇄소 일에서 당신이 맡는 역할에 불만이 있는 것 같습니다. 오로지 당신을 위해서라면 모를까, 당신과 나를 위해서 돈을 내놓을 마음은 없는 듯해요. 만약 그렇다면 내게 말해줘요. 인쇄소를 당신에게 넘기고 나는 독립해서 사업을 하겠습니다." 메러디스가 대답했다. "아니, 그럴 필요 없어요. 아버지는 진정으로 실망했고, 정말로 더이상 돈을 댈 능력이 없어요. 더이상 아버지에게 부담을 주고 싶지 않아요. 내 적성에 맞는 사업이 아니에요. 나는 농부로 성장했는데, 나이 서른이 되어 도시로 와서 새로운 직종을 배우겠다고 도제로 들어간 게 어리석었어요. 우리 웨일스 사람들 중 상당수가 땅값이 싼 노스캐롤라이나에 정착하려고 해요. 난 그들과 함께 거기로 가서 옛날에 하던 농사일이나 할까 해요. 당신은 도와줄 친구들을 찾을 수 있을 거예요. 당신이 인쇄소 부채를 떠안고, 아버지에게 100파운드를 돌려주고, 내 자질구레한 빚을 갚아주고, 내게 30파운드와 새 안장을 준다면, 나는 동업자 권리를 포기하고 인쇄소를 당신에게 넘기겠어요." 나는 그 제안에 동의했다. 곧바로 문서로 작성해서 서명하고 봉인했다. 요구가 받아들여지자 그는 곧 캐롤라이나로 떠났다. 다음해 그는 장문의 편지 두 통을 보내왔다. 그 지방의 상황, 기후, 토양, 농사 등에 대해 보고한 아주 멋진 글이었다. 그런 쪽으로 그는 전문가였다. 나는 그 편지를 신문에 실었고, 그 기사는 독자들에게 커다란 만족감을 안겨주었다.[*]

그가 떠나자 나는 즉시 두 친구를 찾아갔다. 어느 한 명에게 특별한 우선권을 줄 수는 없었으므로, 그들이 대주겠다고 한 비용의 절반을 각각 빌렸다. 그 돈으로 인쇄소의 빚을 갚고, 동업 관계가 청산되었음을 알린 후 내 단독 명의로 사업을 꾸려나갔다. 이때가 1729년 즈음이다.

이 무렵 사람들 사이에서 더 많은 지폐가 필요하다는 아우성이 터져 나왔다. 펜실베이니아 지방에서는 1만 5000파운드의 지폐만 유통되었는데, 그나마 곧 회수되어 폐기될 예정이었다.[**] 부유한 주민들은 아예 지폐 자체를 싫어했으므로 추가 발행에 반대했다. 뉴잉글랜드 지방에서 지폐의 가치가 떨어져 채권자들이 손해를 입었는데, 그런 일이 자

---

[*] 이 기사는 〈펜실베이니아 가제트〉 1730년 7월 14일자에 실렸다.
[**] 당시 아메리카 식민지의 지폐는 부동산을 담보로 그 가치만큼만 발행되었다. 채무자가 담보를 금이나 은으로 모두 갚으면 발행된 지폐는 회수되어 폐기되었다.

신들에게도 벌어질지 모른다고 우려했던 것이다. 준토에서 이 문제를 토론했는데, 나는 지폐의 추가 발행에 찬성하는 입장이었다. 1723년에 최초로 소액 지폐가 발행되자 상업과 취업이 활성화되었을 뿐만 아니라 많은 사람들이 이득을 보았다고 확신했기 때문이다. 이제 옛날에는 비어 있던 집에 모두 사람이 들어가 살았고, 새로운 집도 많이 지어지고 있었다. 나는 필라델피아에 처음 입성하여 롤빵을 먹으며 거리를 걸어내려가던 때를 생생하게 떠올렸다. 그때는 2번가와 프런트스트리트 사이에 있는 월넛스트리트의 현관문 대부분에 '세놓음' 간판이 걸려 있었다. 또 체스트넛스트리트와 다른 거리에서도 그 간판을 많이 보고서 주민들이 하나둘 이 도시를 떠나고 있구나 생각했었다.

준토에서 논의한 후 그 문제에 골몰한 나는 '지폐의 본질과 필요성'이라는 제목의 소논문을 써서 익명으로 신문에 실었다. 일반 대중은 그 글을 긍정적으로 받아들인 반면 부자들은 지폐를 더 찍으라는 주장을 뒷받침한다는 이유로 싫어했다. 그러나 부자들 사이에는 그 글에 반박할 만한 필자가 없었다. 자연히 그들의 반대는 느슨해졌으며, 지폐를 더 찍어야 한다는 주장이 의회에서 과반수로 통과되었다. 의회에 있는 친구들은 내가 그 법안을 통과시키는 데 도움이 되었다고 생각해 나에게 지폐 인쇄 일을 발주하는 것이 타당하다고 여겼다. 이익이 많이 나는 일이어서 큰 도움이 되었다. 내 글쓰기 능력으로 얻은 또다른 혜택이었다.

지폐의 유용성은 시간과 경험에 의해 점점 더 분명해졌기 때문에 그후에는 더이상 논의의 대상이 되지 못했다. 지폐의 유통량은 그후 5만 5000파운드로 늘어났고, 1739년에는 8만 파운드가 되었으며, 독립전쟁중에도 꾸준히 상승하여 35만 파운드에 이르렀다. 그에 따라 상업, 건물, 주민 수가 증가했다. 이제 나는 지폐의 유통량이 한도를 초과하면 경제에 피해를 준다고 생각한다.

나는 곧 친구 해밀턴 씨의 도움으로 뉴캐슬의 지폐 인쇄 일을 수주했는데, 이 역시 큰 이익이 나는 일이었다. 궁핍한 상황에 있는 사람에게는 사소한 것도 크게 보인다. 그 일들은 내게 커다란 격려가 되었으므로 정말로 좋은 기회였다. 해밀턴 씨는 나를 위해 정부의 법률 문서와 의사록을 인쇄하는 일도 주선해주었는데, 내가 인쇄업을 하는 동안 일을 계속 맡겨주었다.

또한 자그마한 문방구도 열었다. 가게에는 각종 서류 양식을 모두 구비했는데, 내 친구 브린트널이 도와준 덕분에 시중에 나와 있는 양식들 중에서 가장 정확했다. 종이, 양피지, 행상용 책들 또한 갖춰놓았다. 이때 런던에서 알게 된 화이트매시라는 훌륭한 식자공이 찾아와 내 인쇄소에 취직했는데, 그는 나와 함께 근면하고도 성실하게 일했다. 그리고 나는 아퀼라 로즈의 아들을 도제로 받아들였다.

나는 인쇄소 운영과 관련해 진 빚을 점차 갚아나갔다. 상인으로서 신용과 명성을 확보하기 위해 정말로 근면하고 절약하는 사람이 되려 노력했고, 그렇게 보이려고 외양에도 신경을 썼다. 수수하게 옷을 입었다. 여유롭게 오락을 즐기는 곳에는 가지 않았다. 낚시나 사냥도 하지 않았다. 책을 읽느라 때때로 인쇄소에 못 나가기도 했지만, 드문 일이었고 남들의 눈에 띄지 않았으며 아무런 스캔들도 불러일으키지 않았다. 일을 하찮게 여기지 않는다는 인상을 주기 위해 나는 구입한 종이를 담은 손수레를 끌고 거리를 지나 집까지 오기도 했다. 이렇게 해서 근면하고 성공한 젊은이로 인정받았으며, 사들인 물품의 대금을 제때 지불했기 때문에 문구를 수입하는 상인들은 내가 주문해주기를 바랐고 다른 상인들도 내게 서적류를 공급하고 싶어했다. 이렇게 해서 나는 헤엄을 치듯 잘해나갔다. 한편 키머의 사업과 신용은 날마다 추락하여 그는 마침내 채권자들에게 줄 돈을 마련하기 위해 인쇄소를 팔아야 했다. 그는 바베이도스로 건너가 몇 년 동안 아주 궁핍하게 살았다. 내가 키머 밑에서 일할 때 가르쳤던 도제 데이비드 해리가 키머의 인쇄 장비를 사들여 필라델피아에 인쇄소를 차렸다. 나는 처음에 해리를 강력한 경쟁자로 생각하여 두려워했다. 그의 친구들이 아주 유능한 데다 상당한 영향력을 갖고 있었기 때문이다. 그래서 동업을 제안했으나, 나에게 다행스럽게도 그는 경멸하는 표정으로 거절했다. 그는 아주 거만했고, 신사처럼 차려입고, 호화로운 생활을 했고, 타지로 나가서 오락과 쾌락을 추구하다보니 사업을 게을리하고 빚을 졌다. 그리하여 일거리를 모두 잃어버렸다. 더이상 할일이 없자 그는 키머가 먼저 가 있던 바베이도스로 인쇄소를 옮겼다. 그곳에서 예전의 도제는 예전의 주인을 직공으로 고용했다. 그들은 자주 다투었다. 해리는 계속 빚을 졌고, 마침내 활자를 팔아버리고 펜실베이니아로 되돌아가 농사를 지었다. 해리의 활자를 사들인 사람은 인쇄를 하기 위해 키머를 고용했지만, 키머는 몇 년 만에 죽었다.

이제 필라델피아에는 오래된 업자인 브래드퍼드 말고는 내 경쟁자가 없었다. 부자인데다 느긋한 브래드퍼드는 한가한 손으로 가끔씩 인쇄 일을 했지만, 일거리를 받으려고 그다지 안달하지 않았다. 사람들은 그가 우체국장이기 때문에 정보를 얻을 기회가 나보다 더 많을 것이고, 신문도 잘 배달되어 광고 효과가 좋을 것이라고 짐작했다. 그래서 그의 신문에는 내 신문보다 광고가 더 많이 들어갔다. 그에게 유익하고 내게는 불리한 일이었다. 나도 우편을 통해 신문을 보내고 받지만 대중은 그렇게 생각하지 않았다. 브래드퍼드가 잔인하게도 내 신문의 발송을 금지한 탓에 나는 배달원에게 뇌물을 주고 몰래 배달을 시켰기 때문이다. 브래드퍼드가 그마저도 못하게 해서 상당히 분개했었다. 너무 비열하다고 생각한 나는 나중에 그의 입장이 되었을 때 그런 짓은 절대로 하지 않으려 주의했다.[*]

이때까지 나는 고드프리의 가족과 함께 식사를 했다. 그는 우리가 빌린 집 한구석에서 아내와 아이들과 함께 세 들어 살았는데, 가게의 한쪽은 유리 만드는 공간으로 사용했다. 하지만 그는 언제나 수학에 몰두하느라 유리 일은 별로 하지 않았다. 고드프리 부인은 친척의 딸을 나와 맺어주려고 우리 둘이 만나는 자리를 자주 만들었다. 그렇게 종종 만나다가 나는 여자가 아주 마음에 들어 진지하게 구애하기 시작했다. 어른들은 나를 계속 식사에 초대해 우리가 함께 있도록 해주었다. 그리하여 마침내 결혼 조건을 서로 말해야 할 때가 되었다. 고드프리 부인은 우리의 협상을 중간에서 담당해주었다. 나는 부인에게 그쪽 딸이 내 인쇄소의 남은 빚을 갚을 만큼 지참금을 가져왔으면 좋겠다고 말했다. 당시 내 빚은 100파운드를 넘지 않았다. 부인은 신부측에 그만한 돈이 없다는 전갈을 가지고 왔다. 나는 신부측이 대부사무소에 집을 저당잡히고 돈을 빌리면 되지 않느냐고 말했다. 며칠 후 그들이 보

---

[*] 1737년 10월 프랭클린은 브래드퍼드의 후임으로 필라델피아 우체국장이 되었다.

내온 대답은 이 결혼을 허락할 수 없다는 것이었다. 브래드퍼드에게 문의해보니 인쇄업은 그리 이익이 나는 사업이 아니고, 활자는 곧 마모되는데다 손해가 많다는 얘기를 들었다는 것이었다. 새뮤얼 키머와 데이비드 해리는 차례로 망해버렸고, 나 또한 곧 그들 뒤를 이을 것이라는 얘기였다. 나는 그 집에 출입하는 것을 금지당했고, 딸은 외출을 못하게 되었다.

신부측이 진정으로 의사를 표현하고 있는 건지 아니면 교묘한 작전인지 알 수가 없었다. 가령 그들은 우리 둘 사이가 깊어져 돌이킬 수 없다고 생각하고서, 그냥 놔둬도 결국 황급히 결혼할 것이라면 자신들이 원하는 대로 지참금을 주무를 수 있다고 여겼는지도 모른다. 작전일 것이라고 생각한 나는 너무 분개해서 더이상 그 집에 가지 않았다. 고드프리 부인은 나중에 좀더 우호적인 조건을 가져와 나를 다시 혼담에 끌어들이려 했다. 하지만 나는 그 집에 절대로 장가가지 않겠다고 단호하게 선언했다. 고드프리 부부는 나를 괘씸하게 생각했다. 우리는 그 문제에 관해 의견이 달랐고 그들은 이사를 갔다. 이제 집은 내 독차지였다. 더이상 세입자를 받아들이지 않겠다고 결심했다.

하지만 이 일로 인해 나는 결혼하려고 애쓰기 시작했다. 주위를 살피면서 타지에 사는 지인들에게 중매를 해달라는 말을 넣었다. 하지만 인쇄업이 가난한 사업이라는 인식이 널리 퍼져 있어서 아내에게 지참금을 요구할 수 없다는 것을 알았다. 마음에 드는 여자일 경우에는 다른 문제이지만 말이다. 한편 다스리기 어려운 청춘의 정열로 인해 나는 우연히 만난 저급한 여인들과 황급한 정사를 자주 가졌다. 비용도 만만치 않은데다 아주 불편했다. 게다가 질병에 걸려 건강을 잃을 염려가 늘 있었다. 나는 무엇보다도 질병을 두려워했는데 아주 다행스럽게도 병에 걸리진 않았다.

이웃이자 옛친구인 리드 부인의 집안과는 우호적인 교제가 계속되었다. 리드 부인의 가족은 내가 그 집에 처음 세 들어 살던 때부터 나를 좋게 보았다. 나는 종종 그 집에 초대를 받아 그들의 일에 대해 자문해주었고 종종 도움이 되기도 했다. 나는 가엾은 리드 양의 불운한 처지를 동정했다. 그녀는 평소에 풀이 죽어 있었고 쾌활한 적이 없었으며 사람 만나는 것을 피했다. 나는 내가 런던에 건너갔을 때 경솔하고 불성실하게 행동한 것이 그녀의 불행을 초래한 커다란 원인이라고 생각했다. 하지만 리드 부인은 관대하게도 내 잘못보다 자기 잘못이 더 크다고 말했다. 런던으로 건너가기 전에 내가 결혼하려 했으나 부인이 만류했고, 또 내가 없는 동안 딸에게 다른 혼처로 시집가라고 권했기 때문이었다. 리드 양과 나의 애정은 되살아났으나 우리의 재결합에는 커다란 문제가 있었다. 영국에 부인이 있기 때문에 리드 양과 존 로저스의 결혼은 사실상 무효로 간주되었지만 거리가 너무 멀어 그 사실을 간단히 입증할 수가 없었다.* 로저스가 해외에서 죽었다는 얘기도 있으나 확실한 게 아니었다. 설사 그가 죽은 게 사실이라도 많은 빚을 남겼기 때문에 그의 아내와 결혼한 내가 상환하라는 독촉을 받을 수도 있었다. 우리는 모든 어려움에도 불구하고 모험을 걸었고, 1730년 9월

---

* 존 로저스가 중혼을 했다는 결정적 증거가 없는 한, 데버라 리드와 로저스의 결혼은 무효 처리가 될 수 없었다. 따라서 만약 데버라와 프랭클린이 법적으로 결혼한다면 그들은 중혼 혐의를 받을 수 있으며 처벌은 매질 39대에 중노동을 하는 교도소에 평생 투옥되는 것이었다. 이 때문에 데버라와 프랭클린은 법적 결혼을 한 것이 아니라, 사실 혼 관계로 맺어졌다.

1일 나는 그녀를 아내로 맞아들였다. 우리가 결혼 전에 우려했던 불상사는 벌어지지 않았다. 그녀는 선량하고 충실한 반려자였고 가게 일을 충실히 돌봄으로써 나를 많이 도와주었다. 우리는 함께 성공했고 서로 행복하게 해주려고 많이 노력했다. 이리하여 나는 내가 저지른 가장 큰 오점을 할 수 있는 한 바로잡은 셈이었다.

이 무렵 우리 클럽의 모임은 술집이 아니라 그레이스 씨의 자그마한 방에서 이루어졌다. 그 방은 오로지 모임 장소로만 사용되었다. 이때 내가 이런 제안을 했다. 탐구할 사안에 대해 논의할 때 우리가 가진 책들이 자주 거론되니 책을 모임을 여는 방에다 모두 모아놓으면 필요할 때 간편하게 꺼내 볼 수 있지 않을까. 게다가 그렇게 하면 마치 회원 각자가 그 책을 모두 소유한 것처럼 이롭고 혜택이 많을 것이다. 회원들 모두 기뻐하며 동의했고, 우리는 내놓을 수 있는 가장 좋은 책들로 방의 한 면을 가득 채웠다. 권수가 우리 예상보다 그리 많지는 않았다. 책들은 큰 도움이 되기는 했으나, 잘 관리하지 못했기 때문에 다소 불편한 점이 있었다. 그래서 한 일 년쯤 운영하다가 서재를 해체하여 각자 자기 책을 집으로 가져갔다.

그러고 나서 나는 최초의 공공 업무 프로젝트인 회원제 도서관 건립에 착수했다. 나는 그 제안 내용을 작성하여 훌륭한 공증인인 브록던에게 가서 형식을 갖춘 문서로 만들었다. 그리고 준토 친구들의 도움으로 각자 착수금 40실링을 내놓는 회원 50명을 확보했다. 도서관이 지속된다는 조건하에 회원들은 연간 10실링씩 향후 50년을 불입하기로 했다. 회원 숫자가 100명으로 늘어나자 우리는 모임의 회칙을 만들었다. 지금 북아메리카에 무수히 많은 회원제 도서관의 효시였다.

그 자체로 훌륭한 사업이 되었기에 계속 숫자가 증가하고 있다. 도서 관들은 아메리카인의 대화 수준을 개선했고, 일반 직공들과 농부들을 다른 나라의 신사 못지않게 교양 있게 만들었으며, 식민지 내에서 식민지인들이 자신의 권리를 위해 총체적으로 봉기하는 데 크게 기여했다.

〔메모: 여기까지는 이 책의 맨 처음에서 밝힌 의도대로 집필했고, 그래서 가족 이외의 사람에게는 별로 중요하지 않은 사소한 가족사를 많이 언급했다. 이후의 글은 아래에 첨부하는 편지 두 통의 조언에 따라 여러 해가 흐른 뒤 일반 대중을 위해 집필한 것이다. 중간에 집필이 중단된 것은 독립혁명 때문이다.〕

에이블 제임스 씨가 보낸 편지와 내 자서전의 집필 계획 메모
(파리에서 받음)

친애하고 존경하는 친구에게

종종 당신에게 편지를 보내고 싶었으나, 편지가 영국인의 손에 들어갈지 모른다는 생각에 망설였습니다. 또 어떤 인쇄업자나 호사가가 내용의 일부를 발간하여 친구인 당신이 고통을, 나는 비난을 받게 될까봐 두려웠기 때문입니다.

당신이 직접 쓴 원고 스물세 장을 얻게 되어 나는 아주 기쁜 마음으로 읽었습니다. 당신의 아들에게 보낸 당신 집안과 인생에 대한 1730년까지의 기록이었습니다. 더불어 당신이 직접 자서전 집필 계획을 쓴 메모*가 있었습니다. 그 메모를 동봉합니다. 이것이 자서전

집필을 계속하도록 촉진하는 계기가 되기를 희망합니다. 당신이 자서전의 후반부를 집필하여 전반부와 합쳤으면 좋겠습니다. 만약 후반부를 아직도 집필하지 않고 있다면 더이상 미루지 말기 바랍니다. 목사님이 말씀하시듯이, 인생은 불확실합니다. 자상하고 인간적이고 자비로운 벤저민 프랭클린이 이 세상과 친구들에게서 그토록 재미있고 유익한 책을 빼앗아버린다면 사람들이 뭐라고 하겠습니까. 하물며 그 책이 소수의 사람뿐만 아니라 수백만 명에게도 재미있고 유익하다면 말입니다. 그런 저작이 젊은이의 심성에 미치는 영향은 아주 큽니다. 우리 모두가 아는 친구인 당신이 쓴 자서전이 미칠 영향은 제가 보기에 아주 명백합니다. 그 책은 젊은이들을 격려하여 저자처럼 선량하고 훌륭한 인물이 되려는 각오를 다지게 할 것입니다. 당신의 자서전이 발간된다면(그렇게 되리라 확신합니다만), 당신이 청년 시절에 갖췄던 근면과 절제를 배우도록 젊은이들을 이끌 것입니다. 그렇게 된다면 이 책은 커다란 축복이 될 것입니다. 당신처럼 아메리카의 젊은이들에게 근면과 검소, 절제의 본보기가 되고 사업에 대한 관심을 유발하는 사람은 살아 있는 인물 중에는 없고, 혹여 여럿을 합쳐놓는다 해도 당신만 못할 것입니다. 그렇다고 해서 당신의 저서가 이 세상에서 다른 장점이나 용도가 없다는 것은 아닙니다. 오히려 정반대입니다. 하지만 처음 말한 장점과 용도가 너무나 중요하며 그에 필적할 만한 것은 없다고 생각합니다.

＊ 프랭클린이 생애 후반까지 일어난 주요 사건들을 간단히 제목만 써놓은 것.

이 편지와 동봉된 자서전과 메모를 한 친구에게 보여주었더니 그가 내게 다음과 같은 답장을 보냈다.

벤저민 본 씨가 보낸 편지

파리, 1783년 1월 31일.

존경하는 선생님께

선생님의 퀘이커교도 친구가 선생님에게 보낸 자서전 집필 메모를 읽었을 때, 저는 그가 바라는 대로 자서전 후반부를 마저 완성하여 출간하는 것이 좋겠다는 생각을 적어 답신을 드리겠다고 말씀드렸었습니다. 하지만 요사이 여러 가지 일이 생겨 편지를 쓰지 못했고 또 제 편지가 읽을 가치가 있을지도 알 수 없었습니다. 그런데 지금은 짬이 좀 났으므로 답장을 쓰면서 즐거움을 느끼고 배움의 기회로 삼고자 합니다. 제가 사용할 용어들이 선생님같이 겸손한 분의 귀에는 거슬릴 수도 있을 것이므로, 선생님처럼 선량하고 훌륭하지만 약간 덜 겸손한 어떤 사람에게 편지를 쓴다고 가정하겠습니다. 선생님, 그런 전제로 저는 이렇게 간청하고 싶습니다.

저는 다음과 같은 이유로 선생님의 자서전이 꼭 필요하다고 생각합니다. 선생님의 인생은 몹시 훌륭하기 때문에 선생님이 기록하지 않아도 다른 누군가가 기록할 것입니다. 하지만 다른 사람이 쓴다면, 선생님이 직접 자서전을 썼을 때 나올 좋은 효과만큼, 나쁜 효과가 나오게 될 것입니다. 선생님의 자서전은 아메리카의 내부 상황들을 잘 알려줄 것입니다. 그러면 책에 이끌려 덕성스럽고 용맹스러운 마음을 가진 개척자들이 더욱더 그곳에 정착하고 싶어할 것입니다.

그들이 이런 정보를 열렬히 찾고 있다는 점과 선생님의 명성이 널리 알려져 있다는 점을 감안할 때, 선생님의 자서전은 가장 효과적인 구인광고가 될 것입니다. 선생님에게 벌어진 모든 일은 새롭게 일어서는 나라의 국민들이 처한 구체적 환경과 상황에 직접 연관되어 있습니다. 인간성과 사회를 진정으로 판단하려는 사람들에게 도움을 준다는 점에서, 카이사르와 타키투스의 저작도 선생님의 자서전보다 더 흥미로울 수는 없다고 생각합니다.

하지만 선생님, 이는 작은 이유에 불과합니다. 특히 그 자서전이 미래의 위대한 인물들을 형성하는 데 미치게 될 영향력과 비교해보면 말입니다. 선생님은 『미덕의 기술』이라는 책도 출간하겠다고 하셨는데, 그 책은 개인의 품성을 도야하여 공적이든 사적이든 모든 종류의 행복을 증진시키는 데 기여할 것입니다. 선생님, 두 책은 자기교육의 훌륭한 규칙과 사례를 제공할 것입니다. 현행 학교나 그 외의 교육은 잘못된 원칙을 바탕으로 진행되고 있고, 엉뚱한 표적을 가리키는 엉성한 수단을 내보입니다. 하지만 선생님의 수단은 간단하고 표적은 명확합니다. 많은 부모와 젊은이가 합리적인 인생 노선을 예측하고 준비할 수단이 없어 쩔쩔매는 가운데, 인생의 성공은 개인적 의지에 달려 있다는 선생님의 발견은 정말로 소중합니다! 중년이나 노년에 이른 사람의 성품에 미치는 영향은 인생 노선에서 뒤늦을 뿐만 아니라 미미합니다. 우리가 주요 습관과 개인적 견해를 형성하는 시기는 젊을 때입니다. 직업, 추구할 일, 결혼 등에 대해 입장을 결정하는 시기도 젊을 때입니다. 따라서 젊을 때 인생의 방향을 정해야 합니다. 이때 다음 세대의 교육도 방향이 정해집니다.

젊을 때 사적이고 공적인 인품이 결정됩니다. 인생의 여정은 청년에서 노년으로 이어지므로, 인생은 젊을 때 잘 시작해야 합니다. 특히 우리의 주된 목표에 대한 입장이 결정되기 전에 말입니다.

선생님의 자서전은 자기계발만 가르치는 것이 아니라 현명한 사람이 되는 방법도 알려줍니다. 가장 현명한 사람은 또다른 현명한 사람의 행동을 자세히 살펴봄으로써 빛을 얻고 자신의 앞날을 개선합니다. 그리고 인류가 이 특정한, 아득히 멀리 떨어진 시점에서 길 안내도 받지 못하고 어둠 속에서 덤벙거리고 있는 것을 봅니다.* 우둔한 사람이라고 해서 도움을 받지 못해서야 되겠습니까? 그러니 선생님께서 아들들과 아버지들 모두에게 할일이 얼마나 많은지 보여주십시오. 현명한 사람들은 모두 선생님처럼 되게 하시고 우둔한 사람들은 현명해지게 하십시오. 우리는 정치가들과 군인들이 인류에게 얼마나 잔인해질 수 있고, 저명한 사람들이 주위 사람들에게 얼마나 어리석게 행동할 수 있는지 목격하고 있습니다. 이런 때에 선생님을 닮아 평화롭고 온유한 몸가짐의 사례가 늘어나는 것은 아주 유익할 것입니다. 사람이 위대하면서도 가정적일 수 있고, 남들의 부러움을 받으면서도 선량할 수 있다는 것을 선생님은 몸소 보여주셨습니다. 우리가 이러한 정반대인 것들의 상호 양립을 발견하는 것도 유익한 일입니다.

선생님이 말해줄 사소하고 개인적인 사건들은 상당한 쓰임새가

---

* 편지를 보낸 1783년은 미국이 독립을 선언한 이후 신생 국가의 지위를 확보하기 위해 영국을 위시한 유럽의 여러 나라들과 갈등하고 해결하기를 거듭하던 때로, 이 시기를 암시적으로 표현한 것이다.

있을 것입니다. 우리는 무엇보다도 일상생활의 일에서 신중함이라는 원칙을 필요로 하기 때문입니다. 선생님이 그런 일에서 어떻게 행동했는지 살펴보는 것은 흥미로울 겁니다. 인생의 열쇠가 될 것이고 사람들이 설명해주기 바라는 많은 것들을 설명해줄 겁니다. 그러면 그들은 선견지명을 갖게 되어 현명해질 것입니다. 누군가의 경험을 직접 겪은 듯 가장 가깝게 체험하는 방법은 아주 흥미로운 형태로 눈앞에 재현하는 것입니다. 선생님의 펜은 확실히 이 일을 해낼 겁니다. 선생님이 해온 일과 그에 대한 관리는 단순명료한 것이든 중요한 것이든 다른 사람들에게 깊은 인상을 줄 겁니다. 선생님은 정치와 철학 분야에서 논의를 잘 행하신 것처럼, 일상사도 아주 독창적으로 처리하셨으리라 확신합니다. 인간사의 중요성과 그에 따르는 오점을 생각할 때 경험과 체계만큼 중요한 것이 또 어디 있겠습니까?

어떤 사람들은 맹목적으로 도덕적이고, 또 어떤 사람들은 황당하게 추측하고, 또 어떤 사람들은 나쁜 목적을 달성하는 데만 재빠릅니다. 하지만 선생님은 현명하고 실용적이고 선량한 분이므로 좋은 것만 자서전에 쓰시리라 확신합니다. 선생님 자신에 대한 기록(제가 지금 그려내는 프랭클린 박사님에 대응하는 사람은 인품뿐만 아니라 개인사에서도 실제 박사님과 필적한다고 상상하기 때문입니다)은 선생님이 출신을 조금도 부끄럽게 여기지 않는다는 것을 보여줄 것입니다. 이 점은 특히 중요한데, 선생님은 행복, 미덕, 위대함에 출신이 불필요하다는 것을 증명하셨습니다. 수단이 없으면 목적도 이루어지지 않는 법인데, 선생님이 훌륭한 인물이 되기 위한 계획을 스스로 짜셨다는 것을 우리는 자서전을 통해 알게 될 겁니다. 출세하신 것은 자랑스러운 일이나, 그 수단은 지혜에서 나오는 것이니만큼 단순명료하리라 생각합니다. 즉 인품, 미덕, 생각, 습관이 수단인 것입니다. 또한 사람들에게 세상의 무대에 나오는 시기를 기다려야 한다는 것을 일러주셨으면 좋겠습니다. 우리의 감각은 현재에 고정되어 있어, 한 순간 뒤에 더 많은 순간들이 따라온다는 것을 잊어버리기 일쑤입니다. 뿐만 아니라 자신의 행동이 하나하나 쌓여 인생 전체를 이룬다는 걸 잊어버립니다. 선생님의 근면성실한 성격은 인생 전반에 그대로 작용한 것 같습니다. 그리하여 매 순간 어리석은 초조함이나 후회로 괴로워하지 않고, 만족과 즐거움을 느끼며 살아오셨습니다. 진정으로 위대한 사람들(특히 인내심이 이들의 특징입니다)의 모범을 자기 것으로 삼아 미덕을 함양한 사람들에게는 만족스럽고 즐거운 행동이 한결 수월해질 것입니다. 선생님에게 편지를 보낸 퀘이커교도 친구는 선생님(저는 여기서 다시 한번 제 편지를 받는 분이 프랭클린 박사를 닮은 사람이라고 상상하겠습니다)의 검약, 근면, 절제를 칭찬하면서 모든 젊은이의 모범이라고 생각했습니다. 하지만 그 친구가 선생님의 겸손함과 공평무사함을 망각한 것은 좀 기이하군요. 이 두 가지가 없었다면 선생님은 사회에서 출세를 바라볼 수 없었을 것이고 선생님의 생활 형편이 편안해지지도 않았을 겁니다. 이는 영화榮華의 헛됨과 정신 단련의 중요성을 우리에게 일러주는 중요한 교훈입니다.

만약 그 퀘이커교도 친구가 저처럼 선생님의 명성에 대해 잘 알았더라면 그는 당신의 예전 저작과 처세가 당신의 자서전과 『미덕의 기술』에 대한 독자의 충분한 관심을 확보해줄 것이고, 역으로 그 두 책도 당신의 예전 저서와 처세에 관심을 불러일으킬 거라고 말했을 겁니다. 이는 다양성을 갖춘 인품에 따르는 이점으로서, 인품이 가진 모든 요소를 더욱 적극적으로 활용하는 것입니다. 게다가 남들에게도 유익할 겁니다. 왜냐하면 많은 사람이 자신의 심성을 향상시키는 수단을 알지 못해서 혹은 그렇게 할 의향이 없어서 인생 항로에서 더욱 난감한 상황에 빠진 채 도움을 바라고 있기 때문입니다.

선생님의 인생을 자서전 형식으로 보여주는 데는 한 가지 결정적인 유용함이 있습니다. 자서전이라는 글쓰기 형식은 약간 유행이 지났지만 그래도 아주 유익합니다. 선생님의 자서전은 다양한 살인자 및 음모꾼, 어리석게 자학하는 수도자, 허영스러운 잡문가들의 생애와 비교 및 검토의 대상이 되므로 유익할 것입니다. 선생님의 자서전이 자전적인 글쓰기를 더욱 진작시키고, 그런 글쓰기에 걸맞은 삶을 살아가도록 유도한다면, 플루타르코스의 『영웅전』 전권을 합친 것만큼 가치가 있을 것입니다.

이 세상에 딱 하나뿐인 어떤 인물이 지닌 성품의 모든 면을 상상하면서도, 정작 그 인물에게 칭송을 바치지는 않은 채 편지를 쓰는 일이 이제 피곤해졌습니다. 그러니 친애하는 프랭클린 박사님, 이제 다른 어떤 인물을 상상하며 편지를 쓰는 것은 그만두고 선생님에게 직접 저의 개인적인 요청을 하나 올리며 이 편지를 마무리하겠습니다.

선생님, 저는 선생님이 이 세상에 당신이 지닌 진정한 성품의 특징을 알려주기를 간절히 바랍니다. 왜냐하면 시민사회의 갈등이 벌어지는 난세에 그 성품을 위장하거나 비방하려는 경향이 있기 때문입니다. 선생님의 높은 연령, 조심스러운 성품, 특별한 사고방식 등을 감안할 때, 선생님 이외에 다른 사람이 선생님의 인생 역정이나 의도를 충분히 파악할 수는 없습니다. 게다가 현재 벌어지고 있는 엄청난 혁명은 그 혁명의 창시자에게 시선을 돌리게 만들었습니다.[*] 도덕적 원칙이 그 안에 깃들어 있다면, 원칙이 실제로 어떻게 영향을 미쳤는지 몸소 보여주는 것은 아주 중요합니다. 선생님의 인품은 정말로 존경받을 만하고 영원히 자리매김될 만하기에, 또한 선생님의 광대한 신흥국가와 영국과 유럽에 깊은 영향을 미칠 것이기에 중요한 원칙으로 평가되어 앞으로 엄밀한 조사와 연구를 받게 될 겁니다. 인간의 행복을 증진시키기 위해서는 현재와 같은 난세에도 인간은 사악하고 혐오스러운 동물이 결코 아님을 증명해야 한다고 저는 늘 주장해왔습니다. 또 생활을 훌륭하게 관리하면 인간을 크게 향상시킬 수 있다고 말입니다. 바로 이런 이유로 저는 인류 중에 공평무사한 성품을 가진 인간이 존재한다는 생각이 굳건히 확립되기를 간절히 바랍니다. 왜냐하면 모든 사람들이 예외 없이 버려진 존재로 간주되는 순간, 선량한 사람들도 가망 없는 노력을 그만두고서 비정한 각자도생에서 제 몫을 챙기려 하거나, 적어도 그렇게 하는 것이 편리하다고 생각할 것이기 때문입니다.

그러니 선생님, 자서전 작업을 속개해주십시오. 선생님의 선량함을 있는 그대로 보여주십시오. 선생님의 절제심을 있는 그대로 보여주십시오. 무엇보다도 선생님이 어린 시절부터 정의, 자유, 화합을

---

[*] 프랭클린은 미국 독립혁명을 주도한 인물이다.

사랑했다는 것을 보여주십시오. 그런 사랑을 바탕으로 했기에 선생님이 지난 17년 동안 보여준 행동이 자연스럽고 일관된 것이었음을 증명해주십시오. 영국인들이 선생님을 존경할 뿐만 아니라 사랑하게 만드십시오. 그들이 선생님을 좋게 생각한다면 선생님의 나라 또한 좋게 생각할 것입니다. 미국 국민 또한 자신들이 영국인들에게 좋은 평가를 받는다는 것을 알면, 영국에 우호적으로 다가갈 것입니다. 선생님의 관점을 널리 퍼뜨려주십시오. 선생님의 시선을 영어 사용자에게만 국한하지 마십시오. 자연과 정치의 많은 관점들을 해결한 후에는 인류 전체를 향상시키는 일을 생각해주십시오.

아직 집필될 자서전의 후반을 읽지 못하고 그 생애를 살아온 인물의 성품만 알고 있으므로, 저는 약간 빗나갈 수 있는 위험을 안고 있습니다. 하지만 자서전과 제가 언급한 책(『미덕의 기술』)이 반드시 제 기대에 부응하리라 확신합니다. 선생님의 업적을 제가 앞에서 언급한 추가 집필의 목적에 맞게 써나가신다면 더욱 많은 사람들에게 영향을 미치리라 봅니다. 설사 자서전과 『미덕의 기술』이 선생님을 열렬히 찬양하는 사람들이 바라는 모든 성과를 거두지 못한다 하더라도, 선생님은 인간의 마음에 흥미를 불러일으키는 저작을 두 편 쓰신 것이 됩니다. 인간에게 유익한 즐거움을 주는 사람은 불안으로 어두워지고 고통으로 손상된 인생에 밝은 빛을 더한 것입니다. 이 편지로 선생님에게 올린 기도를 선뜻 들어주시기를 희망하면서, 존경하는 선생님, 이만 줄이겠습니다.

벤저민 본 올림

제2부

자서전 집필은 1784년 파리 근교의 파시에서 계속되었다.*

　내가 앞의 편지들을 받은 지 한참 되었으나 지금까지 너무 바빠서 요청받은 바를 이행할 수가 없었다. 귀국하여 관련 자료를 옆에 두고 있다면 기억해내기 용이하고 날짜를 확인하는 등 집필 작업이 한결 수월했을 것이다. 하지만 언제 귀국할지 불확실하고 이제 여가가 생겼으므로 기억을 되살려 쓸 수 있는 데까지 쓰고자 한다. 만약 내가 살아서

* 프랭클린은 자서전 제2부의 집필을 프랑스 파리의 교외에 있는 마을인 파시의 오텔 드 발랑트누아에서 재개했다. 프랭클린이 프랑스로 건너간 주된 목적은 미국 독립 이후 영국과 평화협정을 맺는 것이었는데, 이 협정은 1783년 9월 3일에 조인되었다. 프랭클린은 1785년 7월까지 프랑스에 머물렀다.

귀국한다면 아메리카에서 이 글을 교정하고 다듬을 수 있을 것이다.

이미 써놓은 것*의 사본을 가지고 있지 않아서, 거기에 필라델피아의 회원제 도서관을 설립하는 데 사용한 수단을 기록해두었는지 확실하지 않다. 그 도서관은 아주 작게 시작했지만 이제는 상당히 규모가 커졌다. 아무튼 그 사업을 벌이던 시기(1730년)까지 자서전을 집필한 것은 기억이 난다. 그래서 여기서는 도서관 사업부터 기록하려고 하는데 만약 이미 써놓았다면 나중에 삭제하면 될 것이다.

내가 펜실베이니아에서 자리를 잡던 무렵, 보스턴 남쪽의 식민지 지역에는 좋은 서점이 없었다. 뉴욕과 필라델피아에서 인쇄업자는 사실상 서적상을 겸했으나 종이, 달력, 발라드, 소수의 공통 교과서 등만 팔았다. 그래서 책을 사랑하는 사람들은 영국에서 책을 주문해야 했다. 준토 회원들은 각자 책을 약간 가지고 있었다. 우리는 당초 만났던 맥줏집을 떠나 클럽이 모일 방을 임차했다. 나는 각자가 가지고 있는 책을 그 방에다 모아놓자고 제안했다. 그렇게 하면 논의를 하면서 금방 찾아볼 수 있고 회원들이 필요할 때마다 자유롭게 대출해 집에 가지고 가 읽을 수도 있으므로 공동의 이익이 된다고 말했다. 계획은 곧 실시되었고 한동안 회원들은 만족스러워했다.

이 자그마한 도서 컬렉션이 유익하다는 것을 알고서 나는 이 이익을 더욱 확대하고자 공공 회원제 도서관을 운영하자고 제안했다. 나는 도서관 계획과 운영 규칙의 초안을 작성하여 유능한 공증인인 찰스 브록던을 찾아가 회원들에게 나눠줄 문서 양식으로 만들었다. 각 회원은

---

* 제1부를 가리킨다.

최초로 사들일 책을 위한 일정한 금액을 불입하고 그후에는 해마다 장서 수를 늘리기 위해 일정 금액을 추가 불입한다는 내용이었다. 당시 필라델피아에는 책을 읽는 사람들이 소수였고, 게다가 우리 중 대다수는 가난했다. 나는 아주 열심히 회원을 모집했지만 겨우 50명이 가입했을 뿐이었다. 그들은 대부분 젊은 상인이었고 이 목적을 위해 기꺼이 돈을 냈다. 회비는 일인당 40실링이었고 그후 연간 10실링을 내기로 되었다. 이 작은 자본으로 시작했다. 책들이 수입되었다. 도서관은 일주일에 한 번 문을 열고 회원들에게 책을 대출해주었다. 단 회원은 지정된 날짜에 책을 반납하지 않으면 책값의 두 배를 지불한다는 각서를 썼다. 이 제도는 곧 유용하다고 증명되었고 다른 도시와 다른 지방에서도 이를 모방한 회원제 도서관이 생겼다. 회원들이 낸 기금으로 도서관이 많이 늘어났다. 우리 나라 사람들은 공부 외에 다른 오락거리가 없었으므로 책을 많이 읽었다. 그리하여 몇 년 사이에 외국인들로부터 우리 나라 사람들은 다른 나라의 같은 직급에 있는 사람들보다 더 지식이 많고 총명하다는 평가를 받게 되었다.

우리가 앞서 언급한 50년 기한의 도서관 회원 회칙에 서명하려 할 때, 공증인 브록던 씨가 말했다. "자네들은 젊지만 문서에 지정된 기간이 다할 때까지 살아 있을 것 같지 않은데." 그러나 우리 중 많은 사람이 아직도 살아 있다. 그리고 그 문서는 몇 년 뒤 모임의 기간을 '영구적'으로 지정한 다른 회칙에 의해 무효 처리되었다.

회원을 모집할 때 거부와 거절을 당하면서 어떤 유익한 사업의 제안자가 자신임을 알리는 것은 비효율적임을 알게 되었다. 제안자는 이웃보다 명성이 조금이라도 높아질 가능성이 있고, 이에 따르는 질시는 사업 완수를 위해 이웃의 도움을 필요로 하는 상황에서 아주 곤란한 것이었다. 그래서 가능한 한 나 자신을 내세우지 않으면서 여러 친구들이 세운 계획이라고 소개했다. 그 친구들이 독서를 좋아하는 사람을 추천해주었으며 회원 모집을 나에게 시켰다고 둘러댔다. 이런 식으로 하면 모집하는 일은 한결 원만하게 굴러갔고, 그후로도 이런 성격의 일을 할 때 이렇게 겸손한 자세를 취했다. 그 결과 여러 번 성공을 거두었기에 이 방법을 널리 추천한다. 순간의 자부심을 약간만 희생하면 나중에 커다란 보답이 돌아온다. 사업의 공로가 누구에게 돌아갈지 한동안 불확실하다면, 당신보다 더 잘난 척하기 좋아하는 사람이 공로를 가져가도록 하라. 그러면 질시마저 제거되어 당신에게 곧 공정한 대우가 돌아올 것이다. 잘난 척하는 사람에게 주어졌던 일시적 명예가 곧 떨어져나와 정당한 소유주에게 돌아온다는 뜻이다.

도서관은 지속적인 면학으로 나 자신을 향상시킬 수단이 되었다. 나는 하루에 한두 시간씩 독서하는 시간을 따로 정해놓음으로써, 어릴 적에 아버지가 밀어주다가 중단시켰던 공부를 어느 정도 만회할 수 있었다. 독서는 내가 스스로에게 허용한 유일한 오락이었다. 술집, 게임, 각종 놀이에는 시간을 내지 않았다. 인쇄소에서의 근면함은 내가 궁핍했을 때와 마찬가지로 언제나 한결같았다. 인쇄소를 차리느라 빚을 졌고, 곧 어린애가 생겨 교육을 시켜야 했다. 먼저 개업한 인쇄소 두 곳과 일감을 놓고 경쟁을 벌여야 했다. 하지만 상황은 날마다 좋아졌다. 근검절약하는 습관은 계속되었다. 내가 소년이었을 때 아버지는 솔로몬의 잠언을 자주 들려주었다. "네가 자기 사업에 근실한 사람을 보았느냐. 이러한 사람은 왕 앞에 설 것이요 천한 자 앞에 서지 아니하리라." 나는 그때 이래로 근면함을 부와 지위를 얻는 수단으로 생각했고, 그런 생각으로 격려받았다. 비록 내가 왕 앞에 실제로 서리라고 생각하지는 않았지만 말이다. 그런데 실제로 그 일이 벌어졌다. 나는 다섯 명의 왕 앞에 서보았고, 심지어 덴마크 왕과는 점심식사를 같이 하는 영광을 누렸다.

영어에 이런 속담이 있다. "성공하려는 자는 먼저 자기 아내의 의견을 구해야 한다." 아내가 나 못지않게 근면하고 절약하는 사람이어서 큰 행운이었다. 그녀는 쾌활하게 내 일을 도왔고 소책자들을 접고 실로 꿰맸으며, 가게를 보았고, 제지업자들에게 넘길 낡은 리넨 조각들을 사 모았다. 우리는 불필요한 하인은 두지 않았고, 식탁은 평범하고 간단했으며, 가구는 가장 싼 것을 썼다. 가령 나의 아침식사는 오랫동안 차를 곁들이지 않은 빵과 우유였고 2페니짜리 질그릇에다 백랍 숟가락으로 식사를 했다. 하지만 이런 원칙에도 불구하고 사치는 가정 안으로 들어와 자리를 넓혀갔다. 어느 날 아침, 식사를 하러 내려가니 사기그릇에 은수저가 있지 않은가! 아내가 나 모르게 무려 23실링이나 되는 거금을 들여 산 것이었다. 아내는 별다른 변명이나 사과의 말 없이 자기 남편이 다른 이웃들 못지않게 사기그릇에 은수저를 사용할 자격이 충분하다고 말했다. 우리집에 최초로 은수저와 사기그릇이 등장한 순간이었다. 그후 여러 해가 흘러가면서 재산이 늘어나자 식기류는 수백 파운드어치로 늘어났다.

나는 장로교 신자로 교육받았다. 이 종파의 교리 중 하느님의 영원한 계율, 선민사상, 죄인이 받는 영원한 형벌 같은 것은 이해할 수 없었고, 다른 교리도 의심스러웠다. 나는 일요일을 공부하는 날로 정했으므로 젊을 때부터 교회 예배에 나가지 않았다. 그렇지만 몇 가지 종교적 원칙이 없지는 않았다. 가령 하느님의 존재는 결코 의심하지 않았다. 하느님이 이 세상을 창조하고 섭리로 다스린다는 것도 믿었다. 하느님이 가장 좋아하는 일은 사람에게 선을 베푸는 것이고, 우리의 영혼은 불멸이며, 이승이든 저승이든 죄를 지으면 벌받고 덕을 쌓으면 보답받는다고 믿었다. 이것이 모든 종교의 핵심이라고 생각했다. 우리 나라에 들어와 있는 모든 종교에서 발견되는 점이므로, 나는 모든 종교를 존중했다. 하지만 존중의 정도가 약간씩 달랐다. 그 핵심사항이 다른 신조들과 뒤섞인 탓에 어떤 종교는 도덕을 격려하고 촉진하며 공고히 하는 것이 아니라 우리를 갈라놓고 서로 적대적으로 만드는 데 이용되었다. 모든 종교를 존중하며 최악의 종교라도 어느 정도 좋은 효과를 발휘한다는 생각을 갖고 있던 나는 상대방이 자신의 종교에 대해 갖고 있는 좋은 생각을 해치는 담론을 펼치는 일은 가능한 한 피했다. 우리 지역의 인구가 늘어나면서 새로운 교회들이 계속 필요해지자 자발적인 기부로 교회가 세워졌다. 교회를 세우는 종파를 가리지 않고 나는 그 목적을 위해 얼마간의 돈을 내놓는 것을 거절한 적이 없다.

나는 일요 예배에는 거의 나가지 않았지만, 예배가 올바르게 집행되었을 때의 타당성과 유용성을 인정했다. 필라델피아에 단 하나뿐인 장로교 목사와 그 집회를 지원하기 위해 매년 기부금을 빠짐없이 냈다. 목사는 때때로 친구로 나를 방문하여 예배에 나오라고 종용했다. 나는 가끔씩 설득당해 예배에 나갔고 한번은 오 주 연속으로 일요일 예배에 참석했다. 만약 그가 좋은 목사였다면 일요일의 여가를 이용해 공부해야 함에도 불구하고 나는 계속 참석했을 것이다. 하지만 그의 설교는 주로 논쟁적인 주장이나 장로교의 특정 교리에 대한 해설뿐이어서 아주 건조하고 재미도 교훈도 없었다. 단 하나의 도덕적 원칙도 가르치거나 권유하지 않는 그 설교는 우리를 좋은 시민으로 만들기보다 장로교 신자로 만드는 데 주된 목적이 있었다.

어느 날 그는 「빌립보서」 4장의 한 구절을 놓고 설교했다. "마지막으로 형제들아 무엇에든지 참되며 무엇에든지 경건하며 무엇에든지 옳으며 무엇에든지 정결하며 무엇에든지 사랑받을 만하며 무엇에든지 칭찬받을 만하며 무슨 덕이 있든지 무슨 기림이 있든지 이것들을 생각하라." 이에 대해 설교하려면 도덕에 관한 얘기를 안 할 수가 없을 거라고 나는 생각했다. 하지만 목사는 사도바울이 다음 다섯 가지를 언급한 것이라고 한정했다.

1. 안식일을 거룩하게 지켜라.

2. 성경을 열심히 읽어라.

3. 예배에 정기적으로 참석하라.

4. 성례에 참여하라.

5. 하느님의 사도인 목사들을 존경하라.

물론 이것도 좋다. 하지만 내가 그 구절로부터 기대한 바는 아니었다. 다른 목사에게서도 좋은 설교를 들을 수 없으리라 생각하니 절망스러웠다. 넌더리가 나서 더이상 그의 설교를 들으러 가지 않았다. 나는 여러 해 전(1728년) 개인적인 용도로 짧은 전례문 혹은 기도문이라고 할 만한 것을 만들고, '신앙의 조문과 종교적인 행위'라는 제목을 붙였다. 나는 이 기도문을 다시 사용했고 예배에 더이상 나가지 않았다. 이 행동은 비난받을 소지가 있지만 더이상 변명하지 않고 이 정도로 말해두려 한다. 나의 현재 목적은 객관적 사실을 기술하려는 것이지 변명하려는 것이 아니기 때문이다.

바로 이 무렵 나는 도덕적 완벽에 도달하겠다는 대담하면서 어려운 계획을 구상했다. 어느 때든 아무런 잘못을 저지르지 않고서 살기를 바랐다. 타고난 성향, 습관, 친구들의 영향 등으로 인해 내가 빠져들 수 있는 잘못을 모두 정복하고 싶었다. 나는 선악을 잘 알았으므로, 혹은 잘 안다고 생각했으므로, 언제나 선을 행하고 악을 피할 수 있다고 보았으며 그렇게 하지 못할 이유가 없다고 여겼다. 하지만 곧 생각보다 훨씬 어려운 일에 착수했음을 알아차렸다. 어느 한 잘못에 정신을 집중하고 있을 때 종종 다른 잘못이 기습적으로 찾아들었다. 조금만 부주의해도 습관이 고개를 들이밀었다. 성향은 때때로 이성보다 훨씬 힘이 강했다. 마침내 나는 완전한 도덕에 이르겠다는 것을 목표로 한다는 추상적 확신만으로는 잘못을 예방하지 못한다는 결론을 내렸다. 나쁜 버릇은 없애고 좋은 버릇은 알아내어 굳건하게 확립해야만 일정하고 지속적인 품행을 들일 수 있는 것이다. 이를 위해 다음과 같은 방법을 고안했다.

독서를 하는 동안 나는 다양하게 열거된 도덕적 미덕을 만났다. 이 미덕의 목록은 때로는 길어지고 때로는 짧아지기도 했다. 서로 다른 저자들이 동일한 제목 아래 더 많거나 더 적은 아이디어를 기술했기 때문이었다. 가령 '절제'라고 하면 어떤 저자는 음식과 술만 그 대상으로 한정했지만 다른 저자는 범위를 넓혀 다른 즐거움, 즉 식욕, 성향, 신체적·정신적 열정, 심지어 탐욕이나 야망의 절제도 포함했다. 나는 뜻을 분명히 하기 위해 적은 제목 아래 많은 아이디어를 붙이기보다는, 많은 제목 아래 적은 아이디어를 포함하는 것이 더 좋겠다고 생각했다. 그리하여 당시 필요하거나 바람직하다고 생각한 열세 가지 미덕의 제목을 열거하고 거기에 간단한 교훈을 적어, 내가 그 제목에 어떤 의미를 부여했는지 충분히 표현되도록 했다.

그 제목과 교훈은 다음과 같다.

1. 절제 배부를 때까지 먹지 말고 취할 때까지 마시지 마라.

2. 침묵 다른 사람이나 자신에게 도움이 되는 말만 하라. 잡담을 피하라.

3. 질서 물건들을 모두 정위치에 두라. 하는 일의 각 부분에 정해진 시간을 부여하라.

4. 결단 해야 하는 일은 꼭 하겠다고 결단하라. 결단한 바는 꼭 이행하라.

5. 검소 다른 사람이나 자신에게 이득이 되지 않는 일에 비용을 지불하지 마라. 즉 낭비하지 마라.

6. 근면 시간을 아껴라. 늘 유익한 일을 하라. 불필요한 행동을 하지 마라.

7. 성실 남에게 해로운 사기를 치지 마라. 공정하고 솔직하게 생각하고, 말을 해야 할 경우에는 그 생각에 따라 말하라.

8. 정의 남에게 피해를 입히는 잘못을 저지르지 마라. 혹은 당연히 줘야 할 보상을 주는 일을 미루지 마라.

9. 중용 극단을 피하라. 상대방에게 화를 낼 만한 상황이라도 분개

하여 해를 입히지 말고 참아라.

10. 청결 신체, 의복, 거주지에 지저분함을 용납하지 마라.

11. 평정 사소한 것에 동요하지 마라. 흔한 사고 혹은 불가피한 사고에 당황하지 마라.

12. 순결 건강을 지키고 자손을 낳기 위해서만 섹스를 하라. 정신이 혼탁해지거나, 약해지거나, 자신이나 상대방의 평화 혹은 명성을 해칠 정도로 몰두하지 마라.

13. 겸손 예수와 소크라테스를 모방하라.

이 모든 미덕을 습관처럼 몸에 배게 하는 것이 내 목표였다. 모든 미덕을 한꺼번에 얻으려 시도함으로써 주의력을 분산시키기보다는 한번에 한 가지 미덕에만 집중하기로 했다. 한 가지 미덕을 획득하면 다음번으로 나아가 결국에는 열세 가지를 모두 획득한다는 계획을 세웠다. 한 미덕을 미리 얻어놓으면 다른 미덕을 얻기가 더 용이할 것으로 판단하여, 위와 같은 순서로 열세 가지 미덕을 열거했다. '절제'를 제일 먼저 거명한 것은 자신의 행동에 끊임없이 주의를 기울이기 위해서는 두뇌의 냉정함과 명석함이 반드시 필요하기 때문이다. 또한 절제하는 마음이 있어야만 낡은 습관의 지속적인 요구와 일상적인 유혹의 힘에 맞설 수 있다. 일단 절제의 미덕을 획득하면 침묵을 유지하기가 한결 쉬워진다. 미덕을 향상시키면서 동시에 지식을 증진시키고자 했는데, 대화에서는 입보다 귀를 사용해야 지식을 더 많이 얻을 수 있다. 쓸데없고 공연한 말, 농담 따위를 지껄이는 과거의 습관은 시시한 친구들을 사귀게 할 뿐이므로, 나는 '침묵'에게 두번째 자리를 주었다.

침묵과 '질서'는 내가 계획과 공부에 더 잘 집중하게 해줄 것으로 기대했다. '결단'이 습관으로 굳어지면 그후의 모든 미덕을 얻으려는 의지가 굳어질 것이고, '검소'와 '근면'을 통해 빚을 갚고 풍요와 독립을 얻게 될 터였다. 이것들은 또한 '성실'과 '정의'의 실천을 더욱 쉽게 해줄 것이다. 피타고라스의 「황금 시편」*의 조언에 따라 날마다 반성하는 일이 필요했으므로 다음의 방법을 고안했다.

나는 작은 수첩을 만들어 각 미덕에 한 페이지씩 배당했다. 그 페이지에다 붉은색 잉크로 가로 일곱 칸을 그어 일주일을 표시했고 각 칸에는 요일을 적어넣었다. 그리고 각 가로 칸 밑에 세로로 13행을 만들

---

* 프랭클린은 원고의 여백에 "「황금 시편」을 추가할 것"이라고 메모했다. 「황금 시편」은 다음과 같다.

하루 중에 벌어진 그대의 모든 행동이 정당한 것이었는지
그대가 엄격하게 살펴보기 전에
살금살금 다가오는 수면의 신이 그대를 급습하지 않게 하라.
졸음이 그대의 피곤한 눈에 기어들지 못하게 하라.
경건한 마음을 그대의 심판석에 판관으로 앉히고
그대 자신의 질문에 공정하게 대답하게 하라.
나는 어디에 다녀왔는가? 어떤 일에서 잘못을 저질렀나?
오늘 하루 어떤 좋은 일과 나쁜 일이 있었나?
내가 마땅히 해야 할 일 중 못한 것은 무엇인가?
하느님, 인간, 그리고 나 자신에게 어떤 빚을 졌는가?
아침의 새벽부터 저녁의 어둠에 이르기까지
처음부터 끝까지 무슨 일이 되었든 철저하게 물어보라.
만약 그대의 행동이 사악했다면 후회하며 슬퍼하라.
엄격한 질책으로 그대의 영혼을 꾸짖어라.
만약 그대의 행동이 선량했다면 마음의 평화로 보상하라.
그대의 은밀한 자아에 기쁜 마음으로 말하라.
내 영혼이여 즐거워하라. 오늘 하루 모든 일이 잘되었으니.

어 얻어야 할 미덕을 적어넣은 후 날마다 반성하면서 해당 요일에 미덕의 실천이 미진한 부분이 있으면 검은 점으로 표시했다.

나는 한 주에 하나의 미덕에만 집중하기로 결심했다. 그리하여 첫째 주에는 '절제'에 위반되는 행동을 피하려고 온 신경을 집중하면서 다른 미덕들은 평소의 행동에 맡겼다. 저녁때마다 나머지 열두 미덕에 잘못이 있었는지 점검만 했다. 이런 식으로 첫째 주에는 절제라고 표시된 칸에만 집중하여 일요일부터 토요일까지 검은 점이 찍히지 않도록 했다. 그 결과 절제의 미덕이 강화되고 반대되는 성향이 약화되었다고 생각되면, 그다음주에는 '침묵'에 집중하면서 주중 내내 검은 점이 찍히지 않도록 노력했다. 이런 식으로 하면 미덕을 13주 동안 점검할 수 있으며, 일년에 4회 반복할 수 있다. 정원의 잔디밭을 가꾸는 사람 역시 한꺼번에 잡초를 모두 뽑아버리는 것(그의 힘과 능력 범위를 벗어나는 일이다)이 아니라, 하루에 일정량의 작업 범위를 정하고 그 일이 끝나면 그다음날 또 적정량을 배당하여 결국에는 제초작업을 모두 끝낸다. 이 정원사와 마찬가지로 나는 미덕의 실천을 기록한 페이지가 날마다 개선되는 것을 지켜보기로 했다. 그리하여 페이지의 각 칸에 찍힌 점들이 뒤로 갈수록 없어지는 것을 보면서 13주 동안의 일일 점검이 끝나면 결국에는 페이지에 검은 점이 하나도 없는 깨끗한 상태를 이룩하여 행복한 마음을 느끼게 되기를 바랐다.

내 작은 수첩에 조지프 애디슨의 『카토』에 나오는 다음과 같은 구절을 좌우명으로 적어두었다.

절제							
배부를 때까지 먹지 말고 취할 때까지 마시지 마라.							
	일	월	화	수	목	금	토
절제							
침묵	•	•		•		•	
질서	••	•	•		•	•	•
결단			•			•	
검소		•			•		
근면			•				
성실							
정의							
중용							
청결							
평정							
순결							
겸손							

여기서 나는 주장하겠다. 만약 우리 위에 어떤 힘이 있다면

(자연은 그 힘이 있다고, 자연의 모든 작용을 통하여

아주 커다란 소리로 외치고 있다),

그 힘은 틀림없이 미덕을 아주 기쁘게 여길 것이다.

그리고 그 힘이 기쁘게 여기는 존재는 행복할 게 틀림없다.

또다른 좌우명은 키케로의 말이다.

오 철학이여, 인생의 안내자여!
오 미덕의 교육자이며 악덕의 교정자여!
미덕으로 보낸 하루가 악덕으로 보낸 영원보다 더 낫도다.

또다른 신조는 지혜 혹은 미덕에 관한 솔로몬의 잠언이다.

그의 오른손에는 장수가 있고 그의 왼손에는 부귀가 있나니
그 길은 즐거운 길이요 그의 지름길은 다 평강이니라. (「잠언」3장
16~17절)

그리고 하느님이 지혜의 원천이라고 생각하므로 지혜를 얻기 위해
그분의 도움을 요청하는 것이 마땅하고 옳은 일이라고 보았다. 이 목
적을 이루기 위해 다음과 같은 작은 기도문을 만들어 점검해야 할 미
덕의 목록 앞에 붙여놓고 날마다 사용했다.

오 지극히 선하신 힘이여! 너그러운 아버지시여! 자비로운 안내
자시여! 진정한 이해利害를 구분하는 지혜가 내 안에서 자라나게 하
소서. 지혜가 요구하는 바를 이행하는 결단력을 강화시켜주소서. 당
신이 베풀어준 지속적인 은혜에 내가 할 수 있는 유일한 보답은 당
신의 다른 자녀에게 선행을 베푸는 것이오니 이 선행을 기쁘게 받아
주소서.

나는 톰슨의 시에서 가져온 작은 기도문도 종종 사용했다.

> 빛과 생명의 아버지, 좋으신 하느님!
> 내게 무엇이 좋은지 가르쳐주소서. 당신이 직접 가르쳐주소서!
> 나를 어리석음, 허영, 악덕, 모든 저속한 행위로부터 구원해주소서.
> 내 영혼을 지식, 마음의 평화, 순수한 미덕,
> 신성하고 실제적이고 사라지지 않는 미덕으로 가득 채워주소서!*

'질서'의 미덕으로 인해 내 하루 일과의 모든 부분에 지정된 시간을 할당하게 되었다. 그리하여 내 작은 수첩에 하루 24시간의 활용 계획을 담은 페이지가 다음과 같이 들어갔다.

나는 자기반성을 위한 계획의 실행에 착수했고, 중간에 잠시 중단하는 일이 있었지만 한동안 계속해나갔다. 내가 생각 이상으로 많은 잘못을 저지르는 것에 놀랐지만 점점 사라져가서 만족했다. 새로운 과정에 돌입하면 새 잘못을 표시할 공간을 만들기 위해 이전의 잘못을 지워야 했는데, 이 작은 수첩이 구멍투성이가 되거나 찢겨나갈지도 몰랐다. 그래서 미덕과 표를 종이책 대신 상아 메모판에 옮겨 적었다. 오래가도록 붉은 잉크로 선을 긋고 그 위에 연필로 잘못을 표시했다. 그렇게 하면 젖은 스펀지로 쉽게 닦아낼 수 있었다. 얼마 지나자 일 년에 딱 한 번 하나의 주기를 채우게 되었고, 좀더 지나자 몇 년에 한 주기

---

* 제임스 톰슨의 시 「겨울」에서 인용.

아침 질문하라. 나는 오늘 하루 어떤 선행을 할 것인가?	5시 6시 7시	기상, 세면, 기도, 하루 일과 구상과 결단, 현재 하고 있는 공부를 계속하기, 아침식사
	8시 9시 10시 11시	오전 일과
점심	12시 1시	독서, 혹은 각종 보고서 열람, 점심식사.
	2시 3시 4시 5시	오후 일과
저녁 질문하라. 오늘 나는 어떤 선행을 했는가?	6시 7시 8시 9시 10시 11시 12시	주변 정리정돈, 저녁식사, 음악 또는 오락이나 대화, 하루의 반성
밤	1시 2시 3시 4시	취침

를 채우게 되었다. 한참 뒤에는 여행이나 해외 출장 등 이런저런 일이 끼어들어 표시하는 일을 전혀 하지 않게 되었지만 작은 수첩만은 항상 지니고 다녔다.

'질서'를 지키기 위한 계획은 내게 가장 큰 골칫거리였다. 고용된 인쇄공처럼 시간 배분을 스스로 한다면 모를까, 세상과 섞여 지내야 하고 고객이 편리한 시간에 맡긴 일을 받아와야 하는 인쇄소 주인의 입장에서 그 계획은 현실적이지 못했다. 물건들, 가령 종이 따위를 일정한 장소에 질서정연하게 놔두는 것도 굉장히 어려운 일이었다. 나는 애초에 정리에 익숙지 않았거니와 기억력이 그런대로 괜찮아서 정리를 하지 않아도 딱히 불편함은 느끼지 못했다. 그러니 이 질서 항목은 신경쓰기가 매우 힘들었고 표시된 잘못들을 보면 너무나 성가신 기분이 들었다. 스스로를 고쳐나가는 데 진전이 없고 원래의 모습으로 자주 돌아오자 계획을 거의 포기한 상태가 되었다. 이런 면에 흠결이 있는 자신을 받아들이려고 했다. 이웃집 남자처럼 말이다. 그 남자는 대장장이한테 도끼의 표면 전체가 도끼날처럼 반짝거리는 도끼를 사고 싶다고 했다. 대장장이는 숫돌의 바퀴만 돌려준다면 그렇게 만들어주겠다고 했다. 이웃 남자는 대장장이가 도끼의 널찍한 밑부분을 숫돌 위에 놓고 세게 누르는 동안 바퀴를 돌려야 했는데, 아주 고된 일이었다. 이웃 남자는 때때로 바퀴를 돌리다 말고 일이 어떻게 되어가는지 살펴보았고, 그렇게 한참 하다가 여전히 얼룩덜룩한 상태인 도끼를 그대로 집어들었다. "아직 안 됐어요." 대장장이가 말했다. "계속 돌려야 해요. 그러면 점점 반짝거리게 돼요. 아직 얼룩덜룩하잖아요." "그래요." 남자가 말했다. "근데 나는 얼룩덜룩한 도끼를 제일 좋아하는 것 같아요." 많은 사람들이 이 남자와 비슷하리라 생각한다. 그들은 내가 사용한 방법을 모르는데다가, 좋은 습관을 챙기고 나쁜 습관은 버리는 게 너무 어렵다는 것을 알고서, 얼룩덜룩한 부분을 갈아내려는 노력을 포기한 채 '얼룩덜룩한 도끼가 제일 좋다'고 결론을 내린다. 그리고 이

성理性을 가장한 것이 이렇게 속삭여온다. 내가 실천하려고 하는 이런 극단적인 미덕은 일종의 도덕적 겉치레일지도 몰라. 만약 이 사실이 알려진다면 아주 우스꽝스러운 사람이라는 소리를 듣게 될 거야. 누군가가 완벽한 성품에 도달하면 그때는 어떻게 될까? 당연히 사람들의 시기심과 증오라는 불편함이 뒤따라오지. 자비로운 사람은 결점이 몇 가지 있어야 해. 그래야 친구들에게 부담을 주지 않고 그들을 널리 포용할 수 있을 게 아닌가.

사실 '질서'라는 덕목에 관해서는 나 스스로도 구제불능이라고 생각한다. 이제 나이가 들고 기억력이 나빠지니 내게 질서가 현저히 결여되어 있음을 느낀다. 전반적으로 보아, 나는 야심 차게 도달하고자 했던 완벽함에는 다다르지 못하고 멀리 떨어져 있다. 그러나 일단 시도해본 것은 잘한 일이라고 생각한다. 그 덕분에 애초 시도조차 하지 않았을 때보다 훨씬 훌륭하고 행복한 사람이 되었다. 글쓰기 연습도 비슷한 이치다. 인쇄된 글씨를 흉내내며 완벽한 필기체를 만들려는 사람들은 비록 원하는 인쇄체의 경지에는 다다르지 못하더라도, 노력에 의해 손놀림이 개선되고, 참고 계속해나간다면 글씨가 더욱 읽기 쉽고 깔끔해진다.

내 후손들은 자신의 조상이 79세가 되어 이 글을 쓰는 시점까지 끊임없는 지복을 누리고 살 수 있었던 것은 하느님의 축복과 함께, 이 작은 기술 덕분이었음을 알았으면 한다. 여생에 어떤 불행이 닥칠지는 신의 섭리에 달렸으니 알 수 없으나, 만일 불행한 일이 벌어지더라도 과거에 누렸던 행복의 기억이 더 많은 인내심으로 견디는 데 도움을 줄 것이다. '절제'로 인해 오랜 기간 건강할 수 있었고 여전히 좋은 건강을 누리고 있으며, '근면'과 '검소'로 인해 일찍부터 가정 형편이 쉽게 풀려나가고 부를 축적할 수 있었다. 또한 그렇게 가진 지식으로 수완 있는 시민이 되었고 지식인 사이에서 명성도 얼마간 얻었다. '성실'과 '정의'로 인해 조국의 신임을 얻어 명예로운 직책을 맡기도 했다. 당초 목표로 한 것보다 불완전한 상태이긴 하지만 모든 덕목의 종합적 영향으로 평온한 기분으로 즐겁게 대화를 나눌 수 있어 여전히 벗들이 찾는 사람이 되었고 심지어 젊은 사람들과도 기분좋게 이야기를 나눌 수 있다. 따라서 내 후손 중 일부라도 이 사례를 본받아 혜택을 보길 바란다.

비록 내 계획이 전적으로 종교를 배제한 것은 아니지만, 특정 종파의 것이라고 할 만한 특정 교리는 없다. 내 방식의 유용성과 훌륭함을 확신하고 있는데다 그것이 종교와 상관없이 모든 사람들에게 유익한 것이기 때문이다. 또한 언젠가는 출판할 생각이었기에 어떤 종파에게도 피해를 주지 않기 위해 의도적으로 그렇게 하였다. 나는 각 덕목마다 약간의 논평을 덧붙였는데, 미덕을 얻게 됨으로써 얻는 이점과 반대되는 악덕을 행함으로써 생기는 해악을 보여주고자 했다. 이 내용을 담은 책을 『미덕의 기술』이라 부르고자 했다.* 아무것도 가르치거나 지시하는 것 없이 단순히 선량하게 살아야 한다는 권고와는 달리, 미덕을 얻는 수단과 방식을 구체적으로 알려준다는 점에서 이 책은 명확한 차이가 있다. "만일 형제나 자매가 헐벗고 일용할 양식이 없는데, 너희 중에 누구든지 그에게 이르되 평안히 가라, 덥게 하라, 배부르게 하라

---

* "미덕만큼 사람의 재산이 될 만한 것은 없다"고 프랭클린은 원고의 여백에 적었다.

하며 그 몸에 쓸 것을 주지 아니하면 무슨 유익이 있으리요."(「야고보서」 2장 15~16절)

그렇지만 『미덕의 기술』을 책으로 내겠다는 계획은 이루어지지 않았다. 언젠가 쓰자고 감상이나 추론 등을 때때로 짧게 적어놓기도 했고 그중 일부를 여전히 가지고 있기는 하지만 말이다. 젊은 시절에는 개인 사업에, 나이들고는 공무에 집중하느라 출판은 미뤄질 수밖에 없었다. 내 마음속에서 그 일은 실행하기 위해 전심전력을 다해야 하는 훌륭하고 원대한 계획이지만, 예기치 않은 일이 계속되어 지금까지 끝맺지 못하고 있다.

여기서 내가 강조하고 싶은 원칙은 이것이다. 오로지 인간의 본성만 고려할 때, 사악한 행동은 금지되었기 때문에 해로운 것이 아니라 해롭기 때문에 금지된 것이다. 사정이 이렇기에, 내세뿐만 아니라 현세에서도 행복하길 바라는 모든 사람은 덕스럽게 사는 것이 이득이 된다. 부유한 상인, 귀족, 지배층, 왕자가 많지만 일을 정직하게 해내는 사람은 굉장히 드문 세상에서, 나는 젊은 사람들에게 다음과 같은 확신을 심어주려고 노력해왔다. 즉 가난한 사람에게 정직과 성실만큼 재산이 되는 자질은 없다는 것이다.

내 덕목은 처음에는 열두 가지였다. 그러나 친절하게도 어느 퀘이커교도 친구가 많은 사람들이 나를 거만하다고 평하고 있음을 알려줬다. 대화를 하다보면 종종 거만한 모습이 보이고, 토론중에 내가 옳다는 것에 만족하지 않고 고압적인 태도를 취하며 심지어 무례한 말까지 한다는 것이었다. 그는 여러 가지 구체적 사례를 들면서 내게 그 점을 납득시켰다. 나는 아직도 남아 있는 이 악덕과 어리석음을 고치기 위해

'겸손'을 목록에 추가했고, 그 단어가 넓은 의미를 포괄하도록 했다.

겸손이라는 덕목을 실제로 습득하는 데 성공했다고 자랑할 수는 없 겠지만 외관상으로는 성취가 상당했다. 다른 사람의 의견에 직접적으 로 반박하는 일과 내 의견을 강압적으로 주장하는 일을 삼가는 것이 원칙이 되었다. 심지어 준토의 오래된 규칙에 따라 확고한 의견의 표 현인 '확실히', '의심할 바 없이' 등을 쓰는 것을 금지하고, 대신에 '내 가 생각하기로는', '내가 파악한 바로는', '내가 이해하기로는', '내가 추측하기로는' 등의 표현을 사용했다. 상대방이 틀린 얘기를 강력히 주장할 때 돌연 반박하거나 상대방의 부조리한 주장을 즉각적으로 지 적하는 것을 삼갔다. 그리고 답변을 할 때 '특정한 경우나 상황에선 당 신의 의견이 옳지만, 지금의 경우엔 좀 다른 듯 보인다'라는 식으로 말 했다. 이 태도 변화가 유익함을 곧 느낄 수 있었다. 사람들과 나누는 대화가 이전보다 더 즐겁게 진행되었다. 겸손하게 의견을 제시하니 사 람들도 더 잘 받아들여줬고 반대도 줄었다. 또한 내가 틀렸음이 드러 났을 때도 덜 부끄러웠으며, 옳을 때는 반대 사람들이 자기 잘못을 인 정하고 선선히 내 편이 되어주었다.

이 태도는 처음에는 내 성향에 잘 맞지 않아 힘들었지만 나중에는 쉬워졌고 습관처럼 되어버렸다. 아마 지난 50년간 어느 누구도 내가 독단적으로 의견을 개진하는 모습을 보지 못했을 것이다. 성실 다음으 로 이 습관 덕에 내가 새로운 제도를 제안하거나 오래된 제도의 변경 을 제안할 때 시민들이 내 말에 귀기울여주었고, 의원이 되었을 때 의 회에서 영향력을 발휘할 수 있었다. 나는 그다지 말을 잘하지 못했고 유창하게 연설한 적도 없으며 단어를 선택할 때 많이 망설였고 언어를 정확하게 쓰지 못하는데다 겨우 주장의 요지만 전달하는 사람이었다. 그런데도 겸손의 위력은 아주 컸다.

실생활에서 나타나는 사람의 자연스러운 열정 중 자만심만큼 누르기 힘든 것도 없을 것이다. 있는 힘을 다해 자만심을 위장하고 그것에 맞서 싸우고 때려눕히고 억누르고 굴복시키려 해도, 여전히 살아서 때때로 고개를 내밀거나 모습을 드러낸다. 어쩌면 이 자서전에서도 종종 자만심이 보였을지 모른다. 내가 자만심을 완전히 극복했다 하더라도 그때는 겸손하다고 자만할 테니까 말이다.

[여기까지 프랑스 파시에서 1784년에 씀.]

제3부

〔1788년 8월, 나는 이제 집에서 글을 쓰려고 하지만 자료의 도움을 받을 수 없게 됐다. 전쟁통에 많이 잃어버렸기 때문이다. 그래도 다음과 같은 것들을 찾아냈다.〕

개인적으로 생각해둔 훌륭하고 원대한 계획을 앞에서 언급한 적이 있는데, 그 계획과 목적을 여기서 설명해야 할 것 같다. 마음에 처음 떠오른 구상을 작은 종이에 적었었는데, 그 종이는 우연하게도 소실되지 않고 남았다.

역사책을 읽은 소감. 1731년 5월 19일 도서관에서.

"세계에서 일어나는 큰일, 즉 전쟁이나 혁명 등은 당파에 의해 수행되고 영향을 받는다."

"당파들의 관점은 현시점에서 그들의 일반적인 이해관계나 이해관계라고 여기는 것에 맞춰져 있다."

"각 당파의 다른 관점은 모든 혼란의 원인이 된다."

"당이 일반적인 계획을 수행하고 있는 동안에도 당원에게는 특정한 개인적 이해관계가 있다."

"당이 일반적인 계획을 수행하면, 곧 당원은 특정한 개인적 이해관계에 몰두하게 되며 이는 다른 당원들을 좌절시키고 당을 분열시키며 더 큰 혼란을 가져온다."

"무슨 주장을 하건 간에 오로지 나라를 위해 좋은 일을 하는 공직자는 소수에 지나지 않는다. 설사 그들의 행동이 나라에 정말로 좋은 결과를 가져왔어도 그들의 관심사와 나라의 관심사가 우연히 일치했기 때문일 뿐이다. 그들은 자선을 행하지 않는다."

"인류의 행복을 위해 좋은 일을 행하는 공직자는 더더욱 적다."

"지금이야말로 전 세계의 도덕적이고 선량한 사람들이 모인, 미덕을 추구하는 연합당을 세워야 한다는 생각이 든다. 선량하고 지혜로운 규칙으로 통치하면, 선량하고 지혜로운 사람들은 보통 사람이 보통 법을 지키는 것 이상으로 규칙을 따를 것이다."

"이 일을 올바르게 실행할 자격이 있는 자는 누구라도 하느님을 기쁘게 할 것이고 성공할 수밖에 없다고 생각한다."

이 계획은 마음속을 맴돌았고, 상황이 여유로워지면 실행에 옮기자는 생각을 했다. 계획에 관한 생각이 떠오를 때마다 종이에 옮겨 적었지만 대부분 분실했다. 하지만 계획한 신조의 본질을 담아낸 것이 하나 남아 있다. 알려진 모든 종교의 본질을 다 담고 있으며, 특정 종교 신자에게 불쾌감을 줄 만한 내용은 모두 빠져 있다.

"하느님은 한 분으로 모든 것을 창조하셨다.
그분은 섭리로 세상을 다스리신다.
그분은 경배와 기도와 감사로 섬김을 받으셔야 한다.
그러나 하느님이 가장 좋아하는 일은 사람에게 선을 베푸는 것이다.
영혼은 불멸이다.
이승이든 저승이든 하느님은 반드시 미덕에는 상을 내리시고 악덕은 벌주실 것이다."

당시 내 생각은 다음과 같았다. 처음에는 젊은 독신 남성들 사이에서 이 운동이 퍼져나가야 한다. 그들은 이 신조에 동의하고, 앞서 언급한 미덕의 모델에 따라 13주 동안 스스로를 점검하면서 각자 실천해야 하며, 이 단체의 존재는 상당한 규모가 될 때까지 비밀에 부쳐 부적절한 자들의 가입을 막아야 한다. 또한 회원은 자기 친구 중에서 순박하고 호기심 많은 젊은 사람들을 찾아서 이 계획을 조심스럽게 점차적으로 전파해야 한다. 서로의 관심사와 사업, 보다 나은 삶을 증진하는 데 충고하고 조력하며 후원해야 한다. 다른 단체와 구별하기 위해 이 모임은 '자유와 안락의 단체'로 부른다. 자유란 미덕의 전면적인 실천과 습관화로 인해 악덕의 지배로부터 자유로운 상태를 말한다. 특히 근면과 검소의 실천 덕분에 채권자에게 구금되거나 노예가 되게 하는 빚으로부터 자유로운 상태를 말한다.

이 정도가 내가 상기 계획에 대해 지금 돌이켜 생각해낼 수 있는 것이다. 당시 이 계획을 어떤 두 젊은이에게 전했더니 그들은 열성적으로 반응했다. 그러나 당시 내 상황은 사업에 딱 달라붙어 있어야 할 만큼 어려웠고, 그래서 계획의 실행을 추가로 연기해야만 했다. 그후 공적이고 개인적인 일들이 잡다하게 벌어져 계속 연기되었고, 자꾸 미루다보니 계획을 실행할 힘과 활동력이 더이상 남아 있지 않게 되었다. 그럼에도 나는 여전히 이 계획을 실행 가능하다고 보며, 굉장히 유익하여 많은 선량한 시민을 배출할 수 있다고 생각한다. 이 계획의 엄청난 규모 때문에 낙담한 것은 아니다. 상당한 재능을 가진 사람은 세상에서 커다란 변화, 커다란 일을 성취할 수 있다고 언제나 생각해왔다. 참을성 있고 유능한 사람이 먼저 훌륭한 계획을 세우고 주의를 분산시키는 즐거움이나 오락을 무시하고 그 계획만을 한 우물을 파듯 실천해나간다면, 충분히 그 위대한 일을 해낼 수 있다.

나는 1732년에 처음 리처드 손더스라는 가명으로 책자 형식의 달력을 냈는데 그후 25년간 계속 발행했다. 이 달력은 보통 '가난한 리처드의 달력'으로 불렸다. 나는 달력을 재미있으면서도 유용하게 만들려 노력했고, 그 덕분인지 수요가 있어 매년 만 부 안팎을 발행해 상당한 수익을 남겼다. 우리 지역에서 이 달력을 가지고 있지 않은 이웃이 드물 정도였다. 나는 책을 거의 사지 않는 평범한 사람들에게 이 달력이 좋은 교훈을 전하는 적절한 수단이 될 것이라고 생각했다. 그래서 중요한 날 사이에 있는 작은 공간에 주로 재산을 늘리고 미덕을 얻게 해주는 수단인 근면과 검소의 덕목을 가르치는 격언들을 채워넣었다. 가령 빈곤한 사람은 정직하게 행동하기 어려움을 알리기 위해 '빈 자루는 똑바로 서기 어렵다'는 격언을 수록했다.

나는 많은 세대와 나라의 지혜를 담고 있는 격언들을 모아 틀을 갖추었다. 그리고 1757년의 달력 앞부분에, 경매장에 모인 사람들에게 어떤 지혜로운 노인이 연설을 한다는 설정 아래 그 말들을 붙여놓았다. 이렇게 흩어져 있던 격언을 한군데 모아놓으니 독자들에게 굉장한 인상을 주었다. 이 격언들은 세계적으로 인정받게 되었다. 우리가 살고 있는 아메리카대륙의 신문들이 빠짐없이 이 달력을 복사해 실었고, 영국에서는 전지에 다시 인쇄해 집집마다 붙일 정도였으며, 프랑스에서는 두 가지 번역본이 나와 성직자와 상류층이 대량으로 구매해 교구 주민이나 소작인들에게 무료로 나누어주었다. 펜실베이니아에서는 우리 달력이 외제 사치품에 대한 쓸모없는 지출을 막는 글을 실은 지 몇 년이 지난 후 지역 내 통화량이 늘어난 것을 보고 달력에 공을 돌리는 사람들도 있었다.

나는 교훈을 전하는 또다른 수단으로 내 신문을 활용해, 『스펙테이터』에서 발췌한 글이나 다른 작가들의 도덕적인 글을 자주 실었다. 때로는 준토에서 낭독하기 위해 쓴 나의 짧은 글을 싣기도 했다. 이런 글 중에는 역할이나 능력과 무관하게 사악한 사람은 분별 있는 사람이 되지 못한다는 것을 증명하는 소크라테스식 대화도 있었고, 미덕이란 실천을 통해 습관으로 굳어지고 악덕으로부터 완전히 자유로워져야 비로소 굳건해진다는 극기에 관한 담론도 있었다. 이런 글들은 1735년 초의 내 신문에서 찾아볼 수 있을 것이다.

신문을 펴내면서 나는 타인의 명예를 훼손하거나 사적인 비난을 하는 일이 없도록 신경썼다. 최근 우리 나라에 비방과 중상이 횡행하여 너무나 부끄럽다. 그런 유의 글을 실어달라고 청탁하는 사람들은 신문이 대가를 지불하면 누구나 탈 수 있는 합승마차와 같다고 말했다. 나는 원한다면 따로 그 부분만 인쇄해줄 테니 직접 배포하고 싶은 만큼 배포하라고 답했다. 비난을 퍼뜨리는 일에 끼어들 생각이 없으며, 구독자에게 유용하고 즐거운 소식만 전해주겠다고 약속했기에 사적인 언쟁을 우리 신문에 실을 수 없다고도 말했다. 오늘날 많은 인쇄업자들이 양심의 가책도 없이 우리 중 가장 훌륭한 성품을 가진 사람들에게 그릇된 비난을 가해 개인의 악의를 충족시켜주고 적대감을 증폭시켜 결투를 조장하기까지 한다. 더욱이 너무나 조심성 없게도 인접한 주정부에 대해 천박한 단상을 싣기도 하며 심지어 우리의 가장 가까운 동맹국까지도 비방의 대상으로 삼는다. 이런 행동은 가장 치명적인 결과를 초래할 수 있다. 여기서 이 이야기를 하는 것은 젊은 인쇄업자들에게 주의를 주어 경각심을 불러일으키기 위해서다. 불미스러운 일로 스스로의 지면을 더럽힌다거나 직업을 욕보이는 일은 하지 말기 바라며, 그런 개인적 부탁은 단호히 거절해야 한다. 내 일례를 보더라도 그런 일은 피하는 것이 결과적으로 신문 발행인 자신에게도 이익이 된다.

　　1733년, 사우스캐롤라이나주의 찰스턴에 인쇄업자가 부족하다기에 우리 인쇄소에서 일하던 저니맨을 파견했다. 나와 동업을 한다는 합의 아래 인쇄기와 활자를 제공했고, 비용의 3분의 1을 내가 부담한다는 조건으로 수익의 3분의 1을 받기로 했다. 동업자는 배운 사람이고 정직하기도 했지만 회계에는 무지했다. 때때로 그는 송금을 했지만 회계

보고서는 제대로 보내지 않았다. 그의 생전에 우리의 동업관계는 그다지 만족스럽지 못했다. 그가 죽자 그의 부인이 인쇄소 일을 보게 됐다. 그녀는 네덜란드에서 태어나고 자랐는데, 내가 알기로 그 나라에서는 여성도 회계를 배운다고 했다. 그래서인지 그녀는 과거의 송금에 대해서도 명쾌한 회계보고서를 보내왔을 뿐만 아니라 분기별로 굉장히 규칙적이고 정확하게 보고서를 보내주었다. 그녀는 사업을 크게 성공시켰고 자식들을 훌륭하게 길렀을 뿐 아니라 계약이 만료되고 나서는 내게서 인쇄소를 사들여 아들에게 물려주었다.

이 일을 이야기하는 것은 우리 나라의 젊은 여성들도 그런 계통의 교육을 받았으면 하는 바람 때문이다. 남편을 잃게 되는 경우, 자신과 슬하의 아이들에게 음악이나 무용보다 훨씬 더 도움이 될 테니까 말이다. 교묘한 사기꾼에게 속아 재산을 잃는 일도 방지할 수 있고 장사를 계속하면서 수익도 내고 고정적인 거래처를 확보할 수도 있다. 아들이 가게를 맡을 만큼 장성했을 때 사업을 물려주어 계속 가업을 이어간다면 지속적으로 수익을 남기며 집안도 부유해질 것이다.

1734년경 아일랜드에서 헴필이라는 젊은 장로교 목사가 왔다. 그는 좋은 목소리로 훌륭하게 즉흥 설교를 해서 다른 교과 사람들까지 상당수 끌어들였다. 나도 그의 설교를 지속적으로 들으러 갔는데, 교조적인 말은 거의 없고 미덕, 혹은 종교적인 틀 안에서 선행을 강조해서 마음에 들었다.

그런데 신자 중 자칭 장로교 원리주의자라는 사람들이 그의 교리를 반박했고, 나이든 목사들 대부분이 비난에 합세했다. 그들은 헴필의 입을 막기 위해 그를 종교회의에 이단으로 고발했다. 나는 그의 열렬한 지지자가 되어 지지세력을 키우는 데 할 수 있는 모든 일을 했고 그를 위해 싸웠으며 얼마 동안 이길 수도 있다는 희망을 가졌다.

이 일에 대해서는 갑론을박이 있었다. 그런데 헴필 목사는 참으로 우아한 설교를 했으나 글솜씨는 형편없었다. 그래서 내가 대신 두세 편의 소논문을 써서 그중 하나를 1735년 4월 〈펜실베이니아 가제트〉에 실었다. 당시에는 논쟁거리가 될 만한 화제가 생기면 그런 소논문을 쓰곤 했고 사람들도 열성적으로 읽어주곤 했는데, 곧 유행이 지나가버렸다. 지금은 그중에 남아 있는 글이 있으리라고 생각하지 않는다.

갈등이 벌어지는 동안 헴필 목사에게 엄청난 피해가 돌아가는 불운한 일이 생겼다. 반대파 중 어떤 사람이 헴필의 설교를 듣고는 전에 그런 설교를 어딘가에서 최소한 일부분이라도 읽었다는 말을 한 것이다. 그래서 그가 찾아보니 〈브리티시 리뷰〉라는 잡지에 실린 포스터 박사의 담론을 일부 차용했다는 것이 드러났다. 이로 인해 우리 쪽 많은 사람이 거북해하며 헴필 목사의 곁을 떠났다. 이후 종교회의에서 우리는 참패하고 말았다. 그래도 나는 그의 편을 들었다. 스스로 쓴 조잡한 설교문보다 남의 것으로라도 좋은 설교를 하는 편이 더 낫다고 봤기 때문이다. 나중에 헴필은 그의 설교 중 자신이 쓴 건 하나도 없다고 고백했다. 좋은 기억력 덕분에 한 번만 읽으면 어떤 설교든 암기하여 따라할 수 있다는 말도 해주었다. 종교회의에서 진 뒤 그는 더 나은 운명을 찾아 어디론가 떠났고 이후 나는 신자 모임에 발길을 끊었다. 그럼에도 목사들을 후원하는 기금은 여러 해 동안 냈다.

나는 1733년부터 외국어를 공부하기 시작했다. 프랑스어는 곧 터득하여 책을 쉽게 읽을 정도가 되었다. 다음으로는 이탈리아어를 공부했다. 같이 이탈리아어를 배우던 지인은 종종 체스를 두자고 꼬드겼는데, 체스가 시간을 상당히 잡아먹어 공부를 방해했다. 결국 나는 게임의 승자가 패자에게 문법의 일부분을 외우거나 번역하는 등의 숙제를 부과하고, 패자는 다음 모임까지 숙제를 성실하게 해온다는 조건을 내걸었다. 그리고 이 조건이 받아들여지지 않으면 더이상 게임을 하지 않겠다고 말했다. 우리는 체스 실력이 꽤 비슷했기에 서로 이탈리아어를 공부하게 만들었다. 그후에는 약간의 고생 끝에 스페인어를 습득해 책을 읽을 정도의 실력은 되었다.

이미 언급한 바 있지만 나는 그래머스쿨을 한 해만 다녔고 그것도 아주 어릴 때여서 라틴어를 완전히 잊어버렸다. 그렇지만 프랑스어, 이탈리아어, 스페인어를 익힌 뒤 라틴어 성경을 얼핏 보자 예상한 것 이상으로 많이 이해할 수 있었다. 이에 용기를 얻어 라틴어를 다시 공부했는데, 앞서 배운 언어들 덕분에 훨씬 쉽게 배울 수 있었다.

이런 상황을 겪으면서 나는 우리가 외국어를 배우는 방식에 다소 일관성이 없다는 생각을 하게 되었다. 우리는 맨 먼저 라틴어를 배운 뒤 그로부터 파생되어 나온 현대 언어들을 배우면 더 쉽다고 생각한다. 그렇지만 라틴어를 좀더 쉽게 배우기 위해 그보다 선행 언어인 그리스어를 먼저 배우지는 않는다. 아래 계단을 밟지 않고 계단의 꼭대기에서 시작한다면 내려올 때 쉬운 것이 사실이다. 하지만 계단의 맨 밑부터 시작한다면 좀더 쉽게 꼭대기에 오를 수 있다. 그러므로 청소년 교육 담당들에게 이 점도 고려해보라고 권하고 싶다. 라틴어를 먼저 시작한 많은 사람은 그다지 숙달되지 못한 채 몇 년 동안 시간만 보내다 그만두는 바람에 배운 것이 거의 쓸모가 없어지고 시간도 낭비하게 된다. 그러니 프랑스어로 시작해서 이탈리아어 등으로 나아가는 편이 오히려 더 나을지도 모른다. 같은 시간 동안 외국어 공부를 하다가 그만두게 되었을 때, 라틴어를 익히지는 못했을지언정 현대 언어 한두 개는 습득할 테니 일상생활에 좀더 도움이 된다.

보스턴을 떠나 필라델피아로 온 지 10년이 흘렀고 형편도 좋아져서, 고향을 방문해 친지들을 만나보았다. 돌아오는 길에는 뉴포트에 들러 제임스 형을 봤는데 인쇄소를 운영하며 정착한 상태였다. 예전에 의견 차가 많아 다퉜던 일은 다 잊은 터라 우리의 만남은 굉장히 화기애애하고 애정이 넘쳤다. 형은 건강이 빠르게 쇠약해지고 있었는데 죽음이 얼마 남지 않았다는 것을 예감하고서 열 살 난 아들을 내게 맡기며 인쇄업을 가르쳐달라고 했다. 나는 그 말을 따랐고 그애를 인쇄소로 데려오기 전 몇 년간 학교에 보냈다. 조카가 장성하기까지는 형수가 형의 인쇄 사업을 맡았는데, 조카가 고향으로 돌아갈 때가 되자 나는 새 활자를 마련해주었다. 형이 쓰던 것들이 다 닳았기 때문이다. 과거에 내가 너무 일찍 형의 인쇄소를 떠나는 바람에 형에게 해주지 못했던 일들에 대해 충분한 보상이 됐으리라고 생각한다.

1736년 나는 아들 하나를 잃었다. 네 살 난 아이는 예방접종을 하지 않아 천연두에 걸려 죽었다. 그 아이에게 진작 예방접종을 해주지 않았던 것을 오랫동안 후회했고, 아직도 후회한다. 여기서 예방접종을 망설이는 부모들에게 한마디해두고 싶다. 그들은 예방접종 때문에 아이가 천연두에 걸려 죽게 된다면 스스로를 결코 용서할 수 없으리라 생각한다. 하지만 내 사례를 보건대, 예방접종을 안 해서 죽든 예방접종 때문에 죽든 어차피 후회되기는 마찬가지다. 그럴 바에야 할 것은 다 해보는 안전한 쪽을 택하는 편이 낫다.

우리 준토는 매우 유용했고 회원들도 꽤나 만족스러워했다. 여러 회원들이 자신의 친구를 가입시키고자 했지만 허락되지 않았다. 그러면 편리한 회원 수인 열두 명을 넘기 때문이었다. 처음부터 우리는 모임을 비밀로 유지하자는 규칙을 세웠는데, 이는 굉장히 잘 지켜졌다. 부적절한 자의 가입을 피하려는 목적이었다. 그중 어떤 사람은 거절하기 어려운 사람일 수도 있기 때문이었다. 나는 우리 모임에 누군가를 더 가입시키는 것에 반대하면서 그 대신에 다음과 같이 제안했다. 모임의 모든 회원이 각자 우리 모임과 같은 규칙을 가진 하위 모임을 결성하자는 것이었다. 단 우리 모임과의 연결관계는 알려주지 않는 선에서 말이다. 그 제안의 이점은 우리 모임의 방식을 활용해 더 많은 젊은 시민을 계발시킬 수 있다는 것이다. 자신이 알고 싶은 것을 하위 모임에서 질문하고, 거기서 도출된 내용을 준토에 보고하면 될 것이다. 널리 추천할 수 있어 사업에도 이득이 될 것이고, 하위 모임을 통해 우리 모임의 생각이 널리 퍼져나가 공적인 일에서 영향력이 증가할 뿐만 아니라 선한 일을 하는 힘도 더 커질 것이었다.

이 제안은 승인됐고 모임의 회원들이 자신의 모임을 만드는 일에 착수했지만 모두 성공하지는 못했다. 대여섯 명만 성공했고 각각의 모임은 바인, 유니언, 밴드 등 다른 이름으로 불렸다. 그렇게 만들어진 모임은 그들 스스로에게도 유익했지만 서로에게도 큰 즐거움과 정보와 교훈을 주었다. 또한 특정 문제에 대해 여론에 영향을 미칠 때도 상당한 도움이 되었다. 관련 사례는 때가 되면 제시하겠다.

1736년 나는 처음으로 주의회의 서기로 선출되었다. 그해에는 반대

없이 선출되었지만 이듬해가 되어 내가 다시 후보에 오르자(서기는 의원들과 마찬가지로 매년 선출했다), 새로 의원이 된 사람이 다른 후보를 지지하기 위해 나를 반대하는 긴 연설을 했다. 그렇지만 나는 다시 선출되었고, 그래서 기분이 더욱 좋았다. 서기로 봉급을 받을 수 있는 것은 차치하더라도 의원들과 친분을 쌓을 수 있는데다 의회의 의사록, 법률 문서, 지폐, 다른 공적인 일들의 인쇄 일거리가 보장되었기 때문이다. 결과적으로 서기직은 내게 커다란 도움이 되었다.

사정이 이렇기에 나는 새로운 의원의 반대가 달갑지 않았다. 그는 재산이 있고 교육도 잘 받았고 재능 있는 신사여서 의회에 큰 영향을 미칠 사람이었고, 실제로 이후에 그렇게 되었다. 그렇지만 나는 그 의원의 비위를 맞춰주려고 굽실거리지는 않았다. 얼마 뒤 다음과 같은 방법을 시도해보았다. 그의 서재에 아주 희귀하고 흥미로운 책이 있다는 말을 듣고는 그에게 편지를 써서 그 책을 보고 싶으니 며칠만이라도 빌려줄 수 없겠느냐고 요청한 것이다. 그는 즉시 책을 보내줬고, 나는 일주일 뒤 굉장히 감사하다는 편지를 써서 함께 돌려주었다. 다음번에 우리가 의회에서 만났을 때 그가 내게 먼저 말을 걸었고(예전에는 한 번도 그런 일이 없었다), 태도가 아주 정중했다. 그뒤로 그는 모든 일에서 나를 지지해줬다. 우리는 훌륭한 친구가 되었고 우정은 죽을 때까지 이어졌다. 이는 "당신이 직접 친절을 베푼 사람보다 당신에게 한 번이라도 친절을 베푼 사람이 당신에게 또다른 친절을 베풀 것이다"라는 옛 격언이 진실임을 증명하는 또하나의 사례. 적대적인 행위를 계속하고 분개하며 앙갚음하는 것보다 신중히 관계를 풀어나가는 것이 얼마나 더 이득인지를 잘 보여준다.

작고한 버지니아 주지사 스포츠우드 대령은 1737년에 체신부 장관이었는데, 필라델피아의 대리인*이 태만하게 근무하고 회계 보고가 부정확한 것을 불만스럽게 여겨 그 자리를 내게 주었다. 나는 기꺼이 우체국장 자리를 받아들였고 큰 이익을 봤다. 급여는 적었지만 우편으로 서신을 보내기가 용이해져 신문의 질도 향상되고 독자 수도 늘었으며 신문 광고 또한 늘어나 상당한 수입이 생겼다. 내 옛 경쟁자 브래드퍼드의 신문은 그에 비례해서 쇠락했다. 그는 우체국장일 때 배달부가 내 신문을 배달하는 것을 금지시켰지만 우체국장에 취임한 나는 그와 똑같은 보복을 하지 않고도 사업을 만족스럽게 꾸려나갔다. 결과적으로 그는 회계 보고를 등한시한 대가를 혹독히 치렀다. 여기서 다른 사람 밑에서 관리 일을 보는 젊은 사람들에게 교훈을 한 가지 주고 싶다. 기한 내에 명쾌하게 회계 보고를 하고 송금을 해야 한다는 것이다. 새로운 일거리를 따내거나 사업을 확장하려고 할 때, 그런 행위만큼 강력한 추천장은 없다.

나는 공적인 일에도 약간 관심을 두기 시작했다. 하지만 작은 일부터 시작했다. 통제가 필요하다고 생각한 첫번째 일은 도시의 야간 경비 문제였다. 야간 경비는 경찰들이 돌아가며 했고 그들은 밤에 함께 경비를 설 사람들을 지명했다. 경비를 면제받으려는 사람은 한 해에 6실링을 지불했다. 이 돈은 대체 인력을 고용하는 데 쓰였지만 실제로는 인력을 고용하고도 남아돌아 남은 돈이 경찰들의 호주머니로 들어갔다. 경찰들은 술값을 남기기 위해 부랑자들에게 경비를 시켰고, 선량

---

* 앞에서 나온 브래드퍼드 우체국장.

한 시민들은 그들과 함께 경비하는 것을 꺼리게 되었다. 경찰들은 야간 순찰을 종종 무시하고 밤새 술을 마시면서 시간을 때웠다. 나는 이런 부정을 고발하는 글을 써서 준토에서 발표했다. 그리고 경찰들에게 지불하는 6실링의 세금이 납세자의 생활 형편을 고려하지 않고 불공평하게 부과되는 것을 개탄했다. 지켜주어야 할 재산이 50파운드도 안 되는 가난한 과부나, 수천 파운드어치의 물품을 상점에 쌓아놓은 부유한 상인이나 똑같이 야간 경비조로 6실링을 냈다.

나는 보다 효율적인 경비 방식을 제안했다. 핵심은 적합한 사람을 고용해 경비 일만 계속 보게 하자는 것이었다. 그리고 야간 경비에 드는 돈을 거두는 좀더 공평한 방법은 재산에 비례하여 세금을 부과하는 것이었다. 이 생각은 준토에서 승인받았고 다른 하위 모임에도 전해져 그 모임의 형편에 맞게 자발적으로 논의되었다. 이 계획은 바로 시행되지는 않았지만 사람들이 그런 변화를 받아들이도록 준비시키는 효과를 냈다. 몇 년 후 우리 모임들의 영향력이 더 커졌을 때, 이 계획은 법으로 통과되었다.

이 무렵 나는 사고와 부주의로 인한 주택 화재에 대해 논문을 썼다(처음엔 준토에서 발표했지만 이후에 출판된 논문이다). 사람들에게 화재에 대한 경각심을 심어주고 화재를 예방하는 수단을 제시하는 글이었다. 사람들은 이 논문이 아주 유용하다고 말했고 그에 따라 계획이 세워졌다. 언제든지 불을 끌 수 있고 위험에 처했을 때 물건을 안전하게 치우는 상부상조의 조직을 구성하자는 계획이었다. 이 구상에 동참하는 사람은 서른 명에 이르렀고, 협의한 대로 모든 회원은 화재가 발생했을 때 진압에 사용할 일정 수의 가죽 물통과, 물건을 포장하고 운반하는 데 사용하는 재질이 튼튼한 가방과 바구니를 잘 정돈해 준비하게 되었다. 또한 한 달에 한 번 저녁 모임을 가지고 차후의 불 끄기에 도움이 될 화재 관련 이야기를 나누기로 했다.

이 조직의 유용함이 곧 드러나자 많은 사람이 관심을 보였고 필요 이상의 인원이 소방조직에 가입하기를 원했다. 우리는 그들에게 다른 소방조직을 만들라고 권하여 결국 그렇게 되었다. 이런 식으로 소방조직이 계속 생겨나 재산이 있는 주민들 대부분이 소방조직에 소속될 만큼 숫자가 많아졌다. 이 글을 쓰는 현재, 내가 처음으로 조직한 유니언 소방조직은 50년이 흘렀음에도 아직도 존속하며 번창하고 있다. 하지만 초창기 회원들은 모두 별세하여 나와 나보다 한 살 많은 사람만 남아 있다. 월간 모임에 불참하는 회원들은 소정의 벌금을 냈고 그 돈으로 소방차, 사다리, 갈고리 등 유용한 장비를 구입했다. 큰 화재가 일어났을 때 우리 도시만큼 불끄기 수단이 잘 갖춰진 도시가 세계에 또 있는지 참으로 궁금하다. 실제로 소방조직이 생긴 이래 우리 도시에서는 한꺼번에 한두 채 이상의 집이 소진되는 일은 벌어지지 않았다. 불길은 집의 절반이 채 타기 전에 잡히곤 했다.

1739년 순회 목사로 주목을 받던 화이트필드가 아일랜드에서 왔다. 처음엔 우리 도시에 있는 몇몇 교회에서 설교했는데 곧 그를 싫어하는 목사들이 설교단을 내주지 않아 야외에서 설교를 해야 했다. 종파나 교파를 가리지 않고 많은 사람들이 그의 설교를 들으려고 몰려들었다. 나도 그의 웅변이 청중에게 비범한 영향력을 미치는 장면을 직접 목격했다. 청중이 얼마나 그를 우러러보고 존경했냐면, 그가 청중의 절반은 본디 짐승이고 나머지 절반은 마귀라고 모욕해도 개의치 않을 정도였다. 우리 주민들의 태도가 그렇게나 빠르게 변화하는 것을 지켜보니 경이로웠다. 종교에 대해 별생각도 없고 관심도 없던 사람들이 마치 온 세상이 종교의 세계가 된 듯 행동했다. 저녁이 되면 거리에 있는 집이란 집에서 모두 찬송가를 불러 이를 듣지 않고는 길을 못 지나갈 정도였다.

날이 궂으면 야외에서는 모이기 불편했으므로 설교당을 짓자는 합의가 이루어졌고 성금을 걷기로 했다. 충분한 돈이 곧 모여 땅을 사고 건물을 세웠는데 길이 100피트에 폭이 70피트 정도로 웨스트민스터홀만한 크기였다. 건축은 열성적으로 진행되어 기대보다 훨씬 빠른 시간에 매듭지어졌다. 땅과 건물은 관리자들에게 위탁되었으며, 어떤 종파의 설교자라도 그의 종교적인 신념을 필라델피아의 시민들에게 설파할 수 있었다. 건물은 특정 종파를 위해 지은 것이 아니었다. 따라서 콘스탄티노플의 이슬람 법전 전문가인 무프티가 무함마드의 가르침을 전파하기 위해 보낸 선교사도 이 설교단에 설 수 있었다.

화이트필드 목사는 우리 도시를 떠난 뒤 계속 순회 설교를 하면서 조지아까지 갔다. 조지아는 최근에야 정착이 시작된 터라 노동에 익숙한 강건하고 근면한 전문 인력이 들어가야 했으나, 사업이 망한 사람들, 파산한 채무자들, 게으르고 나태한 교도소 출소자들 등이 정착민으로 보내졌다. 땅을 개간하는 데 부적합하고 새 정착지의 고된 노동을 못 견디는 사람들이 숲으로 보내져 많은 수가 죽었으며 힘없는 아이들만 덩그러니 남게 되었다. 이런 비참한 상황을 목격한 자비심 많은 화이트필드 목사는 그곳에 고아원을 지어 지원하고 교육을 시켜야겠다는 생각을 품게 되었다. 북쪽으로 되돌아와 그는 이 자선 계획에 관해 설교했고 많은 사람들이 그의 유창한 설교를 듣고서 엄청난 감동에 빠져 마음과 지갑을 열었다. 물론 나도 마찬가지였다.

나는 이 계획에 반대하지 않았지만 조지아에는 자원이나 일꾼이 부족했다. 필라델피아에서 자원과 일꾼을 보내면 엄청난 돈이 들 테니 차라리 여기에 고아원을 지어 아이들을 데려오는 것이 낫다고 생각했다. 목사에게 그렇게 조언했으나 그는 당초 생각대로 하겠다는 뜻이 확고하여 받아들이지 않았다. 그래서 나는 기부금을 내지 않았다. 그런데 곧 그의 설교를 다시 듣게 되었고, 그가 설교를 마칠 무렵 돈을 걷으려 한다는 것을 알아챘다. 내 주머니에는 동전 한 움큼과 달러 은화 서너 개, 금화 다섯 개가 들어 있었다. 비록 내색은 하지 않았지만 절대 한 푼도 내지 않겠다고 결심했다. 그러나 설교를 들으면서 마음이 좀 부드러워진 나는 동전을 먼저 냈고, 그의 웅변을 경청하다 부끄러운 마음이 들어 은화까지 냈으며, 너무나 멋지게 설교가 마무리되자 남은 금화까지 전부 모금 쟁반 위에 털어주었다. 이 설교에는 나 말고도 준토 회원이 한 명 있었는데 나처럼 조지아 고아원의 건립에 반대했고, 모금을 할 것 같다는 생각에 집에서 이곳으로 올 때 아예 빈 주머니로 왔다. 하지만 설교가 결론으로 향할수록 기부를 해야겠다는 강한 충동을 느껴 근처의 이웃에게 돈을 좀 빌려달라고 말했다. 그렇지만 불운하게도 그 이웃은 목사의 연설에 전혀 감동을 받지 않은 유일한 사람이었다. 그는 돈을 빌려주지 않으면서 이렇게 대답했다. "이보게 내 친구 홉킨슨, 다른 때라면 언제든지 편히 빌려주겠네. 하지만 지금은 안 돼. 자네가 제정신인 것 같지 않으니 말일세."

화이트필드 목사를 적대시하는 사람들은 목사가 모금된 돈을 개인적으로 챙길 거라고 말했지만, 그의 설교나 일기를 인쇄하면서 그를 가깝게 알게 된 나는 그가 건실하다는 사실을 조금도 의심해본 적이 없다. 지금까지도 나는 그가 완벽하게 정직한 사람이라고 생각한다. 그리고 우리는 종교적으로 아무런 연결점이 없었다는 점에서 그를 지지하는 내 증언이 좀더 무게감을 지닐 거라고 생각한다. 사실 그는 내가 신앙을 갖기를 기도했지만, 신이 그의 기도를 들어주셨다고 할 만한 일은 없었다. 우리의 관계는 예의를 갖춘 우정이었고 서로 진실하게 대했다. 이 우정은 그가 죽을 때까지 계속되었다.

다음의 일화는 우리가 어떤 관계였는지를 보여준다. 언젠가 그가 영국을 떠나 보스턴에 도착했을 때, 내게 편지를 써서 필라델피아에 곧 도착할 텐데 자신의 오랜 친구이자 숙소를 제공해주던 베네젯 씨가 저 먼타운으로 이사를 가서 묵을 곳이 마땅치 않다고 했다. 이에 나는 "제 집을 아시니 누추한 곳도 괜찮으시다면 진심으로 환영하겠습니다"라고 답장했다. 그는 이에 예수님을 위해 이런 친절을 베풀었으니 반드시 복받을 것이라고 답했다. 나는 "오해하지 않으시길 바랍니다. 예수님이 아니라 당신을 위해서 하는 일이니까요"라는 답변을 보냈다.

우리 둘을 잘 아는 어떤 이는 성직자들은 도움을 받으면 보답의 의무를 하늘로 미루는데 내가 그것을 도로 땅에다 묶어놓았다고 농담했다.

화이트필드 목사를 마지막으로 본 것은 런던에서였다. 그는 고아원에 대해 내 의견을 구하면서 그 건물을 대학으로 용도 변경하겠다는 계획도 말해주었다.

그는 목소리가 크고 명쾌했으며 단어와 문장의 발음도 완벽했다. 그래서 꽤나 먼 거리에서도 그의 목소리를 듣고 이해할 수 있었다. 청중이 엄청 많았지만 모두 완벽하게 침묵을 지켰기 때문이기도 했을 것이다. 목사는 어느 날 저녁 마켓스트리트 한가운데 있는 법원의 맨 위 계단에서 설교했다. 2번가의 서쪽 부분이 계단의 오른편과 교차했다. 두 길가를 가득 메운 청중이 상당히 먼 거리까지 모여 있었다. 마켓스트리트의 맨 뒷줄 청중 사이에 있던 나는 그의 목소리가 얼마나 멀리 들리는지 궁금해져서 강 쪽으로 길을 따라 내려갔다. 프런트스트리트에 가까워질 때까지 그의 목소리는 명확히 들렸으나 길거리의 소음 때문에 이해하기는 힘들었다. 내가 걸어온 거리를 반지름으로 한 반원 안에 청중을 채워넣고, 각 개인이 2제곱피트를 차지한다고 보면, 3만 명도 넘게 그의 목소리를 들을 수 있다는 결론이 나왔다. 나는 이로 인해, 목사가 2만 5천 명에게 야외 설교를 했다는 신문기사나, 고대 역사에서 장군들이 전군을 향해 연설했다는 좀 믿기 힘든 얘기를 사실로 받아들이게 되었다.

나는 그의 설교를 자주 들어서 새로운 설교와 여행을 하며 종종 했던 설교를 쉽게 구분할 수 있게 되었다. 후자의 경우 잦은 반복 덕분에 모든 억양, 강조점, 목소리 변화가 잘 조율되어 완벽하게 다듬어지고 배치되었으므로 설사 별 관심 없는 내용일지라도 들으면서 즐겁지 않을 수 없었다. 훌륭한 음악을 들었을 때 느끼는 것과 같은 즐거움이었다. 이는 순회 목사가 한 교회에 묶여 있는 목사에 비해 누릴 수 있는 유리한 장점이다. 고정된 자리를 지키는 목사는 발성 연습을 그렇게 많이 하지 않으므로 설교를 하는 기술이 향상될 수가 없다.

화이트필드 목사는 때때로 글을 썼는데, 그를 적대시하는 사람들에게 좋은 시빗거리가 되었다. 설교중에는 부주의한 표현, 심지어 잘못된 의견도 말할 수 있으나, 나중에 추가 설명을 할 수도 있고 거기에 수반되는 다른 말이 있다고 둘러댈 수도 있고 아니면 그런 말을 하지 않았다고 부정할 수도 있다. 그러나 기록된 글자는 기억을 상기시킨다. 비평가들은 그의 글을 맹렬히 공격했고, 그 이유가 상당히 그럴듯해서 그의 지지자는 줄기만 하고 더이상 늘어나지 않았다. 만약 그가 글을 쓰지 않았다면 권위 있는 대규모 교파를 남겼을 것이며 사후에도 명성은 계속 높아졌을 것이다. 글이 남아 있지 않으면 목사의 성품을 깎아내릴 수가 없다. 그런 경우 추종자들은 열성적으로 그를 숭배하며 그가 가졌으면 하는 온갖 뛰어난 성품을 갖다붙일 수가 있다.

한편 나의 인쇄소 사업은 점차 규모가 커졌고 상황은 날마다 나아졌다. 내가 발행하는 신문은 우리 주와 이웃하는 주에서 거의 유일한 신문이었기 때문에 굉장히 많은 수익을 냈다. "일단 100파운드를 만들고 나면 그다음 100파운드를 만들기는 쉽다"는 속담의 진실을 체험으로 느꼈다. 정말 돈은 혼자서 번식한다.

캐롤라이나주의 동업 관계가 성공하자 행실이 괜찮은 내 일꾼들 여럿을 뽑아 각기 다른 곳에 인쇄소를 차리게 해주었다. 동업 조건은 캐롤라이나의 경우와 같았다. 대부분이 잘해냈고 계약이 끝나는 6년 뒤에는 내게서 활자를 사서 자기 인쇄소를 차렸다. 이렇게 여러 동업자들이 가족을 부양할 수 있었다. 동업 관계는 다툼으로 끝나는 경우가 잦다. 그러나 내 동업 관계는 평화적으로 진행되고 끝났기 때문에 매우 다행스러웠다. 예방책을 굉장히 명확하게 해놓은 덕이라고 본다. 모든 해야 할 일과 각자 동업자에게 기대하는 바를 계약서에 상세히 적었으므로 논쟁을 벌일 일이 없었다. 따라서 동업을 하려는 사람 모두에게 이렇게 자세한 대비책을 마련하기를 추천한다. 계약을 할 당시에야 서로 존경하고 신뢰하겠지만 책임을 져야 하는 일이나 부담스러운 일 등이 발생하여 불공평하다는 생각이 들면 질투가 나고 넌더리가 날 수도 있다. 종국에는 종종 우정에 금이 가고 소송이나 기타 달갑지 않은 결과를 맞게 되는 것이다.

나는 여러 이유로 펜실베이니아주에 정착하여 자리를 잡은 것이 만족스러웠다. 하지만 두 가지는 유감이었다. 지역 방위를 위한 대비책이 없다는 점과, 청년 교육이 제대로 이루어지지 않는다는 점이었다. 민병대도 대학도 없었다. 따라서 1743년 나는 대학 설립을 촉구하는 제안서를 작성했다. 그 기관을 감독하기 적합한 사람은 당시 잠시 일손을 놓고 있던 피터스 목사였다. 나는 그에게 이 계획을 전했지만, 그는 영국에 있는 영주들 밑에서 일하는 것이 더 이익이 되리라고 생각해 그쪽 일을 맡았고, 나의 제안은 거절했다. 당시에는 일을 맡길 다른 사람을 알지 못해서 계획을 잠시 접어두었다. 이듬해인 1744년에는 미국철학회를 설립하자고 제안해 성공했다. 내 글들을 한군데로 모은다면 당시 대학 설립을 제안했던 글도 발견할 수 있을 것이다.

방위 문제에 관해 언급해보자면, 스페인은 몇 년간 영국과 전쟁을 벌이다 결국에는 프랑스와 힘을 합쳐 영국을 계속 공격했다.* 우리에게는 굉장한 위협이었다. 주지사인 토머스 펜은 퀘이커교도가 다수인 의회를 설득해 민병대법을 통과시키고 주 방위를 위한 대비책을 마련하

---

* 스페인과 영국은 서인도제도에서 노예 무역권으로 대립했다. 게다가 새로 건설된 조지아 식민지와 그 남쪽에 스페인이 차지한 플로리다 지방의 경계 분쟁이 겹쳐 영국과 스페인 사이에 1739년부터 1742년까지 전쟁이 벌어졌다.

려고 오랫동안 끈질기게 노력했으나 결국 실패하고 말았다. 나는 자발적인 시민들의 방위단체를 조직해보겠다고 결심했다. 일을 추진하기 위해 「명백한 진실」이라는 소논문을 써서 출간했다. 이 글에서 나는 우리가 무방비 상태임을 강력하게 주장하며 방위를 위해 화합하고 훈련할 필요가 있다고 역설했다. 또한 며칠 내로 단체의 설립을 제안하고 사람들의 서명을 받겠다고 약속했다. 글은 놀라울 정도로 효과가 있었다. 사람들의 요청에 따라 나는 단체의 대표가 되었고 몇몇 친구들과 함께 단체의 초안을 작성했다. 앞에서 화이트필드 목사와 관련하여 언급했던 큰 건물에서 시민들과 만나기로 했고, 건물은 인파로 가득찼다. 건물의 이곳저곳에 펜과 잉크, 인쇄한 용지들이 준비되어 있었다. 나는 이 일에 대해 연설을 한 뒤 서명 용지에 인쇄된 내용을 읽고 설명한 다음 그것을 나눠주었다. 모두 열성적으로 서명했고 최소한의 반대도 없었다.

회합이 끝나고 서명 용지를 모았더니 1200장이 넘었다. 나머지 용지는 지방으로 보내 서명을 받았는데 1만 명이 훌쩍 넘었다. 서명한 사람들은 곧 무장한 후 중대와 연대를 형성했고, 장교를 뽑았으며, 매주 모여 집총훈련과 기타 군사훈련을 받았다. 여자들도 스스로 모금을 하여 내가 만든 도안과 구호를 그려넣은, 중대를 상징하는 비단 깃발을 만들었다.

필라델피아 연대를 구성하는 중대의 장교들은 나를 대령으로 선출했다. 하지만 나는 적임자가 아니라는 것을 알기에 사양하고서 로런스씨를 추천했다. 그는 훌륭한 성품에 영향력 있는 사람이라 쉽게 임명되었다. 그리고 나서 나는 도시 하부에 포대를 만들고 대포를 설치하는 비용을 댈 복권을 발행하자고 제안했고, 그 비용은 신속히 마련되었다. 포대가 곧 설치되었고 포가 나오는 부분은 통나무로 틀을 짜서 흙으로 덮었다. 보스턴에서 구식 대포를 몇 문 사들였지만 불충분했다. 우리는 영국에 편지를 보내 대포를 보내달라고 요청한 동시에 영주들에게도 조력을 구했지만 성사될 거라는 기대는 별로 하지 않았다.

그러는 동안 로런스 대령, 윌리엄 앨런, 에이브럼 테일러 경, 그리고 나 이렇게 넷이서 뉴욕으로 가 클린턴 주지사에게 대포를 일부 빌려오는 임무를 맡았다. 지사는 처음엔 단호히 거절했지만, 의원들과 같이 한 정찬에서 그 지역 관례대로 마데이라주를 거나하게 마시더니 너그러워져 여섯 문을 빌려주겠다고 했다. 술이 더 오가니 열 문으로 늘어났고 결국에는 지사의 기분이 아주 좋아져 열여덟 문을 빌려가라고 했다. 대포들은 아주 질이 좋았고 무게는 18파운드에 운반대까지 딸려 있었다. 우리는 곧 대포를 옮겨와 포대에 장착했고 전쟁이 지속되는 동안 그곳에서 야간 보초를 섰다. 나도 일반 병사로서 차례가 되면 보초를 섰다.

이런 내 활동이 주지사와 의원들에게 좋은 인상을 주어 그들은 나를 신뢰했다. 방위조직에 유용하며 의견 일치가 필요한 법안을 도입하려는 경우, 그들은 나를 불러 의견을 구했다. 나는 종교계의 도움도 구했다. 개혁을 촉진하고 우리의 일에 하느님의 축복이 내리도록 단식을 선포하자고 종교계에 제안했다. 그들은 동의했지만 우리 지역에서 처음 있는 일이라 관련 부서 장관은 선언문을 어떻게 써야 할지 난감해했다. 나는 매년 단식이 선포되는 뉴잉글랜드에서 자랐기 때문에 이 일에 어느 정도 도움이 되었다. 나는 일반적인 틀에 맞춰 선언문을 작성한 후 독일어로도 번역해 두 가지 언어로 인쇄하여 우리 지역에 돌렸다. 그리하여 여러 다른 종파의 성직자들이 그들 휘하의 교인들을 방위조직에 참가시키는 계기가 되었다. 영국과 스페인의 전쟁이 빨리 끝나지 않았더라면 퀘이커교도를 제외한 모든 종파가 방위조직에 가담했을 것이다.

내 친구 몇몇은 전쟁에 반대하는 퀘이커교도가 절대 다수를 차지하는 주의회에서 그들이 내 제안을 불쾌하게 여겨 내 자리까지 앗아갈 거라고 했다. 의회 내에 나와 비슷하게 몇몇 친구를 둔 젊은 의원이 내 서기 자리를 노리고 있었는데, 어느 날 다음 선거에서 내가 낙선할 것이라며 그런 식으로 명예를 잃으니 차라리 사임하는 게 어떻겠냐고 충고했다. 나는 공직을 요구하지도 않고 공직을 제안받았을 때 거절하지도 않는 것을 원칙으로 삼은 어떤 공직자의 이야기를 읽은 적이 있다고 그에게 말해주었다. 나 역시 그 원칙에 동의합니다. 내가 말했다. 거기에 하나 더 덧붙이지요. 나는 공직을 요구하지도, 거절하지도 않겠지만 사임하지도 않을 것입니다. 내 서기 자리를 다른 사람에게 넘겨주고 싶으면 내게서 빼앗아야 할 것이며, 자발적으로 물러남으로써 내 반대자들에게 언젠가 복수할 수 있는 권리를 포기하지는 않겠다고 덧붙였다. 그후로는 사임 이야기를 들은 적이 없다. 결국 나는 다음 선거에서도 만장일치로 서기직을 맡게 되었다. 그들은 오랫동안 의회를 괴롭혀왔던 군사적 방어 문제에서 내가 주지사의 편인 의원들과 친하게 지낸 것을 싫어했을 수도 있다. 그들은 내가 제 발로 나가주면 기뻐했을지도 모르겠다. 하지만 단순히 방위조직 문제에 열성적이라는 이유만으로 나를 내쫓을 수는 없었다. 그들은 그 외에 다른 이유를 찾지 못했다.

퀘이커교도는 나라의 방위를 직접적으로 돕지는 않았지만, 그렇다고 적극 반대하는 것도 아니었다. 이렇게 보는 데에는 몇 가지 이유가 있었다. 그들 중에 먼저 공격하는 전쟁은 반대하지만 방위 능력은 갖춰야 한다고 보는 의원이 내 생각보다 더 많았다. 방위 문제에 관해 찬반을 담은 많은 소논문이 발표되었고, 퀘이커교도들 스스로 방위의 필요성을 주장한 것도 일부 있었다. 이 글들이 젊은 퀘이커교도 대부분에게 방위에 대한 확신을 심어주었다고 생각한다.

우리 소방조직에서 있었던 한 사건으로 퀘이커교도들이 어떤 생각을 하는지 알게 되었다. 포대의 건설을 고무하기 위해 60파운드 정도 되는 조직의 돈을 복권에 투자하여 늘리자는 제안이 나왔다. 우리의 규칙에 의하면, 한 가지 제안이 나온 뒤 다음 모임까지는 조직의 돈을 사용할 수 없었다. 회원 서른 명 중 스물두 명이 퀘이커교도였고 오로지 여덟 명만이 다른 종파 소속이었다. 우리 여덟 명은 늘 그렇듯 회의에 참석했고 일부 퀘이커교도 회원이 우리와 뜻을 같이할 것으로 보았으나 과반수 확보를 자신할 수 없었다. 그런데 회의에 참석한 사람은 제임스 모리스 씨라는 퀘이커교도 한 명뿐이었고, 그는 그 안건에 반대를 표명했다. 그는 그 제안이 나와 굉장히 유감이며 '친구들'*은 모두 반대하고 있다고, 이 불협화음 때문에 결국 단체가 해체될 수도 있다고 말했다. 우리는 그럴 이유가 없다고 말해줬다. 우리는 소수이며 퀘이커교도 '친구들'이 제안에 반대해서 투표에서 이긴다면 모든 단체가

---

* 퀘이커교도는 서로를 '친구들'이라고 부른다.

그렇듯 투표 결과를 따라야 한다고 전했다. 곧 회의를 시작할 시간이 되었고 투표를 해야 했다. 하지만 모리스 씨는 규칙에 따라 투표하는 것도 좋지만 반대하는 회원들이 언제 올지 모르니 잠시 기다리자고 했다.

우리가 이렇게 논쟁을 벌이는 동안 웨이터가 다가와 두 신사가 아래층에서 나를 만나고 싶어한다고 전해줬다. 내려가보니 우리 소방조직 회원인 퀘이커교도였다. 그들은 회원 여덟 명이 근처 술집에 모여 있으며 필요할 경우 우리와 함께 찬성 쪽에 투표하겠지만 그런 대결이 일어나지 않기를 바란다고 말했다. 찬성표를 던지면 선임자와 친구들에게 시달릴 것이므로, 자신들의 도움 없이도 표결에서 이길 수 있으면 부르지 말라고도 덧붙였다. 아무튼 이렇게라도 과반수를 예상할 수 있게 되었고, 나는 이층으로 올라가 잠시 주저하는 척하다가 한 시간을 더 기다리는 데 동의했다. 모리스 씨는 내 결정이 아주 공정하다고 말했다. 그러나 기다려도 그의 친구들은 단 한 명도 오지 않았고 그는 굉장히 당황했다. 한 시간이 지난 뒤 우리는 표결에 들어가 8 대 1로 결론을 냈다. 스물두 명의 퀘이커교도 중 여덟 명은 이미 우리에게 투표하려 했었고, 열세 명은 회의에 불참함으로써 그 제안에 반대하지 않는다는 것을 보여주었다. 이후로 나는 방위에 진심으로 반대하는 퀘이커교도는 스물두 명 중에 한 명뿐이라고 생각하게 되었다. 왜냐하면 참석하지 않은 스물한 명 모두는 소방조직의 정식 회원이었고, 평판도 좋았으며, 그날 회의의 안건이 무엇인지도 알고 있었기 때문이다.

정직하고 박식한 로건 씨도 한평생 퀘이커교도였는데, 방어를 위한 전쟁에 찬성하는 강력한 지론을 표명했다. 그는 내 손에 60파운드를 쥐여주며 포대 건설용 복권을 사라고 했고, 얼마가 당첨되든 그 돈을 포대 건설에 사용하라고 말했다. 그는 방위와 관련해 예전에 모신 윌리엄 펜 경에 대한 일화를 들려주었다. 그는 젊었을 때 펜 경의 비서 자격으로 영국에서 이곳으로 건너왔다. 당시는 전쟁중이었는데, 적으로 보이는 군함이 그들이 탄 배를 쫓고 있었다. 배의 선장은 방어를 준비했지만 펜 경과 퀘이커교도들에게는 도움을 기대할 수 없었으므로 선실로 들어가라고 했다. 그들 모두 들어갔지만 로건 씨만 갑판에 남아 총을 집어들었다. 하지만 군함은 우군으로 드러났고 전투는 벌어지지 않았다. 로건 씨가 이를 보고하러 내려가자 펜 경은 '친구들'이 퀘이커교의 원칙에 반대되는 행동까지 하며 배의 방어에 조력한 것을 심히 나무랐다. 모든 이들이 보는 앞에서 나무람을 들은 로건 씨는 언짢아져서 대답했다. "그럼 비서인 저에게는 어째서 내려오라고 명령하지 않으셨습니까? 상황이 위험하다고 판단하셔서 제가 갑판에 남아 전투를 돕기를 바라셨던 겁니다."

나는 의원 다수가 여전히 퀘이커교도인 의회에서 오랫동안 일하면서, 국왕이 군사적인 목적으로 원조하라고 칙령을 내릴 때마다 전쟁에 반대하는 퀘이커교의 원칙 때문에 의원들이 우왕좌왕하는 모습을 자주 보았다. 정면에서 거절하자니 정부를 거스르는 것 같고, 원칙을 어기자니 친구들의 눈치가 보이는 것이었다. 그리하여 칙령에 따르지 않으려는 다양한 구실을 들이댔고, 불가피하게 따라야 할 때는 복종을 위장하려고 애썼다. 그러다가 마지막에 가서 '국왕의 용도를 위해'라는 구실로 자금을 승인했고, 어디에 사용되었는지는 다시 물어보지 않았다. 그러나 국왕으로부터 직접 요청이 내려온 경우가 아니라면 그런 표현을 사용할 수 없었으므로 다른 방법을 고안해내야 했다. 한번은 화약이 부족한 적이 있었는데(루이스버그의 요새였다고 기억한다) 뉴잉글랜드 주정부가 펜실베이니아 주정부에게 도움을 청했다. 토머스 주지사는 의회에 승인을 계속 촉구했지만 화약이 전쟁무기라는 이유로 거부되었다. 그러나 의회는 보조금 3천 파운드를 승인하고 주지사에게 넘겨주면서 빵, 밀가루, 통밀 또는 다른 가루를 사라고 전했다. 주의회 입장에서는 당황스럽게도 주정부의 일부 관리들은 주지사가 요구한 보조금이 아니니 받지 말라고 조언했지만, 주지사는 이렇게 대답했다. "돈을 받을 겁니다. 그들이 의미한 바를 잘 아니까요. 다른 가루는 화약입니다." 그는 보조금으로 화약을 샀고, 아무도 반대하지 않았다.

우리 소방조직에서 복권을 사자는 제안이 통과되지 못할 것을 걱정하고 있을 때 나는 이 가루 보조금 사건을 기억해내고서 친구인 싱 씨에게 말했다. "이번 제안이 물거품이 되면 소방 펌프를 사겠다고 합시다. 그러면 퀘이커교도들도 반대하지 않을 겁니다. 그러고 나서 당신은 나를 집행위원으로 추천하고, 나 또한 당신을 집행위원으로 추천하여 대포를 삽시다. 대포나 소방 펌프나 쏘아올리는 물건이라는 점에서는 똑같지요." "그렇군요." 그가 말했다. "의회에 오래 있더니 묘수가 늘었군요. 통밀 또는 다른 가루를 사라고 했던 보조금 건과 성격이 아주 비슷한 계획이네요."

퀘이커교도들은 모든 전쟁이 불법이라는 원칙을 세우고 공표하는 바람에 그처럼 난처한 입장에 놓였다. 이미 그 원칙을 공표했기 때문에 설사 그후에 마음이 바뀌더라도 쉽게 무시할 수가 없었다. 그래서 던커파*가 생각났다. 다른 교파보다 훨씬 더 신중한 곳이었다. 나는 던커파의 창시자 중 하나인 마이클 웰페어와 아는 사이였다. 그는 다른 교파 열성 신자들이 던커파를 심각한 수준으로 중상한다면서 불평했다. 던커파가 전혀 믿지 않는 혐오스러운 원칙과 관례를 그들에게 뒤집어씌운다는 것이었다. 나는 그에게 새 교파가 생기는 경우 비방은 항상 있어왔던 일이며 그런 일을 막으려면 신앙과 규칙, 실천규범을 글로 공표하는 것이 좋다고 조언했다. 그는 던커파 내부에서도 그런 의견이 나왔지만 부결되었다면서 말했다. "우리가 처음으로 모여서 모임을 가졌을 때, 하느님께서는 우리가 신성한 진리라고 생각했던 일부 교리가 잘못일 수 있고 또 그 반대의 경우도 있다는 것을 깨우쳐주셨습니다. 때때로 하느님께서 더 큰 빛으로 인도하시어 우리의 원칙은 개선되고 잘못은 줄어들었습니다. 지금 우리는 이런 탐구 과정의 끝에 다다랐는지, 영적 혹은 신학적 지식의 완벽함에 다다랐는지 확신하지 못합니다. 우리가 두려워하는 것은, 만약 우리의 신앙을 글로 써놓는다면, 그것에 얽매여 더이상 진전이 없지 않을까 하는 점입니다. 아마도 우리를 계승하는 사람들은 더욱더 구속받는 느낌이겠죠. 후계자들은 선조와 창시자들이 해놓은 바를 신성불가침으로 여겨 거기서 한 발짝도 벗어나려 하지 않을 겁니다."

이 종파의 겸손함은 아마도 인류 역사상 유일한 사례인지도 모르겠다. 종파마다 자신의 믿음만이 모든 진리를 포함하며 다른 것은 틀렸다고 생각한다. 그런 태도는 안개 긴 날씨에 여행하는 것과 같다. 가까이 다가가면 모든 것이 명확하게 보이지만 조금만 떨어져 있어도 전후

---

* 독일계 침례교파. 제7일침례교파로 알려져 있다.

좌우가 안개에 둘러싸여 보이지 않는다. 실제로 자기 자신도 다른 사람에게는 안개에 싸여 희미하게 보이기 마련이다. 이 당황스러운 상황을 피하기 위해 퀘이커교도들은 최근 점차적으로 의회와 장관 등의 공직에서 자진 사퇴하고 있다. 원칙을 어기느니 권력을 포기하는 것이다.

시간의 흐름상으로는 난로 얘기를 앞에서 했어야 했는데 지금 하게 되었다. 1742년 나는 실내 보온 효과가 더 좋은 개방식 난로를 발명했다.* 이 난로는 찬 공기가 들어오는 대로 덥힐 수 있어 같은 시간을 사용하더라도 연료를 아낄 수 있었다. 오랜 친구인 로버트 그레이스 씨에게 견본을 보여주자, 용광로를 소유한 그는 판금을 주조해서 난로를 만들면 계속 수요가 늘어 돈이 될 거라고 했다.

나는 수요를 촉진하기 위해 소논문을 썼다. '새롭게 발명된 펜실베이니아 난로의 구조와 사용법. 다른 난방법을 뛰어넘는 장점. 발견된 결점은 모두 제거함'이라는 제목이었다. 소논문의 효과는 좋았다. 토머스 주지사는 난로의 구조에 몹시 만족해 몇 년간 독점 판매하는 특허권을 주겠다고 했다. 하지만 나는 이런 일에 뚜렷한 원칙이 있었기에 거절했다. 우리는 일상생활에서 다른 이들의 발명으로 굉장한 이점을 누리고 있으니 우리도 자신의 발명품으로 남에게 봉사하는 기회가 오면 기뻐해야 한다. 그러니 무상으로 관대하게 베풀어 보답해야 한다.

그런데 런던의 철물상이 내 소논문의 상당 부분을 그대로 응용하고 일부분에만 약간의 변화를 주어 난로를 만들었다. 그 변화 때문에 난

---

* 개방식 난로는 프랭클린 난로라고도 하는데, 그전에 실내에 설치했던 고정된 벽난로보다 훨씬 발달된 형태다. 벽난로에 넣는 장작의 4분의 1만 넣어도 난방 효과는 2배였기 때문에 아메리카의 산림 보호에 크게 기여했다고 프랭클린은 주장했다.

로의 작동에 지장이 있었지만 말이다. 그래도 그 사람은 특허권을 따냈고 들리는 바에 의하면 돈을 좀 벌었다고 한다. 내 발명을 다른 이들이 가져가 특허권을 따낸 사례가 이것만은 아니지만 그들이 늘 성공만한 것도 아니다. 이와 관련해서 다투기도 논쟁하기도 싫었다. 우리 주와 인접한 주의 많은 집에서 이 난로를 사용해 주민들은 나무를 크게 절약할 수 있었고, 지금도 마찬가지다.

마침내 전쟁이 끝나고 방위조직 일도 끝났다. 나는 다시 대학을 설립하는 문제에 주의를 돌렸다. 첫 단계로 활동적인 친구들을 모았는데 상당수가 준토 회원이었다. 다음 단계는 소논문을 쓰고 발행하는 일이었는데 '펜실베이니아주 젊은이들의 교육에 관한 제안'이라고 제목을 붙였다. 나는 이 소논문을 주민들에게 무상으로 나눠주었고, 글을 읽은 주민들이 어느 정도 마음의 준비가 되었을 때 대학 설립과 유지를 위한 모금에 착수했다. 기부금은 5년 동안 매년 나눠 내도록 했다. 그렇게 하면 더 많이 모금되리라고 판단했는데 그 예상이 적중했다. 내 기억이 맞다면 5천 파운드 이상 모금되었다.

이 또한 나의 제안이라고 내세우기보다 공익에 관심 있는 사람들의 제안으로 소개했다. 지켜오던 원칙에 따라, 공익사업의 제안자로 나서는 것을 최대한 피했다.

기부자들은 계획을 즉각 실행하기 위해 위원 스물네 명을 선출했고, 당시 법무장관이었던 프랜시스 씨와 나는 대학 운영의 정관을 작성했다. 정관이 완성되고 승인되자 우리는 건물을 빌렸고 교수들을 고용했다. 같은 해인 1749년에 대학이 개교했던 것으로 기억한다.

학생 수가 빠르게 늘어났지만 인원에 비해 건물은 너무 작았다. 우리는 건물을 새로 지을 요량으로 적당한 위치에 있는 땅을 알아보고 있었는데, 신의 섭리인지 이미 완공된 큰 건물이 우리 손에 들어왔다. 조금만 손보면 학교 건물로 쓸 수 있을 것 같았다. 앞서 말한 화이트필드 목사의 청중이 세운 건물이었는데, 다음과 같은 과정을 통해 얻게 되었다.

이 건물은 각기 다른 종파의 협력으로 세워졌고 각 종파가 임명한 위원들이 관리하고 있었다. 원래 취지에 따라 건물과 대지의 사용이 특정 종파에 편중되지 않도록 다양한 종파의 위원이 임명되었다. 위원들이 한 종파에 몰리면 그들이 건물을 독점할 수도 있었기 때문이다. 그리하여 성공회에서 한 사람, 장로교에서 한 사람, 침례교에서 한 사람, 모라비아교에서 한 사람 하는 식으로 위원을 선출했고, 사망으로 공석이 생길 경우 기부금을 낸 사람들 중에서 선출해 충원하기로 되어 있었다. 모라비아교 출신 위원은 다른 위원과 사이가 좋지 않았는데, 그가 죽자 나머지 위원들이 모라비아교에선 더이상 위원을 뽑지 않기로 했다. 그러자 같은 교파에서 위원이 두 명 나오는 일을 어떻게 피할 수 있을까 하는 어려운 문제에 부딪혔다.

여러 위원 후보의 이름이 언급됐지만 앞에서 언급한 이유로 합의가 되지 않았다. 결국에는 누군가 나를 추천했다. 정직하고 어느 교파에도 속하지 않았다는 것이 근거였다. 위원들도 같은 이유로 나를 선출했다. 오래전 건물이 세워질 당시의 열정은 사라진 상태였고, 위원들은 땅값과 건물을 지으면서 진 빚을 갚지 못해 크게 당황하고 있었다. 건물과 대학 양쪽에서 위원을 맡은 나는 양측과 협상을 벌였고 마침내 합의를 이끌어냈다. 건물은 대학에 양도하고 대학은 빚을 갚되, 원래의 목적대로 설교자가 설교할 때는 강당을 개방하고 가난한 아이들을 가르치는 무료 학교를 유지한다는 조건이었다. 곧 서류가 작성되었고, 대학 위원들은 빚을 갚고 건물을 소유하게 되었다. 크고 높은 방은 위아래로 층을 나누어 교실을 여럿 만들고, 땅을 추가로 구입했다. 모든 일이 우리 목적에 맞아떨어져 학생들이 건물 안으로 들어왔다. 일꾼을 고용하고 자재를 구입하고 작업을 감독하는 일이 내게 맡겨졌다. 이때는 개인적으로 하는 일이 없었으므로 더욱 기쁘게 일을 맡았다. 한 해 전부터 유능하고 부지런하고 정직한 동업자인 데이비드 홀 씨와 인쇄소를 동업으로 운영하여 시간 여유가 있었던 것이다. 그와 4년간 같이 일했기에 그의 성품이 어떤지 잘 알았다. 그는 나 대신 인쇄소를 전부 관리하면서 내 몫의 수익금을 정확하게 보내왔다. 이 동업 관계는 18년 동안 성공적으로 계속되었다.

대학은 얼마 뒤 주지사의 승인을 받아 법인이 되었다. 영국 정부의 지원과 영주의 땅 기증 그리고 의회의 도움으로 기금이 늘어 대학 규모가 굉장히 커졌다. 이것이 오늘날의 필라델피아대학*이 설립된 경위다. 나는 창립부터 40년 가까이 이 대학의 위원을 맡아오고 있다. 우리 대학에서 교육받은 청년들이 능력을 갈고닦아 사회의 공공 분야로 진출해 나라의 자랑이 되는 모습을 지켜보는 일은 커다란 기쁨이다.

앞서 말한 대로 개인 사업에서 손을 뗀 뒤 나는 비록 작지만 충분한 재산으로 공부하며 여생을 즐겁게 보내겠다고 결심했다. 나는 영국에서 이곳으로 강의를 하러 온 스펜서 박사의 장비들을 모두 구입해 전

---

* 현재의 펜실베이니아대학.

기에 관한 실험을 활발히 해나갔다. 사람들은 내가 한가해 보였는지 그들의 일에 나를 끌어들이려 했고, 정부도 각종 사업과 관련해 내게 임무를 맡겼다. 주지사는 나를 치안판사로 임명했고, 시는 시의회 의원으로, 그다음에는 부시장으로 임명했고, 시민들은 그들의 대표자인 주의회 의원으로 선출해줬다. 의원이라는 지위는 내 구미에 딱 맞았다. 의회의 서기로 의원들의 논쟁을 앉아서 듣고만 있을 때는 할일이 없어 곧 지겨워졌고 권태감을 쫓아내기 위해 종이에 마방진을 그리거나 기타 심심풀이를 하면서 시간을 죽였다. 그러나 의원직에 오르면 선량한 행동을 할 수 있는 능력도 커질 것이라고 생각했다. 또한 승진 인사로 인해 야망이 좀더 커졌다는 점도 부정하지는 않겠다. 사실 그랬으니까 말이다. 내 보잘것없던 시작을 생각해보면 정말로 멋진 일이 벌어진 것이었다. 내가 요청하지도 않았는데 사람들이 나를 좋게 보고 자발적으로 추천해줘서 더욱 기뻤다.

치안판사로는 잠시 동안만 근무했다. 몇 번 안 되는 재판에 참석해서 지정된 자리에 앉아 사건을 심리했는데, 그 자리에서 일하려면 확실히 현재의 법률 지식 이상을 알고 있어야 했다. 게다가 의회의 입법위원이라는 보다 중요한 임무가 있는 터라 재판에 참석하지 못하겠다고 양해를 구하고 점차 빠지게 되었다. 나는 10년 동안 매년 신임을 받아 주의원에 선출되었는데, 직간접적으로 뽑아달라고 부탁한 적은 없다. 내가 의회에 자리를 갖게 되자 내 아들이 의회의 서기로 지명되었다.

이듬해에는 칼라일의 인디언들과 협상을 갖기로 되어 있었다. 주지사는 의회에 공문을 보내와 의원 중 일부를 지명해 시의 협상위원들과 합류해달라고 요청했다.* 의회는 의장인 노리스 씨와 나를 지명했고,

우리는 주어진 임무를 수행하기 위해 칼라일에서 인디언을 만나게 되었다.

인디언들은 툭하면 술에 취했고 일단 취하면 자기들끼리 심하게 다투고 무질서했다. 그래서 우리는 그들에게 모든 종류의 술을 팔지 못하도록 엄격히 금지했다. 그들은 불평했다. 우리는 협상하는 동안 술을 마시지 않으면 끝난 후 럼주를 풍족하게 나누어주겠다고 약속했고, 그들은 금주 약속을 지켰다. 금주 덕분에 협상은 매우 질서 있게 진행됐으며 서로 만족할 만한 결론을 낼 수 있었다. 그들은 술을 요구해 받아갔다. 때는 오후였다. 남자, 여자, 아이들로 구성된 백 명에 가까운 집단인 그들은 마을 밖에 설치해놓은 사각형 모양의 임시 움막에서 지내고 있었다. 저녁이 되자 그들 사이에서 엄청난 소음이 들려왔다. 위원들은 무슨 일이 일어났는지 알아보기 위해 밖으로 나갔다. 그들은 광장에 큰 모닥불을 피워놓고 남녀 할 것 없이 술에 취해 말다툼하며 싸우고 있었다. 반쯤 벗은 거뭇한 피부가 어둑한 모닥불 불빛에 비쳐 번쩍거리는 가운데 그들은 오싹한 소리까지 질러가며 서로 쫓고 때리고 있었다. 우리가 흔히 지옥이라고 상상하는 것과 가장 유사한 장면이 펼쳐지고 있었다. 소동은 멈출 기미가 보이지 않았고 우리는 할 수 없이 숙소로 돌아왔다. 자정쯤 그들은 우리 숙소의 문을 마구 두들기며 럼주를 더 달라고 아우성쳤지만 우리는 못 들은 척했다.

다음날 간밤에 소동을 벌여 폐를 끼쳤다는 것을 알고서 그들은 나이든 사람 세 명을 보내와 사과했다. 우리에게 말을 건넨 자는 실수를 했

---

* "좀더 정확한 기술을 위해 의사록을 참조할 것"이라고 프랭클린은 원고 여백에 적어넣었다.

음을 시인했지만 럼주 탓을 하면서 변명을 늘어놓았다. "위대한 영혼은 만물을 창조할 때 어딘가에 꼭 쓰이게 만드셨습니다. 위대한 영혼이 계획한 용도가 무엇이든, 그것을 준수해야 합니다. 럼주를 만드셨을 때 '이것을 인디언들이 마시고 취하게 하라'고 하셨으니 반드시 그렇게 되어야 합니다." 만약 신의 섭리가 지상의 개척자들에게 살 땅을 마련해주기 위해 이 야만인들을 전멸시키는 것이라면, 럼주가 그 수단이라고 해도 그리 틀린 말은 아닐 것이다. 전에 해안가에 살던 인디언 부족들은 모두 술 때문에 죽었다.

1751년 내 특별한 친구이자 의사인 토머스 본드는 필라델피아에 병원을 설립해(매우 자선적인 계획이었다. 흔히 내 아이디어로 알려져 있지만 사실은 그의 구상이다) 주의 거주민이건 외지인이건 상관없이 가난하고 병든 사람을 치료하겠다는 생각을 품었다. 그는 열성적이고 활동적으로 모금에 나섰으나, 아메리카에서는 생소한 일이라 사람들이 잘 이해하지 못한 탓에 그리 성공적이지 못했다.

결국 그는 나를 찾아와 공적인 계획을 나 없이 끌어나가기 힘들다고 추켜세웠다. "내가 기부를 요청하면 '프랭클린 씨와 이 일을 상의해봤습니까? 그분은 어떻게 생각하신대요?'라고 묻더군요. 그래서 당신이 이 일에 끼지 않았다고 대답하면(이 사업이 당신과는 좀 무관하다고 봤거든요) 그들은 기부를 하지 않고 좀더 생각해보겠다고 했습니다." 나는 모금 계획의 내용과 타당성을 물어봤고 굉장히 만족스러운 답변을 얻었다. 나 스스로 기부금을 냈음은 물론이고, 다른 사람에게서 기부금을 받을 수 있는 방법도 성심껏 자문했다. 나는 요청할 사안이 있으면 통상적으로 그 일에 대해 글을 쓰고 신문에 실음으로써 사람들의 마음을 움직이려고 힘썼다. 그런데 그는 그렇게 하지 않고 모금부터 하려 했던 것이다.

신문 기사가 나간 후 기부금은 훨씬 잘 걷히기는 했지만 곧 다시 줄어들었다. 나는 주의회의 도움 없이는 충분치 못할 거라는 생각이 들어 의회에 청원해야겠다고 생각하고 실천에 옮겼다. 시골 출신 의원들은 처음에는 그 계획을 별로 좋아하지 않았다. 오로지 도시에만 도움이 될 사업이기에 비용을 대야 할 시민들이 찬성할지 의심스럽다고 했다. 이에 나는 반대 의견을 펼쳤다. 시민들이 열렬히 찬성하는 것은 물론이고 2천 파운드 모금은 간단히 달성될 것이라고 주장했지만, 의원들은 내 주장이 황당무계하고 참으로 엉뚱하다고 생각했다.

그래서 나는 계획을 짰다. 기부자들로 구성된 법인을 만들고 그 조직이 거두어들이는 기부금만큼 의회가 보조금을 지급한다는 법안을 제출하겠으니 허가해달라고 신청했다. 의회는 허가를 내주었는데, 추후에 그 법안이 별로 마음에 들지 않으면 폐기하면 그만이라고 생각했기 때문이다. 나는 법안을 작성하면서 중요한 조항을 조건부로 처리했다. "앞에 적은 권한에 따라 다음과 같이 제정한다. 기부자들은 회의를 열어 관리자와 회계 담당자를 선출하고, 기부자들의 기금이 2천 파운드 적립되면, 이 기금에서 매년 발생하는 이자로 앞서 말한 병원의 가난한 환자들에게 무료로 제공하는 식사, 진료, 처방, 약의 비용을 충당한다. 모금 내역은 주의회 의장이 만족스럽다고 판단할 때까지 의회에 보고될 것이다. 이 활동이 적법하고 타당하다고 결론내려지면 그때 의장은 병원의 설립, 건축, 마감에 사용될 2천 파운드를 지불하라는 지시서에 서명하고, 주 재무부는 상기 병원의 회계 담당자에게 이 금액을 2년에 걸쳐 지불한다."

이 조건 덕분에 법안은 통과되었다. 보조금을 지불하길 반대하던 의원들도 초기 자금을 지출하지 않고도 자선을 베풀 수 있겠다며 동의했다. 2천 파운드를 모금하기가 어려울 것이라고 그들은 내심 생각했다. 그뒤 나는 사람들에게 기부를 청할 때 법안의 조건부 조항을 보여주며 설득했고, 그들의 기부액이 두 배가 된다고 강조하면서 기부할 동기를 추가했다. 그 조항은 기부자와 의회 양쪽에서 효과를 발휘했다. 기부금은 곧 필요한 금액을 넘어섰고 의회의 보조금을 받아 계획이 실행에 옮겨졌다. 편리하고 훌륭한 병원이 세워져 사람들이 지속적으로 유용하게 이용했고 아직도 성업중이다. 이만큼 날 기쁘게 해줬던 정치적인 묘수는 달리 생각나지 않는다. 약간 교활한 방법을 사용하여 법안을 통과시켰으나 좋은 결과를 가져왔으므로, 지나고 나서 생각할 때 마음의 걸림 없이 넘길 수 있었다.

길버트 테넌트라는 목사가 나를 찾아온 것도 이 무렵이었다. 새 예배당을 건축하기 위해 내 도움이 필요하다고 했다. 그는 원래 화이트필드 목사를 따르던 장로교 신자들을 모아 장로교 예배당을 지으려 했다. 나는 시민들이 너무 자주 기부금을 내서 거부감을 느끼기를 바라지 않았기에 단호히 거절했다. 그러자 목사는 내가 경험을 통해 아는, 이런 일에 우호적이고 자비로운 공인들의 명단을 알려달라고 했다. 내 요청을 친절히 들어줬던 사람들이 또다시 시달림을 당하는 것이 마음에 걸려 그 부탁 역시 거절했다. 그러자 그는 최소한 조언만이라도 해달라고 했다. "그런 일이라면 기꺼이 하죠." 내가 말했다. "처음에는 목사님 보기에 기부할 것 같은 모든 사람을 찾아가세요. 다음으로 기부를 할지 안 할지 불확실한 사람들한테 가십시오. 그리고 그들에게 이미 기부한 사람들의 목록을 보여주세요. 그리고 마지막으로 아무것도 주지 않을 것 같은 사람들도 무시하면 안 됩니다. 그중 일부는 목사님이 잘못 알고 있을지도 모르니까요." 이에 그는 웃으면서 감사 표시를 하고 조언을 따르겠다고 했다. 그는 실제로 조언을 실행에 옮겨 모든 이에게 요청했다. 그래서 생각보다 많은 돈을 모았고 아치스트리트에 웅장하고 우아한 예배당을 세웠다.

우리 도시는 아름답게 정돈되었고 넓고 똑바른 도로는 직각으로 교차했다. 흠이 하나 있다면, 오랜 기간 동안 비포장으로 방치되었다는 점이었다. 비가 오는 날엔 무거운 마차의 바퀴가 땅을 파고들어 진창을 만들어놓는 바람에 길을 건너기 힘들었다. 건조한 날엔 먼지가 흩날렸다. 저지 시장 근처에 살던 나는 주민들이 식료품을 사기 위해 힘들게 진흙탕을 건너는 모습을 자주 봤다. 시장 한가운데에 난 통로는 벽돌로 포장되어 있어서 일단 시장에 들어서면 편하게 걸음을 옮길 수 있지만, 시장에 도착하기 전에 이미 신발은 진흙투성이가 되기 일쑤였다. 나는 이 일에 대해 말도 하고 글도 써서, 벽돌이 깔린 중앙 통로와 시장 건물 사이의 길도 돌로 포장하는 데 기여했다. 그래서 시장에 갈 때 한동안 신발에 진흙이 묻지 않았다. 하지만 시장 바깥의 나머지 도로는 여전히 비포장이라서, 진창을 지나온 마차에서 떨어진 진흙이 포장도로 이곳저곳에 흩어졌다. 당시에는 도시에 청소부가 없어서 포장도로 위의 진흙은 그대로 남아 있었다.

수소문을 통해 가난하지만 근면한 남자를 알아냈다. 그는 가구당 한 달에 6펜스를 준다면 한 주에 두 번 길을 청소하여 깨끗하게 유지하고 주민들 집 앞의 진흙도 치워주겠다고 했다. 나는 이렇게 적은 지출로 이웃들이 얻을 수 있는 이득을 글로 써서 인쇄했다. 신발에 진흙이 묻지 않고 집이 청결해진다, 출입이 쉬워져서 가게에 손님이 늘어난다, 바람이 부는 날에도 물건에 먼지가 앉지 않는다…… 나는 인쇄된 종이를 각 집마다 보냈고 하루이틀 뒤에 돌아다니며 6펜스를 지불하는 데 동의하는 사람이 있는지 알아보았다. 만장일치로 서명을 받아 한동안 잘 실행되었다. 도시의 모든 주민이 시장 주변의 깨끗한 포장도로를 좋아했고, 편리하다는 것을 깨달았다. 시내의 모든 길을 포장하는 것은 사람들의 보편적인 바람이 되어갔고 그 목적을 위해서라면 세금을 기꺼이 지불하겠다고 했다.

얼마 후 나는 시내 도로를 포장하자는 내용의 법안을 작성해 의회에 제출했다. 그때가 영국에 건너가기 직전인 1757년이었는데 내가 떠날 때까지도 통과되지 않았다. 그러다가 과세 방식을 일부 변경해 법안이 통과되었는데 그다지 개선되지 않았다는 생각이 들었다. 하지만 도로 포장에 더하여 가로등을 추가로 달게 된 것은 굉장한 진전이었다. 고故 존 클리프턴 씨의 아이디어였다. 그는 자신의 집 대문 앞에 외등을 달아놓음으로써 유용함을 보여주었다. 사람들이 처음 이것을 보고 강한 인상을 받아 도시의 모든 거리를 밝히자는 생각을 하게 된 것이다. 공익에 기여한 이 일 역시 내 공로로 알려졌지만 실은 클리프턴 씨의 공로다. 나는 그저 그의 선례를 따랐으며 가로등의 형태를 바꾸기만 했다. 처음 런던에서 들여온 둥그런 형태의 가로등은 불편한 점이 있었다. 아래로부터 공기가 들어가지 못하기 때문에 연기가 위로 빠져나가지 못하고 등 안에서 계속 맴돌았던 것이다. 연기가 안에 남아 있으니 정작 빛을 내야 할 때 제대로 내지 못했다. 게다가 그을음이 생겨 매일 닦아내야 하는 번거로움이 있었고, 닦다가 잘못 건드리면 등이 깨져서 버려야 했다. 그래서 나는 판유리 네 장으로 사면을 둘러싸고 위에는 기다란 깔때기를 붙여 연기를 빨아올리게 하고 아래에는 틈을 만들어 안으로 들어온 공기가 연기를 위로 쉽게 올려보내도록 했다. 이러한 네모난 형태의 램프는 늘 깨끗했고, 런던의 둥그런 등처럼 몇 시간 만에 꺼지는 일은 없었다. 아침이 될 때까지도 불빛이 남아 있었고, 혹시 실수로 등을 건드리더라도 한 면의 판유리만 갈면 되니까 쉽게 고칠 수 있었다.

영국의 복스홀공원에 달려 있는 둥근 램프는 밑에 구멍이 뚫려 있어서 항상 깨끗했다. 그걸 보면서 나는 왜 런던 사람들이 다른 가로등에 같은 식으로 구멍을 뚫지 않는지 궁금했다. 하지만 그 구멍의 목적은 따로 있었다. 구멍을 통해 가느다란 아마끈을 늘어뜨려 심지에 불을 잘 붙이기 위해서였다. 구멍을 통해 공기가 들어올 수 있다는 점은 생각하지 못한 듯했다. 그래서 등은 몇 시간 안에 꺼지고, 런던의 길은 제대로 밝혀지지 않았다.

개선할 점을 언급하다보니 또다른 일이 떠오른다. 런던에 있을 때 만난 포더길 박사는 유용한 계획을 훌륭하게 추진했다. 런던의 길가는 쓸지 않아 건조한 날에 흙먼지가 날렸다. 먼지는 쌓이다가 비가 오면 진흙으로 변했고, 며칠이 지나면 층층이 두꺼워져 길을 지나다니지 못할 정도였다. 가난한 사람들이 빗자루로 치운 길만 겨우 다닐 수 있었다. 진흙을 긁어내어 손수레에 던져넣는 일은 엄청난 노동이었고 손수레가 덜컹거릴 때마다 진흙이 흔들리다가 떨어지기 십상이었다. 가끔씩 흙이 보행자들에게 튀어 짜증을 유발했다. 먼지가 많은 길을 쓸지 않는 이유는 상점과 집의 창문을 통해 먼지가 날아들어오기 때문이라고 했다.

나는 빠른 시간에 비질을 끝낼 수 있는 법을 우연히 알게 되었다. 어느 날 아침 가난한 여자가 자작나무 빗자루로 크레이븐스트리트의 내 집 앞 길을 쓸고 있었다. 그녀는 굉장히 창백하고 힘도 없어 보여 병에서 막 회복된 사람 같았다. 누구한테 급여를 받고 그곳을 쓸고 있느냐 물었더니 그녀가 대답했다. "돈 주는 사람은 없어요. 하지만 저는 너무 가난하고 살기 힘들어서 잘사는 집의 대문 앞을 쓸다보면 뭔가 생기지 않을까 해서 이렇게 쓸고 있답니다." 나는 그녀에게 길을 전부 쓸면 1실링을 주겠다고 했다. 이때가 아홉시 정각이었는데 그녀는 열두시에 와서 돈을 달라고 했다. 나는 천천히 일하던 그녀의 모습이 생각나서 어떻게 그리도 빨리 일을 끝냈는지 상상이 되지 않았다. 그래서 하인을 보내 알아보게 했더니, 길 전체가 완벽하게 깨끗하고 먼지는 중앙에 있는 배수로에 들어가 있다는 보고를 받았다. 다음에 내린 비가 흙먼지를 쓸어내리자 길은 물론 도랑마저도 아주 깨끗해졌다.

힘없는 여자가 세 시간 만에 그렇게 길을 쓸 수 있다면 힘 좋고 활동적인 남자는 그 시간의 절반이면 끝낼 수 있겠다는 생각이 들었다. 여기서 좁은 길에는 보도 양쪽으로 하수로를 두 개 만드는 대신, 중앙에 하나만 만드는 것이 더 편리함을 짚고 넘어가려고 한다. 빗물이 보도 양쪽에서 흐르다가 중간에서 만나게 되면 물살이 강해져 진흙을 모두 쓸어간다. 하지만 양쪽으로 갈라지면 진흙을 치우기에는 물살이 너무 약하고 오히려 질퍽한 진창이 생길 뿐이다. 그러면 마차 바퀴나 말발

굽이 진흙을 보도로 튀겨서 길을 더럽고 미끄럽게 만든다. 때로는 행인이 진흙을 맞을 수도 있다. 나는 포더길 박사에게 다음과 같은 제안을 했다.

"런던과 웨스트민스터의 길을 보다 효과적으로 치우고 깨끗하게 유지하려면, 관리인을 여러 명 고용해 건조한 시기에는 흙먼지를 쓸어내게 하고 비 오는 시기에는 진흙을 긁어내게 해야 합니다. 각자 자기 주변의 크고 작은 여러 도로를 책임지게 하고, 빗자루와 여타 적합한 청소도구를 제공해 각자 재량껏 가난한 사람들을 고용해서 일을 시키는 겁니다.

건조한 여름에는 상점이나 가정의 창문을 열기 전에 먼지를 전부 쓸어내 적당한 거리를 두고 한자리에 모아놓습니다. 그런 후 청소부가 뚜껑이 달린 수레를 가져와 쓰레기와 함께 실어가면 됩니다.

하지만 진흙은 무더기로 쌓아두면 마차 바퀴나 말발굽에 뭉개져 퍼지므로 청소부에게 다른 수레를 줘야 합니다. 적재함이 바퀴 위 높은 곳에 있지 않고 바퀴대 근처에 있으며 격자 모양 바닥에 짚이 깔려 있는 수레 말입니다. 그러면 수레에 실린 진흙 무게의 대부분을 차지하는 물이 빠져나가 훨씬 가벼워질 겁니다. 이런 수레들을 적당한 거리에 놔두고 손수레로 진흙을 이 수레들 쪽으로 운반합니다. 수레들은 진흙에서 물이 빠질 때까지 그곳에 두었다가 이후 말들이 끌고 가게 합니다."

이 제안의 뒷부분은 실용적이지 못한 것 같다는 의심이 들었다. 어떤 길은 너무 좁아 물기 빼는 수레를 두기 어려울 것이고, 수레가 통행에 큰 지장이 될 수도 있다. 그렇지만 앞부분의 의견은 여전히 고수하고 있다. 상점의 문을 열기 전에 먼지를 쓸어서 버리는 것은 낮이 긴 여름에 굉장히 실용적이다. 어느 날 아침 일곱시 정각에 스트랜드스트리트와 플리트스트리트를 걸어가보았다. 햇빛이 쨍쨍 나고 해가 뜬 지 세 시간이 지났음에도 상점들은 열지 않았다. 런던 주민들은 촛불을 켜놓고 이런저런 일을 하다 해가 뜨면 잠을 잤다. 그러면서 불합리하게도 양초에 붙는 세금과 수지가 너무 비싸다고 종종 불평을 했다.

이런 하찮은 일은 신경쓸 바도 관여할 바도 아니라고 생각하는 사람도 있을 것이다. 바람이 부는 날 어떤 사람의 눈이나 어떤 가게 안으로 먼지가 들어가는 것은 사소한 일처럼 보일 수도 있다. 하지만 인구가 많은 도시에서 이런 일이 많이 일어나고 자주 일어난다면 당연히 중요한 일이 된다. 따라서 별것 아닌 일에 신경쓴다고 심하게 비판할 이유는 없다. 인간의 커다란 행복은 잘 일어나지 않는 엄청난 행운으로 생기는 게 아니라 매일 발생하는 조그마한 이익에서 생긴다. 따라서 가난한 젊은이에게 스스로 면도하는 법과 면도날을 정돈해 관리하는 방법을 가르치는 것이 천 기니를 주는 것보다 그의 행복에 더 큰 기여를 한다. 돈은 곧 사라질 것이고 어리석게 써버렸다는 후회만 남는다. 하지만 면도하는 법을 배운다면 이발사를 속절없이 기다리거나 그들의 더러운 손과 불쾌한 구취, 무딘 면도날에 짜증내는 일 없이, 편한 시간에 양질의 도구로 면도하는 기쁨을 매일 누릴 수 있다. 이런 연유로 앞에서 거리 청소에 대해 자질구레하게 언급한 것이다. 내가 오랫동안 행복하게 살았던 사랑하는 도시와 아메리카의 다른 도시에도 도움이 되기를 바라면서 말이다.

나는 한동안 아메리카의 체신부 장관 밑에서 회계 담당자로 일하며 여러 우체국을 관리하고 우체국장들을 감독했다. 1753년 장관이 사망하자 영국 체신부 장관의 임명으로 나는 윌리엄 헌터 씨와 공동으로 장관 자리를 맡게 되었다. 당시 아메리카 체신부는 영국의 체신부에 이익금을 송금하지 못하는 처지였다. 우리 두 사람이 업무를 잘 운영하여 이익을 남기면 연간 600파운드를 나누어가지는 조건이었는데, 이를 달성하기 위해 개선해야 할 점이 한두 가지가 아니었다. 일부 개혁 작업은 처음 시작할 때 불가피하게 지출해야 하는 부분이 있어서 우리는 첫 4년간 900파운드의 빚을 지게 되었다. 하지만 곧 수익을 올리면서 돈을 갚을 수 있었다. 아일랜드 체신부의 수익보다 세 배나 많은 국고 수입을 올렸으나, 영국 정부가 변덕을 부리는 바람에 나는 체신부 장관 자리에서 해임되었다. 그 무모한 인사 조치 이후 그들은 단 한 푼의 수익도 받지 못했다!

그해에 체신부 업무차 뉴잉글랜드로 갈 일이 있었는데 케임브리지 대학*은 내게 명예 석사학위를 수여했다. 이전에도 비슷하게 코네티컷의 예일대학에서 학위를 받은 적이 있었다. 그리하여 대학에서 공부한 적이 없음에도 학위가 생겼다. 자연과학 전기 분야에서 내가 발견하고 증진시킨 성취를 고려하여 학위를 수여한 모양이다.

1754년 영국과 프랑스 간에 다시 전쟁이 벌어졌다. 식민지 여러 지역의 대표위원들은 상무장관의 명령으로 올버니에 모여 회의를 열었다. 여섯 종족의 인디언 추장들도 함께 참석하여 각자의 땅을 방위할 수단에 대해 상의했다. 명령을 받은 해밀턴 주지사는 주의회에 이를

---

* 오늘날의 하버드대학.

통지하고 회의에서 인디언들에게 줄 적당한 선물을 준비하라고 했다. 그리고 의장인 노리스 씨와 나는 토머스 펜 씨와 비서실장 피터스 씨와 합류해 펜실베이니아의 대표단으로 그 회의에 참석하게 되었다. 의회는 지명된 인원을 승인하고 선물을 준비하긴 했지만 펜실베이니아 지역 이외의 장소에서 협의하기를 꺼렸다. 어쨌든 우리는 6월 중순쯤 올버니에서 다른 대표단을 만났다.

올버니로 가는 길에 나는 각 식민지들이 한 정부 아래 연합하여 방위 업무와 기타 중요한 일들을 한꺼번에 처리해야 한다는 계획을 구상했다. 뉴욕을 지나가면서 제임스 알렉산더 씨와 케네디 씨에게 내 계획을 제시했더니, 공공 업무에 대한 지식이 풍부한 두 사람도 찬성했다. 이에 힘을 얻은 나는 회담에서 그 계획을 제안하는 모험을 감행했다. 다른 대표들도 유사한 계획을 가지고 있는 듯했다. 먼저 해결해야 할 문제는 연합 설립 여부였는데 그 안은 타당하다고 만장일치로 통과되었다. 이어 각 식민지에서 한 사람씩 지명하여 위원회를 구성해서 여러 계획을 세워 취합하기로 했다. 내 안이 채택되어 몇 가지 수정을 거친 뒤 보고되었다.

연합정부는 국왕이 임명하고 지원하는 총독이 지휘하고, 총독을 보좌하는 최고위원회는 식민지의 대표자들이 선출한다는 계획이었다. 이 논의는 원주민 문제와 함께 매일 회의에서 거론되었고 처음 시작할 때는 많은 반대와 어려움이 있었으나 결국 만장일치로 통과되었다. 이 계획의 사본이 영국의 상무부와 각 주의회에 보내졌으나, 특이한 반대를 마주했다. 주의회들은 연합정부가 너무 많은 특권을 가진다고 생각해 채택하지 않았고, 반대로 영국은 너무 민주적이라고 판단해 받아들이지 않았다.

상무부는 그 안을 승인하지 않았고 국왕에게 보고하지도 않았다. 하지만 같은 목적을 훨씬 더 잘 수행할 것으로 보이는 다른 계획이 수립되었다. 주지사들은 주의회 대표들과 회의를 열어 모병과 축성 등의 사업을 지시하고 비용은 영국의 국고에서 지불하는 계획이었다. 그리고 후에 아메리카에 세금을 부과하는 의회법을 제정함으로써 상환받는다는 것이었다. 내가 제시한 올버니 계획과 그 주장의 근거는 기존에 인쇄된 정치에 대한 내 논문 중에서 찾아볼 수 있다.

겨울 동안 보스턴에 머물면서 설리 주지사와 두 가지 안에 대해 이야기를 나누었다. 우리가 관련된 일에 대해 교환한 의견도 내 논문들에서 찾아볼 수 있다. 영국과 식민지 양측이 내 안을 싫어하는 이유는 정반대였고 이로 인해 나의 올버니 계획이 진정한 중립을 지향한다는 것을 느끼게 되었다. 아직까지도 내 계획이 채택됐다면 양쪽 모두 만족했을 것이라고 생각한다. 그렇게 식민지가 연합했다면 자주 방위를 할 정도로 강력해졌을 것이며, 영국에서 군대를 파견할 필요도 없었을 것이다. 또한 영국 정부는 방위비를 내라며 식민지에 과세할 구실이 없었을 것이고, 피 흘리는 전쟁도 피할 수 있었을 것이다. 그러나 이러한 실수들은 새로운 것이 아니다. 역사는 숱한 국가와 군주의 실수로 점철되어 있다.

세상을 둘러보라, 자신에게 좋은 것을 아는 자는 거의 없고
설사 알더라도 그것을 추구하는 자 또한 거의 없다!

통치자들은 당장 해야 할 일이 많기 때문에 새로운 계획을 고려하고 실행하기를 그다지 좋아하지 않는다. 그리하여 최고의 공공 정책도 예부터 전해진 지혜에서 나오는 것이 아니라 불가피한 상황에 밀려 채택되는 일이 다반사다.

펜실베이니아 주지사는 내 계획에 찬성을 표명한 뒤 그 안을 의회로 보내면서, 굉장히 명확하고 훌륭한 판단력 아래 작성된 것처럼 보이니 세심하고 진지하게 주의를 기울여볼 만하다고 덧붙였다. 하지만 내가 불참할 때를 노린 특정 의원의 공작으로 의회는 그 법안을 기각해버렸다. 정말 공정치 못한 일이었으며 너무나 억울했다.

이해 보스턴으로 가는 길에, 새로 우리 지역의 지사가 된 모리스 씨를 뉴욕에서 만났다. 영국에서 갓 도착한 그는 나와 전부터 친밀히 알고 지내는 사이였다. 그는 영주의 지시사항과 그에 반대하는 의회 사이에 끼어 번민하다가 사임한 해밀턴 씨의 후임이었다. 모리스 씨는 지사 자리가 정말 불편한 자리냐고 물었다. 내가 대답했다. "아닙니다. 반대로 굉장히 편한 자리일 수 있습니다. 의회와 논쟁을 피하려고 신경만 쓴다면 말입니다." "친구여," 그가 즐거운 듯이 말했다. "어떻게 논쟁을 피하라고 말할 수 있소? 내가 좋아하는 일인 걸 알면서도 말이오. 내 커다란 즐거움 중 하나인데. 하지만 당신의 조언을 존중하여 가능하면 논쟁을 피하겠다고 약속하겠소." 그에게는 논쟁을 좋아할 만한 이유가 있었다. 언변이 유창했고 날카롭게 논증을 전개할 줄도 알아서 어지간한 논쟁에서는 져본 적이 없었다. 그의 아버지가 저녁식사 후 식탁에서 아이들을 논쟁시키기를 즐겼다고 들었다. 그는 아이 때부터 그렇게 자라왔다. 그러나 그런 교육은 어리석은 방식이라고 생각한다.

그렇게 논쟁하고 반박하고 남이 틀렸음을 들춰내는 사람들은 하는 일이 잘되지 않는다. 때때로 승리를 얻어내도 좋은 감정을 얻지는 못한다. 상대방의 호감이 승리보다 더 필요한데 말이다. 우리는 헤어져 그는 필라델피아로 가고, 나는 보스턴으로 왔다.

돌아가는 길에 뉴욕에서 의회의 표결을 알게 되었다. 모리스 주지사는 나와 약속했음에도 의회와 엄청나게 갈등했다. 그가 주지사로 있는 내내 싸움은 계속되었다. 나도 그 싸움에 끼어들게 되었다. 의회로 돌아가자마자 나는 그의 연설과 메시지에 답변하는 모든 위원회에 투입됐고, 항상 초안을 작성하게 되었다. 주지사와 마찬가지로 우리의 대답 역시 종종 자극적이었고 지나치게 모욕적이었다. 내가 의회의 입장에서 글을 쓴다는 것을 알았기에 어떤 사람들은 나와 지사가 만나면 치열하게 다툴 것이라고 생각했다. 하지만 지사는 성품이 좋은 사람이었고, 서로 대립하는 입장이었으나 내게 사적인 감정은 없었다. 우리는 종종 저녁식사도 같이 할 정도였다.

어느 날 오후, 공적인 갈등이 최고조에 달했던 무렵에 우리는 길에서 만났다. 그가 말했다. "프랭클린, 나와 우리집에 가서 저녁이나 함께 합시다. 당신이 좋아할 사람들이 있소." 그는 내 팔을 끌고 집으로 데려갔다. 식사 후 와인과 함께 즐거운 대화를 나누다가 주지사는 농담식으로 산초 판사*의 생각을 좋아한다고 말했다. 산초 판사는 나라를 하나 주겠다는 제안을 받자 이왕이면 흑인들의 나라를 달라고 했다. 왜냐하면 흑인들이 불복할 경우 그들을 팔아치우면 되기 때문이었다.

---

* 세르반테스의 소설 『돈키호테』에 등장하는 인물. 돈키호테의 종자(從者).

그러자 내 옆에 앉은 주지사의 친구가 나에게 말했다. "프랭클린, 왜 계속 저 빌어먹을 퀘이커교도들 편을 드는 거요? 차라리 팔아치우는 게 낫지 않겠소? 그러면 영주가 당신한테 크게 사례할 거요." 이에 내가 말했다. "지사님이 그들을 충분히 검게 만들지 못했잖습니까." 실제로 지사는 모든 메시지를 통해 주의회에 검은 색칠을 하려고 무진 애를 썼으나 의회는 오명을 곧 벗어던졌고 오히려 지사의 평판만 나빠졌다. 그래서 자칫하면 자신이 검둥이가 되고 말 거라는 생각이 들었는지 모리스는 해밀턴 씨처럼 갈등이 너무 지겨워져 결국 지사직을 그만두었다.

이런 공적인 다툼은 근본적으로 세습 지사인 영주들의 이해할 수 없는 조치 때문이었다. 그들은 주의 방위비용 문제가 있을 때마다 대리자인 주지사에게 자기 부동산이 면제받는 조건이 아니라면 과세 법안의 통과를 불허하라는 비열한 지시를 내렸다. 그들은 심지어 주지사들에게서 복종하겠다는 내용의 각서까지 받았다. 의회는 3년간 이 부당한 처사에 저항했으나 끝내 강요를 당해 뜻을 굽혀야 했다. 그러나 모리스 지사의 후임으로 온 데니 대위는 영주들의 지시에 불복하는 모험을 감행했다. 어떻게 이런 일이 벌어졌는지는 나중에 설명하도록 하겠다.

뒤의 이야기부터 먼저 해버리고 말았다. 모리스 지사의 행정부 때 있었던 일을 몇 가지 더 언급해야 한다.

마침내 영국과 프랑스의 전쟁이 시작되었다. 매사추세츠만灣의 정부는 크라운 포인트 공격을 계획하고 퀸시 씨를 펜실베이니아로, 훗날 매사추세츠 주지사가 되는 포널 씨를 뉴욕으로 보내 도움을 청했다. 퀸시 씨는 나를 찾아와 힘을 써달라고 부탁했다. 당시 나는 주의회 의원이어서 상황을 잘 아는데다 퀸시 씨와 동향이었기 때문이다. 나는 그의 요청을 의회로 전했고 의회는 받아들였다. 의회는 군량 구입비로 1만 파운드를 원조하기로 했다. 그렇지만 주지사가 이 법안에 찬성하지 않았고(법안에는 군량 구입비 외에 국왕에게 헌납할 여타 비용도 포함되었다), 펜실베이니아 영주들에게 토지세 납부를 면제한다는 조항이 들어가야 한다고 주장했다. 의회는 뉴잉글랜드를 원조하고 싶었으나 어떻게 해야 할지 몰라 난감해했다. 퀸시 씨는 주지사의 동의를 받아내려고 열심히 노력했지만 완강히 거부당했다.

이에 나는 주지사와는 상관없이 일을 해결하는 방법을 제안했다. 의회가 대부사무소의 이사들에게 어음을 발행하라고 지시하여 현금을 조달하는 것이었다. 법에 의하면 의회는 그럴 권한이 있었다. 하지만 당시 대부사무소에는 돈이 거의 없었으므로 나는 5퍼센트의 이자를 붙여 일 년 후에 지불하는 어음을 발행하자고 했다. 이 어음이라면 군량비를 쉽게 댈 수 있었다. 의회는 잠시 망설였지만 그 안을 채택했다. 어음이 즉시 발행되었고, 나는 어음에 서명하고 분배하는 관리위원회의 위원이 되었다. 어음 만기시에 지불할 자금은 다른 주에 대출해준 지폐에서 나오는 이자와 소비세로 충당할 예정이었다. 이 두 군데 수입으로 어음을 만기시에 충분히 지불할 수 있다는 사실이 알려지면서 어음에 대한 신용이 즉각 올라갔다. 군량을 구입할 때도 어음으로 지불했을 뿐만 아니라 돈 많은 부자들이 어음을 구입하면 유리하다고 판단해 여기에 투자했다. 만기까지 어음을 손에 쥐고 있으면 이자가 들어오고 여차하면 현금 대용으로 사용할 수도 있어서 그들은 열성적으로 구매했다. 어음은 몇 주 뒤엔 다 팔려서 동이 났다. 그리하여 이 중요한 문제는 내가 제시한 방법으로 해결되었다. 퀸시 씨는 예의를 갖춘 메시지로 의회에 감사를 전했고, 자신의 임무를 달성한 것을 크게 기뻐하며 고향으로 돌아갔다. 그후로 그는 내게 진심어린 우정을 간직하고 있다.

영국 정부는 올버니에서 제안한 식민지 연합을 허가하지 않았고 연합이 자체적으로 방위 업무를 담당하는 안도 신임하지 않았다. 당시 영국 정부는 식민지들에 대해 의혹과 시기심을 품고 있었으므로 연합의 군사력이 강해지는 상황을 극도로 우려했다. 그리하여 영국은 브래독 장군의 지휘하에 영국 정규군 2개 연대를 아메리카에 보냈다. 버지니아주 알렉산드리아에 상륙한 브래독 장군은 메릴랜드주 프레더릭타운까지 진군한 뒤 잠시 머무르며 마차를 징발하려고 했다. 우리 주의회는 정보망을 통해 장군이 의회에 지독한 반감을 품고 있다는 것을 알게 되었다. 영국 정규군의 식민지 상륙이 그다지 환영받지 못한다는 것이 이유였다. 따라서 의회는 내게 의원이 아닌 체신부 장관 자격으로 장군을 만나보고 오라고 지시했다. 장군이 지속적으로 식민지 주지사들과 서신을 주고 받아야 하니 신속하고 정확하게 우편 통신을 하는 방법을 논의하려는 것처럼 가장하라는 얘기였다. 의회가 출장 경비를 대겠다고 했다. 나는 아들과 함께 여행길에 올랐다.

우리는 프레더릭타운에서 장군을 만났다. 그는 메릴랜드와 버지니아에 마차를 징발하러 간 군인들을 초조하게 기다리고 있었다. 나는 며칠간 장군과 함께 지내며 매일 식사를 함께 했고 그의 편견을 없앨 기회를 충분히 잡을 수 있었다. 장군의 군대가 수월하게 작전을 수행하도록 그가 도착하기 전에 의회가 준비한 것과 기꺼이 하려 하는 일

을 알려주었다. 내가 떠나려고 할 때 징발 가능한 마차에 대한 보고서
가 도착했다. 모두 스물다섯 대 정도였고 일부는 제대로 쓸 수 없는 것
이었다. 장군과 휘하 장교들은 경악했고, 결국에는 원정전은 불가능하
다고 말하며 물자와 행낭을 옮길 수단도 없는 나라에 군대를 파견한
무심한 영국 정부를 비난했다. 장군은 마차가 적어도 백오십 대는 있
어야 한다고 말했다.

나는 거의 모든 농부가 마차를 한 대씩은 가지고 있는 펜실베이니아
에 그들이 상륙하지 않아 안타깝다고 지나가듯 말했다. 그러자 장군은
즉각 반응을 보였다. "그러면 그곳에서 영향력이 있는 당신이 마차를
구하는 수고를 좀 해주시오. 꼭 부탁하겠소." 나는 마차 주인에게 어떤
조건을 제시하겠느냐고 물었고 장군은 필요한 조건들을 적어달라고
했다. 그들은 내가 적은 조건에 찬성했고 위임장과 지시사항이 즉시
준비되었다. 그 조건은 내가 랭커스터에 도착하자마자 내건 공고문에
잘 나와 있다. 즉각적이고도 엄청난 반응을 일으킨 흥미로운 글이기에
여기에 전문을 인용한다.

공고
랭커스터, 1755년 4월 26일

이제 곧 윌스 크리크에 집결할 예정인 국왕의 군대는 사두마차 백
오십 대와 승용마나 짐말 천오백 마리를 구하고 있다. 브래독 장군
이 위임한 권한에 따라, 상기 물품의 임대차 계약을 다음과 같이 공
고한다. 오늘부터 다음주 수요일 저녁까지 랭커스터에서, 다음주 목

요일 아침부터 금요일 저녁까지는 요크에서 임무를 수행할 것이며 마차와 말을 다음과 같은 조건으로 빌리고자 한다.

1. 말 네 마리와 마부가 딸린 마차는 하루 15실링, 짐 싣는 안장 혹은 다른 안장과 마구가 있는 말은 하루 2실링, 안장 없는 말은 하루 18펜스를 지불한다.

2. 지불은 윌스 크리크에서 군대와 합류한 시점부터 시작된다. 5월 20일이나 그 이전까지 도착해야 하며, 윌스 크리크까지의 이동과 귀향에 드는 경비도 합당한 비용을 지불한다.

3. 각 마차와 말 네 마리, 승용마, 짐말은 나와 주인들이 지정한 제삼자에 의해 가치 평가를 하고 복무중 마차에 손실이 발생할 경우 평가된 가치를 기준으로 보상을 받는다.

4. 필요할 경우 계약과 동시에 임차 비용 일주일분을 선불할 수 있으며, 나머지는 브래독 장군이나 군의 급여 담당자가 전역했을 때 또는 요구에 따라 수시로 지불한다.

5. 마부나 마필관리사는 어떠한 경우에도 군인의 업무를 요구받지 않는다. 마차와 말을 관리하는 일 외에 어떤 일도 하지 않는다.

6. 마차와 말이 진지로 싣고 간 밀, 옥수수, 말먹이 등은 말에게 먹이고 남으면 군용으로 사들이고 그에 대해 합당한 가격을 지불한다.

공지: 내 아들 윌리엄 프랭클린은 컴벌랜드 지역에서 이와 같은 계약을 체결하는 권한을 위임받았다.

—벤저민 프랭클린

랭커스터, 요크, 컴벌랜드 지역 주민 여러분에게

친구 및 동포 여러분,

프레더릭 진지에서 며칠 동안 지내는 동안 장군과 장교들이 말과 마차를 제공받지 못해 몹시 화가 나 있는 모습을 목격했습니다. 그들은 이 지방에서 물자를 충분히 보급받을 것으로 예상했습니다. 하지만 주지사와 의회의 불화 때문에 자금이 마련되지 못했고, 보급을 위한 그 어떤 조치도 없었습니다.

무장한 군대를 즉시 식민지에 보내 가장 좋은 마차와 말을 필요한 대로 압수하고, 그것을 움직이고 관리할 사람을 강제로 입영시키자는 제안도 있었습니다.

나는 영국군이 그런 식으로 식민지를 지나가면, 특히 그들의 노여움과 우리에 대한 적개심을 고려할 때, 주민들에게 너무나 큰 불편을 줄 것이라고 생각했으므로 먼저 공정하고 공평한 수단으로 일을 해결하려고 나섰습니다. 오지에 있는 카운티 사람들은 최근 의회에 통화량이 부족하다고 문제를 제기한 바 있습니다. 이제 여러분은 상당한 돈을 받아 나눌 수 있는 기회를 가지게 되었습니다. 원정이 백이십 일 이상 계속될 테니 마차와 말을 빌려주면 삼만 파운드 이상의 돈이 영국의 금화와 은화로 지급될 것입니다.

일은 편하고 쉬울 것입니다. 군대는 하루에 12마일 이상 행군하지 않으며 마차와 짐말은 군의 복지에 필수적인 것만 싣고 가므로 행군 속도보다 빠르게 갈 일이 없습니다. 또한 군대의 용도를 위해, 진군 중이건 진지에 있건 항상 가장 안전한 곳에서 대기하게 됩니다.

제 생각대로 여러분이 진정 국왕의 선량하고 충성스러운 백성이라면, 지금이 가장 적합한 봉사를 할 수 있는 때입니다. 그리고 그 일로 여러분은 넉넉해질 것입니다. 농장 일 때문에 마차, 말 네 마리, 마부를 한 번에 내놓을 수 없다면 서너 가구가 힘을 합치십시오. 한 집은 마차를, 다른 집은 말 한두 마리를, 세번째 집은 마부를 제공하는 식으로 처리하고 그에 대한 보수는 나눠가지는 겁니다. 이처럼 훌륭한 보수와 합당한 이유가 있음에도 불구하고 국왕과 나라의 사업에 참여하지 않는다면 여러분의 충성심이 강하게 의심받을 것입니다. 국왕의 일은 철저히 완수되어야 합니다. 용맹한 군대가 이렇게 많이 여러분을 지키기 위해 이 땅에 왔는데 여러분이 마땅히 해야 할 일을 하지 않고 나태하게 방관해서는 안 됩니다. 마차와 말은 반드시 필요합니다. 강제 징발 조치가 취해진다면 여러분은 보상을 받기 위해 여기저기 기웃거려야 할 것이고, 여러분의 사정은 동정이나 관심을 조금도 받지 못할 것입니다.

저는 이 일에 특별한 이해관계가 없습니다. 좋은 일을 한다는 만족감만이 있을 뿐 아무런 보수를 받지 않습니다. 마차와 말을 이런 방식으로도 얻지 못한다면 십사 일 내에 장군에게 보고해야 하고, 그 즉시 경기병 부대장인 존 세인트클레어 경이 군대를 이끌고 이 지역에 들어와 마차와 말을 강제로 징발할 것입니다. 여러분의 진실하고 진정한 친구인 저는 그런 일이 생긴다면 굉장히 유감스러울 것이고, 진정으로 그런 일이 일어나지 않길 바랍니다.

—벤저민 프랭클린

장군으로부터 마차나 말 주인들에게 줄 선금으로 약 800파운드를 받았는데 충분하지 못해 내가 200파운드 이상을 보탰다. 이 주 내로 마차 150대와 짐말 259마리가 진지를 향해 떠났다. 공고에서는 말이나 마차가 손실될 경우 평가 가치에 따라 보상금을 지불한다고 분명히 밝혔다. 하지만 마차 주인들은 브래독 장군을 알지 못해 그 약속에 어느 정도 신빙성이 있는지 몰라서 내게 보증을 서달라고 했고 나는 동의했다.

　브래독 장군의 진지에 있는 동안 던바 대령 연대의 장교들과 저녁식사를 함께 할 기회가 있었다. 자리에서 연대장은 소위와 중위 등 하급 장교들을 걱정했다. 오랫동안 황야를 거쳐 장거리 행군을 해야 하는데, 그들은 전반적으로 가난한지라 뭐든지 귀한 이 나라에서 필요한 물품을 사들일 여유가 없다는 것이었다. 상황이 딱해서 나는 하급 장교들이 별 어려움 없이 필수품을 얻을 수 있도록 도와주기로 마음먹었다. 대령에게 그런 의사를 조금도 밝히지 않은 채, 나는 다음날 아침 주의회의 위원회 앞으로 편지를 썼다. 의회는 일부 처분 가능한 공급을 갖고 있었기에, 장교들을 배려해 필수품과 기호품을 보내주자고 제안했다. 군생활을 해본 내 아들이 군대에서 필요한 물품 목록을 작성해주었으며, 나는 편지에 그것을 동봉했다. 의회가 승인했고, 재빠른 조치 덕택에 마차의 도착과 동시에 아들이 이끌고 온 물품도 도착했다. 꾸러미 스무 개가 왔는데 각각에 다음과 같은 물품이 들어 있었다.

설탕 6파운드	글로스터 치즈 1개
양질의 흑설탕 6파운드	양질의 버터 20파운드 1통
양질의 녹차 1파운드	숙성된 마데이라주 24병

양질의 중국산 홍차 1파운드	럼주 2갤런
양질의 분말 커피 6파운드	겨잣가루 1병
초콜릿 6파운드	훈제 햄 2개
최고급 흰 비스킷 50파운드	말린 동물 혓바닥 6개
후추 1/2파운드	쌀 6파운드
최고급 화이트와인 식초 1쿼트	건포도 6파운드

이 꾸러미들은 잘 포장되어 말에 실려 있었다. 장교들은 말과 함께 선물 꾸러미를 받았다. 그들은 무척 고마워했고 각 연대의 대령들은 내게 정중한 감사 편지를 써 보냈다. 장군 역시 내가 마차 등을 구해 온 일에 굉장히 만족스러워했고 내 주머니에서 지출한 금액을 즉시 돌려주었다. 그러곤 내게 감사 표시를 하면서 이후에도 물자 보급을 도와달라고 했다. 나는 후속 물자 조달도 맡아서 했고 그의 패전 소식을 들을 때까지 보급을 위해 바쁘게 뛰어다녔다. 이 과정에서 개인 돈 천 파운드 이상을 사용했고 계산서를 장군에게 보냈다. 나로서는 행운인 것이, 전투가 시작되기 며칠 전 그가 서류를 받아보았고 급여 담당자에게 우선 천 파운드를 즉시 지불하라고 명령을 내렸다. 나머지는 다음 정산 때 주겠다는 이야기였다. 이렇게라도 천 파운드를 먼저 받아서 다행이었다. 나머지는 한 푼도 못 받았기 때문이다. 그 이야기는 나중에 하겠다.

브래독 장군은 용맹한 사람이라 유럽에서 전쟁을 치렀더라면 훌륭한 지휘관이라는 명성을 얻었을 거라고 생각한다. 하지만 그는 자신감이 지나쳤고 영국 정규군을 과대평가했으며 식민지 군대와 인디언들은 과소평가했다. 인디언 언어 통역사인 조지 크로건은 인디언 백 명과 장군의 군대에 합류한 터였다. 만약 장군이 그들을 좀더 친절히 대했더라면 길안내나 정찰 등의 업무로 영국군에 큰 도움을 주었을 것이다. 하지만 장군은 그들을 대수롭지 않게 여겨 무시했고 그들은 점차 군대에서 이탈했다.

어느 날 나와 이야기를 나누던 중에 장군은 앞으로의 작전 계획을 설명해주었다. "듀케인* 요새를 점령한 후 나이아가라로 진군할 겁니다. 그곳을 점령한 뒤엔 날씨가 괜찮으면 프런트낙**까지 갈 거예요. 가능할 것 같습니다. 듀케인에서 사나흘 이상 묶여 있을 것 같진 않아요. 나이아가라까지 가는 데 방해될 건 없을 겁니다." 나는 굉장히 좁은 길을 나무나 관목을 베어가며 긴 행렬로 진군해야 한다는 점, 그리고 천오백 명의 프랑스 군대가 이로쿼이 인디언 지역으로 쳐들어갔다가 패배한 일을 떠올리고서, 그 작전이 상당히 우려되고 공포스러웠다. 이에 나는 조심스럽게 말했다. "그렇겠죠, 장군님. 듀케인에 잘 도착하기만 하면 방비도 허술하고 강력한 주둔군도 별로 없으므로 그렇게 될 겁니다. 적들이 약간 저항하겠지만 장군의 군대는 포대까지 잘 갖춰진 정예부대이니 충분히 해내실 수 있을 겁니다. 그런데 그전에 인디언의 매복이 진군에 방해가 될 만한 위협입니다. 그들의 특성인데, 교묘하게 숨어 있다가 기습합니다. 4마일에 가까운 긴 행렬이라 측면에서 기습을 받으면 여러 개로 끊어진 실처럼 서로 격리되어 협력해

---

* 오늘날의 피츠버그.
** 오늘날 캐나다 퀘백주의 지역.

서 방어하기 힘들 겁니다."

그는 내가 상황을 잘 모른다고 생각하고 미소를 띠며 대답했다. "사실 그 야만인들은 식민지 민병대에겐 아주 강력한 적이겠지만 잘 훈련된 국왕의 정규군에겐 아무런 피해도 입히지 못할 겁니다." 직업 군인을 상대로 군사작전에 대한 논쟁을 벌이는 것이 부적절하다는 생각이 들어 나는 더이상 입을 열지 않았다. 적군은 내 말처럼 노출된 긴 행렬을 공격하지는 않았다. 요새에서 9마일 떨어진 지점까지는 내버려뒀다. 영국군의 선봉대는 강을 건넌 후 일단 멈춰 서서 후위대가 모두 집결하기를 기다렸다. 그때까지 지나온 곳보다 한결 공간이 트여 있는 숲의 개활지였다. 그때 적군이 갑자기 나무와 숲 뒤에서 영국군의 선봉대를 향해 화력을 집중시키며 공격해 왔다. 장군은 비로소 아주 근거리에 적이 있다는 사실을 알아챘다. 전열이 무너져 무질서하게 우왕좌왕했고, 장군은 후위대에게 빨리 선봉대에 합세하여 도우라고 명령했다. 그러나 마차, 짐말, 가축 등이 서로 뒤엉켜 더 큰 혼란이 벌어졌다. 적군이 측면에서도 총을 쏘자, 기마 장교들은 쉬운 표적이 되어 순식간에 말에서 떨어져내렸고 군인들은 웅성거리며 몰려 있다가 명령을 듣지도 수행하지도 못하고 그저 적의 총에 맞아 죽어갈 뿐이었다. 영국군 3분의 2가 죽었고 나머지 병력은 공포에 사로잡혀 도망쳤다.

마부들은 마차에서 풀어낸 말을 타고 도망쳤고 다른 이들도 따라서 도망쳤다. 그러는 바람에 모든 마차, 군량, 대포, 기타 군수품이 적군의 손에 떨어졌다. 치명상을 입은 브래독 장군은 어렵사리 현장에서 실려 나왔고, 부관인 셜리 씨는 장군 옆에서 죽었다. 86명의 장교 중에서 63명이 죽거나 다쳤고, 1100명의 사병 중 714명이 죽었다. 이 1100

명은 영국군 전군에서 뽑혀온 정예병이었다. 나머지 병력은 후방의 던바 대령과 함께 무게가 나가는 군량, 행낭, 군수품을 운반하며 선봉대를 따라오는 중이었다. 도망친 영국 군인들은 추격당하지 않았기 때문에 무사히 던바 대령의 진지에 도착했다. 그러나 대령과 그의 부하들은 도망자들이 몰고 온 죽음의 공포에 사로잡혔다. 대령은 당시 천 명이 넘는 군인을 데리고 있었으나, 브래독 장군을 격파한 인디언과 프랑스 연합군은 400명을 넘지 않았다. 그런데도 대령은 잃어버린 명예를 회복하기 위해 즉시 반격하기는커녕, 모든 군수품과 탄약 등을 버리라고 명령했다. 식민 정착지로 더 빨리 도망치려면 짐을 줄일 필요가 있었기 때문이다. 정착지까지 도망치면서 대령은 버지니아, 메릴랜드, 펜실베이니아의 주지사들로부터 군대를 전방에 배치해 주민들을 보호해달라는 요청을 받았으나 무시해버렸다. 영국군을 보호해줄 수 있는 필라델피아에 도착할 때까지 전혀 안전하지 않다고 생각했던 것이다. 대령은 아주 신속하게 그 모든 주를 지나쳐갔다. 이 사건으로 인해 우리 식민지 사람들은 영국 정규군의 기량이 월등하다는 오만한 생각을 처음으로 의심하게 되었다.

아메리카에 처음 상륙한 후 정착지에 도착할 때까지 첫 행군을 하는 동안, 영국군은 주민들을 강탈하고 몇몇 가난한 가정을 완전히 짓밟았으며, 사람들이 항의하면 모욕하고 욕을 퍼붓고 감금하기까지 했다. 그리하여 우리가 불러오기는 했지만 영국군에 정나미가 뚝 떨어졌다. 1781년 프랑스군의 행동은 얼마나 달랐던가. 그들은 주민이 가장 많은 로드아일랜드주에서 버지니아주까지 거의 700마일을 행군했지만 돼지나 닭, 심지어 사과 하나 건드리지 않았다.

브래독 장군의 부관이었던 옴 대위는 심각한 부상을 입은 채 장군과 함께 간신히 도망쳐서 그가 죽을 때까지 함께 있었다. 대위가 내게 얘기하기를, 장군은 첫날에는 완전히 침묵하다가 밤이 되자 딱 한마디 했다고 한다. "누가 이렇게 될 줄 알았겠나?" 다음날에도 그는 침묵했으며, 마지막으로 또 딱 한마디만 했다. "한 번만 더 싸우면 놈들을 어떻게 처치해야 할지 더 잘 알 텐데." 이 말을 남기고 몇 분 뒤 그는 숨을 거뒀다.

장군의 명령, 지시, 서신 등과 함께 비서의 서류가 적의 손에 들어갔다. 그들은 그중 몇 개를 추려서 프랑스어로 번역하고 인쇄했다. 프랑스에 선전포고를 하기 전부터 영국이 이미 적대적인 의도가 있었음을 증명하기 위해서였다. 그 글 중엔 장군이 영국 정부에 쓴 편지도 있었다. 장군은 나를 가리켜 영국군을 위해 훌륭한 일을 했다고 높이 평가하며 눈여겨봐야 할 인물이라고 추천했다. 데이비드 흄은 허트퍼드 경이 프랑스에서 공사로 있었을 때 몇 년간 비서로 일했고 이후 콘웨이 장군이 국무장관을 할 때도 비서를 역임했다. 흄 역시 그 서류 속에서 브래독 장군이 나를 높이 평가한 편지를 봤다고 내게 말했다. 하지만 장군의 원정전이 실패로 끝나는 바람에 내 봉사는 그다지 인정을 받지 못했고 내게 별 도움이 되지도 못했다.

내가 장군에게서 받은 대가는 단 한 가지였다. 주인이 값을 치르고 산 하인을 더이상 징병하지 말고 이미 복무중인 하인들도 풀어달라고 요청했을 때 곧바로 들어준 것이다. 이에 하인들은 각자 주인에게로 돌아갔다. 하지만 지휘권을 이어받은 던바 대령은 그다지 자비롭지 않았다. 그는 퇴각했다기보다는 도망쳐서 필라델피아로 왔다. 나는 대령이 징발한 하인들을 원래 주인인 랭커스터의 가난한 세 농부에게 돌려보내주라고 요청하면서 동시에 고인이 된 장군이 풀어주라고 이미 명령했음을 상기시켰다. 그는 뉴욕으로 가기 전 며칠 머무르게 될 트렌턴이라는 곳으로 주인들이 찾아오면 풀어주겠다고 약속했는데, 농부들이 자비를 들여 트렌턴으로 갔음에도 보내주지 않았다. 주인들은 큰 손실을 입었고 크게 실망했다.

마차와 말이 파손되어버린 사실이 알려지자마자 주인들이 모두 나를 찾아와 평가 가치에 따라 보상하라고 요구했다. 굉장한 부담이었다. 나는 돈은 급여 담당자의 손에 있으나, 먼저 설리 장군의 지급 명령이 있어야 보상해줄 수 있다고 알려주었다. 이미 설리 장군에게 지급을 요청하는 편지를 썼지만 장군이 먼 곳에 있어서 답변을 바로 받을 수 없으니 조금만 참아달라고 사정했다. 그러나 이런 모든 것으로도 만족하지 못했던 몇몇 사람들은 나를 고소했다. 결국 설리 장군이 위원들을 지명해 조사를 하게 한 뒤 지급을 명령해 이런 끔찍한 상황에서 나를 구해줬다. 보상금은 2만 파운드에 가까운 돈이었고, 만약 개인 돈으로 지불해야 했다면 나는 파산했을 것이다.

우리가 듀케인 요새를 점령하기는커녕 패배했다는 소식이 전해지기 전에, 두 명의 본드 박사는 승리를 당연시하면서 나를 찾아와 점령을 축하하는 대규모 불꽃놀이 비용을 모금하려는 서류를 보여줬다. 나는 진지한 표정으로 사안이 확실해지면 준비해도 늦지 않다고 말했다. 내가 즉시 동의하지 않자 그들은 놀란 듯했다. "아니 대체!" 그중 한 명이 물었다. "선생은 그럼 요새를 함락시키지 못할 거라고 보는 겁니까?" "그것까지는 알 수 없습니다. 하지만 전쟁은 무척 불확실하다는 것 정도는 알죠." 나는 이유를 말해줬고 모금은 취소되었다. 그리하여 모금 사업을 기획한 두 박사는 사전에 불꽃놀이를 준비했더라면 당했을 망신을 모면했다. 본드 박사는 얼마 뒤 당시에는 프랭클린의 예감이 그리 마음에 들지 않았다고 말했다.

모리스 주지사는 브래독 장군이 패전하기 전부터 계속 의회로 메시지를 보내 의회를 성가시게 했다. 세습 영주의 영지에 과세하지 않는 조건으로 지역 방위 징세 법안을 만들라는 내용이었다. 지사는 그 조항이 빠진 기존 법안을 전부 기각했다. 이제 방위상 위험이 커지고 징세의 필요가 더욱 확실해지자, 지사는 반드시 비과세 조항을 관철시키겠다는 생각으로 전보다 공세를 두 배나 강화했다. 하지만 주의회 역시 자신들이 정의롭다는 확고한 의지를 갖고 있었다. 그래서 주지사가 징세 관련 법안을 고치도록 내버려두는 것은 의회의 기본적인 권리를 포기하는 일이나 마찬가지라고 생각했다. 징세 관련 법안의 최종안은 5만 파운드를 과세하자는 내용이었는데, 주지사는 조금 수정하자고 했다. 법안에 "동산, 부동산을 소유한 모든 자는 세금을 내야 한다. 영주도 예외가 되지 않는다"는 조항이 있었는데 '영주는 예외로 한다'로 고치자는 것이었다. 간단하지만 아주 파괴적인 수정이었다. 이 파국에 대한 소식이 영국에 전해졌고, 우리는 영국에 있는 친구들에게 주지사의 메시지에 의회가 어떻게 답변했는지 알렸다. 영국의 친구들은 주지사에게 그런 비열하고 부정한 지시를 내린 영주들을 맹렬히 비난하고 나섰다. 일부 친구들은 영주들이 주의 방위에 훼방을 놓아 스스로 영주의 권리를 포기한 셈이라고 말하기도 했다. 영주들은 그 공세에 위협을 느껴 방위 목적으로 의회가 얼마를 지불하든 그들의 사비 5천 파운드를 가져가라고 식민지의 세입 징수관에게 말했다.

이를 알게 된 주의회는 그 돈을 영주 몫의 세금인 것으로 받아들였다. 그리하여 예외 조항을 넣은 새 법안이 만들어져 통과되었다. 이 법안에 의해 나는 방위비 6만 파운드를 집행하는 위원으로 선정되었다. 나는 이 법안의 틀을 잡고 통과시키는 데 적극적으로 개입했고 뒤이어 자발적인 민병대를 설립하고 훈련시키는 법안을 작성했다. 이 안건은 어렵지 않게 통과되었는데, 퀘이커교도에게 국방에 참여하지 않을 자유를 배려해주는 내용이었기 때문이다. 민병대 조직 설립을 촉진하기 위해 나는 예상 가능한 민병대 반대 의견과 그에 대한 답변을 실은 『대화집』을 발행했는데 예상대로 굉장한 효과가 있었다.

도시와 시골에서 여러 중대가 편성되어 훈련받는 동안, 주지사는 내게 북서쪽 전선 군대의 지휘관 임무를 맡겼다. 적이 자주 출몰하는 곳이니 군대를 양성하고 요새를 지어 주민들을 지키라는 것이었다. 이 일에 내가 그다지 적합하다고 생각하지 않았지만 그래도 맡기로 했다. 그는 내게 전권을 위임하고 적임자를 장교로 뽑을 수 있게 백지 위임장을 주었다. 병력을 모집하기란 별로 어렵지 않아 곧 내 휘하에 오백육십 명을 거느리게 되었다. 캐나다의 전쟁을 위해 모병한 군대에서 장교로 복무했던 내 아들 윌리엄은 나의 부관이 되어 많은 도움을 주었다. 당시 인디언들은 모라비아교도들이 살던 마을인 그나덴헛을 불태우고 주민들을 학살했다. 그곳에 요새를 세우면 좋을 것 같았다.

그쪽으로 진군하기 위해 나는 모라비아교도들의 주요 근거지인 베슬리헴*에 중대를 집합시켰다. 마을의 방위 시설이 훌륭한 것을 본 나는 깜짝 놀랐다. 그나덴헛이 파괴되자 생명의 위협을 느낀 그들은 주요 건물마다 방책을 쳐서 대비하고 있었다. 또한 뉴욕으로부터 무기와 탄약을 다량으로 사들였고 심지어 작은 조약돌을 높은 석조 건물의 창가에 잔뜩 쌓아두어 인디언이 쳐들어오면 여자들이 던질 수 있도록 준비해놓았다. 마치 주둔군이 있는 마을처럼 무장한 교인들이 조직적으로 보초를 서고 교대했다. 스판겐버그 주교와 대화를 나누며 방위 태세가 정말 놀랍다고 말했다. 그들은 의회 법으로 병역 면제를 받으므로 무장 방위를 양심적으로 꺼릴 것이라고 생각했기 때문이다. 이에 주교가 확정된 교리는 아니라면서, 병역 면제 법안이 통과될 당시 다수의 모라비아교인이 교리라고 믿었던 것뿐이라고 말했다. 어쨌건 지금은 그들 중 소수만이 그 교리를 신봉했다. 그들은 자신을 속이고 있거나 의회를 속였거나 둘 중 하나인 듯했다. 하지만 현실적 위협이 닥쳐오면, 변덕스러운 신념보다는 상식이 훨씬 더 강한 힘을 발휘하는 법이다.

우리가 요새를 짓기 시작한 것은 1월 초였다. 나는 상부 지역의 안전을 위해 한 부대를 미니싱크로 보내 요새를 세우라고 지시했고, 또다른 부대에도 같은 임무를 맡겨 하부 지역으로 보냈다. 나는 나머지 부대를 이끌고 요새가 당장 필요한 그나덴헛으로 가기로 했다. 모라비아교인들은 유용한 도구, 식량, 짐 등을 실을 수 있게 마차 다섯 대를 우리에게 빌려줬다.

베슬리헴을 떠나기 직전 농민 열한 명이 우리를 찾아왔다. 인디언에게 공격당해 농장에서 쫓겨났다는 그들은 도로 가서 자신들의 가축을

---

* 미국 펜실베이니아주 동부 노샘프턴과 리하이에 걸쳐 있는 지역.

찾아오겠다며 무기를 달라고 했다. 나는 그들 모두에게 충분한 탄약과 함께 총을 하나씩 건네주었다. 그러고 나서 우리는 행군을 시작했지만 몇 마일도 가지 못해 비가 내리기 시작하더니 급기야 하루종일 쏟아졌다. 길가에 비를 피할 만한 곳은 없었고 거의 밤이 되어서야 한 독일인의 집에 다다를 수 있었다. 비에 흠뻑 젖은 우리는 그 집의 헛간에서 옹기종기 모여 있었다. 진군중에 공격을 당하지 않아 천만다행이었다. 우리가 가진 무기는 평범했고 총은 비에 젖어 쓸모가 없었기 때문이다. 인디언들은 기습하는 수완이 아주 교묘해 만약 우리를 덮쳤다면 그들을 당해내지 못했을 것이다. 그날 인디언들은 불쌍한 농부 열한 명과 맞붙어 열 명을 죽였다. 유일하게 도망친 농부는 들고 간 총이 비에 젖어 총알이 발사되지 않았다고 했다.

다음날은 맑아 진군을 계속하여 황폐해진 그나덴헛에 도착했다. 근처에 제재소가 있어서 판자 여러 개가 여기저기 뒹굴고 있었다. 그것으로 우리는 막사를 지었다. 궂은 날씨에 텐트도 없었으므로 반드시 필요한 작업이었다. 그다음 우리는 가장 우선적으로 마을 사람들이 대충 매장한 시신들을 제대로 수습하는 일에 몰두했다.

그다음날 아침 요새를 설계하고 실제 위치를 잡았다. 둘레를 455피트로 정했기 때문에 직경 1피트 통나무를 이어서 말뚝 울타리를 만들어야 했다. 우리는 가지고 있던 도끼 일흔 자루로 즉시 벌목 작업을 했다. 군인들이 도끼를 능수능란하게 잘 사용해서 금세 나무가 쌓였다. 나무가 빠르게 벌목되는 모습을 바라보던 나는 호기심이 생겨 두 사람이 소나무 한 그루를 베기 시작할 때 시간을 재보았다. 6분 만에 그들은 소나무를 땅으로 쓰러뜨렸다. 소나무는 직경이 14인치나 되었고,

한 그루에서 끝이 뾰족한 18피트 길이 말뚝 세 개가 나왔다. 이렇게 준비되어가는 동안 다른 군인들은 참호를 3피트 깊이로 둥글게 파서 말뚝 울타리를 박을 자리를 마련했다. 사륜마차의 차체를 분리하여 앞바퀴와 뒷바퀴를 연결하는 핀을 뽑아 이륜마차 열 대로 만들고 각각 말 두 마리를 붙여, 숲에서 요새를 지을 곳까지 말뚝을 운반해 왔다. 말뚝을 다 박자 목수들이 약 6피트 높이의 발판을 만들어 그 안쪽에 둘렀다. 군인들은 이 발판 위에 서서 총안을 통해 총을 발사할 수 있었다. 우리 소유인 회전식 포 한 대도 거치하여 시범적으로 발사해보았다. 혹시나 인디언들이 소리를 들을 수 있는 거리에 있다면 우리의 화력을 알리기 위해서였다. 이렇게 요새라는 거창한 이름을 붙이기엔 초라한 방벽에 지나지 않는 시설이 일주일 안에 완성되었다. 그 기간에 비가 심하게 내려 격일로 일해야 했음에도 말이다.

이 과정을 보며 사람은 일할 때 가장 큰 만족감을 느낀다는 것을 알게 되었다. 군인들은 일한 날에는 하루를 보람차게 보냈다는 생각에 굉장히 유쾌하고 생기가 돌아 저녁을 아주 즐겁게 보냈지만, 나태하게 쉰 날에는 난폭해져 싸우려 했으며 돼지고기나 빵 등이 형편없다고 시비를 걸었고 계속 심기가 불편한 상태였다. 그 모습을 보니 부하 선원들에게 계속 일을 시킨다는 어떤 선장이 떠올랐다. 한번은 항해사가 일을 모두 끝내서 더이상 시킬 것이 없다고 하자 선장이 말했다. "아, 그런가. 그럼 닻을 문질러 광을 내라고 하게."

우리가 세운 것이 비록 하찮은 요새이긴 해도 대포가 없는 인디언을 막아내기에는 충분한 방어 시설이었다. 이제는 요새 안에 안전하게 자리잡았고 경우에 따라 퇴각할 장소도 확보했으므로 우리는 무리를 이루어 인접 지역을 수색하러 나섰다. 인디언을 만나지는 못했지만 인근 언덕에서 그들이 우리를 지켜본 흔적을 발견했다. 그곳에서 그들의 교묘한 장치를 발견했는데, 여기서 언급할 가치가 있는 것 같다. 겨울이라 그들에게는 불이 필요했지만 땅 위에 불을 피우면 위치가 금방 드러날 수 있기 때문에 그들은 약 3피트 지름으로 다소 깊게 구덩이를 팠다. 그리고 숲속에 있는 불에 탄 통나무를 손도끼로 찍어내 숯을 파낸 흔적도 있었다. 인디언들은 이 숯을 구덩이 밑바닥에 놓고 작게 불을 피웠을 것이다. 구덩이 주위의 잡초와 풀들이 모두 눌린 것으로 보아 그들은 구덩이에 발을 집어넣어 필수적인 온기를 취하면서 몸을 웅크렸을 것이다. 이렇게 피운 불은 그 빛이 보이거나 불길이 일거나 불꽃이 튀지 않고 심지어 연기도 나지 않아 발각되지 않았다. 그들의 수는 우리에 비해 그리 많지 않은 것 같았다. 그들은 중과부적으로 유리한 결과를 얻지 못한다는 생각에 우리를 공격하지 않은 듯했다.

우리 부대의 열성적인 장로교 목사 비티 씨는 군인들이 기도와 설교 시간에 불참한다고 불평했다. 그런데 복무중인 병사들은 급료와 식량 외에 럼주 4분의 1파인트를 하루에 한 번 받았다. 이 규칙은 정확하게 지켜져 절반은 아침에, 나머지 절반은 저녁에 제공되었다. 술을 받을 때만큼은 그들은 정확하게 나타났다. 나는 비티 목사에게 이런 조언을 했다. "럼주를 나누어주는 일이 목사님의 품위를 떨어뜨릴 수도 있지만, 기도 후에만 술을 준다면 병사들은 설교를 들으러 올 겁니다." 그는 좋은 생각이라며 럼주 분배 일을 맡았고, 몇 사람이 술의 계량을 도와주어 일은 만족스럽게 진행됐다. 그뒤로는 기도나 설교 시간에 군인들이 불참하는 일은 없었다. 기도나 예배에 불참했다고 군법으로 처벌하는 것보다는 이 방법을 나는 선호했다.

겨우 요새 건설을 끝내고 그 안에 군량도 잘 비축해놓았을 때쯤 주지사로부터 편지가 왔다. 전선에 내 도움이 더이상 필요하지 않다면 다시 돌아왔으면 좋겠다는 내용이었다. 의회의 친구들 역시 가능하면 의회로 돌아오라고 강권했다. 주변 상황을 둘러보니 기존에 계획했던 요새 세 곳도 완성된데다 주민들은 농장이 보호받고 있다는 사실에 만족해하고 있었기 때문에 나는 의회로 돌아가기로 마음먹었다. 상황이 잘 풀려 인디언과의 전투 경험이 있는 뉴잉글랜드의 장교 클래펌 대령이 우리 요새를 방문하고선 지휘를 맡겠다고 해주었다. 나는 주둔군을 사열시키고 그들 앞에서 위임장을 읽음으로써 그에게 부대를 넘겨주었다. 장병들에게 대령이 군무에 능숙하여 나보다 더 지휘관으로 적합한 사람이라고 말했다. 당부하는 말을 몇 마디 남긴 후 나는 그곳을 떠났다. 호위를 받으며 베슬리헴까지 갔고 그곳에서 며칠간 머무르며 피로를 풀었다. 그나덴헛에서는 바닥에서 담요 한두 장만 덮고 잤던 터라, 첫날밤엔 좋은 침대에 누웠는데도 거의 잘 수가 없었다.

베슬리헴에서 지내는 동안 모라비아교인들의 생활이 궁금해서 알아봤다. 그들 중 일부는 나를 수행했고 모두가 내게 무척 친절했다. 그들은 함께 일하며 재산을 공동으로 소유했고, 공동식탁에서 식사했으며, 공동숙소에 많은 사람이 한데 모여 잤다. 공동숙소의 천장에 작은 구멍이 일정한 간격으로 나 있는 것을 보았다. 환기용인 것 같았는데, 매우 용의주도한 장치라고 나는 생각했다. 그들의 교회에도 가보았는데, 오르간이 주조음을 이루는 가운데 바이올린, 오보에, 플루트, 클라리넷 등이 어우러진 훌륭한 음악을 연주하고 있었다. 우리가 흔히 하듯

남녀노소가 함께 앉아 설교를 듣지 않았다. 그들은 기혼남, 기혼녀, 미혼남, 미혼녀, 아이들을 따로 나눠서 설교를 들었다. 나는 아이용 설교를 들어봤는데 아이들은 온 순서대로 의자에 앉았고 남자아이들은 젊은 남자가, 여자아이들은 젊은 여자가 맡아서 설교를 했다. 아이들 수준에 잘 맞췄고, 재밌고 친절하게 선량한 행동을 유도하는 내용이었다. 아이들은 아주 질서정연한 모습이었지만 안색이 창백하여 건강하지 않은 것처럼 보였다. 너무 집안에만 있어 운동을 충분히 못한 게 아닌가 하는 생각이 들었다.

모라비아교인들이 제비뽑기로 결혼한다는 것이 사실인지 물어보았다. 그러나 제비뽑기는 특별한 경우에만 하며, 일반적으로 젊은 남자가 결혼하고 싶으면 소속된 반의 연장자에게 알리고 그가 다시 젊은 여자들을 맡은 연장자와 의논하는 방식이라고 했다. 연장자들은 담당한 남녀들의 성격이나 성향을 잘 알고 있으므로 어떻게 짝을 짓는 것이 나은지 가장 잘 안다는 말이었다. 보통 그들이 내린 판단은 받아들여졌다. 하지만 젊은 여자 두셋이 젊은 남자 하나를 두고 경합하는 경우에는 제비뽑기를 한다는 것이었다. 나는 서로가 원해서 하는 결혼이 아니면 매우 불행해질 수도 있다며 반대 의견을 표했다. 그러자 이 사실을 알려준 모라비아교인이 말했다. "서로가 원해서 결혼하더라도 불행해질 수 있지 않습니까." 그 말을 부정할 수가 없었다.

필라델피아로 돌아와보니 방위조직이 순조롭게 잘 운영되고 있었다. 퀘이커교도가 아닌 많은 주민들이 조직에 속해 있었고 각자 중대를 이루어 새로운 법에 따라 대위, 중위, 소위를 선정했다. B박사가 나를 찾아와 사람들이 방위법에 호감을 갖도록 노력을 많이 했다면서 자화자찬했다. 나는 내『대화집』덕분이라고 자부했지만, 박사가 옳을지도 모른다는 생각에 그가 자만하도록 내버려두었다. 그런 경우엔 그냥 두는 것이 최선의 방법이다. 회의에서 장교들이 나를 연대의 대령으로 선출했고 이번에는 나도 직책을 수락했다. 중대가 얼마나 있었는지 기억이 안 나지만 황동 포대 여섯 대를 갖춘 포병 중대를 포함한 훌륭한 군인들 천이백 명을 사열했다. 포병 중대는 대포를 아주 잘 다루었고 일 분에 열두 번 발포할 수 있었다. 처음 연대를 사열했을 때 그들은 내 집까지 동행해 집 앞에서 축포를 몇 번 쏘아올려 경의를 표했다. 그러는 바람에 집에 있던 유리로 만든 전기 기구 몇 개가 흔들려 부서지고 말았다. 새로이 얻은 나의 명예직 또한 유리 못지않게 취약한 것이었다. 왜냐하면 영국에서 우리의 방위 법안을 폐기하는 바람에 관련된 모든 직책이 취소되었기 때문이다.

대령으로 있던 짧은 시기에 나는 버지니아주로 갈 일이 있었는데 연대 장교들은 도시 밖 로어 페리까지 나를 호위하는 것이 적합하다고 판단했다. 그리하여 내가 막 말을 타려고 하는데 삼사십 명 되는 장교들이 예복을 입고 말을 탄 채 문 앞에 나타났다. 이런 일이 있을 거라고 미리 이야기를 듣지 못했다. 들었더라면 단호히 막았을 것이다. 어떤 경우라도 지위를 내세우는 일에는 원칙적으로 반대했기 때문이다. 그들이 나타나서 황당했으나 그렇다고 따라오는 것을 막을 수도 없는 노릇이었다. 더 상황을 나쁘게 만든 것은 내가 출발하자마자 그들이 칼을 뽑아든 집검執劍 상태로 내내 따라왔다는 것이다. 어떤 이가 이 일을 영주에게 보고했고 영주는 아주 불쾌하게 생각했다. 이런 표경表敬 예식은 우리 지역을 방문한 영주는 물론이고 영주의 대리인인 주지사도 받지 못했다. 영주의 말에 따르면 왕족 중에서도 왕자 정도는 되어야 그런 예식을 받을 수 있다고 했다. 아마도 그의 말이 맞을 것이다. 이전부터 그런 예식에 관해 나는 무지했으니까.

본의 아닌 이 일로 인해 영주는 커다란 앙심을 품었다. 그전부터도 나에 대한 영주의 감정은 그리 좋지 않았다. 영주의 토지에 비과세하는 문제에 언제나 강력히 반대했기 때문이었다. 영주가 비과세를 얻기 위해 비열하고 불공정한 처사를 한다는 게 내 판단이었다. 영주는 나를 영국 정부에 고발하면서 내가 의회에서의 영향력을 이용해 적정한 여러 세금 징수법을 막아 국왕의 행정에 훼방을 놓았으며, 휘하 장교들과 함께 화려한 행진을 벌여 무력으로 우리 지역의 지배권을 탈취하려는 의사를 드러냈다고 주장했다. 그는 또한 체신부 장관인 에버라드 포크너 경에게 나를 체신부에서 쫓아내라고 했다. 그러나 포크너 경은 부드러운 구두 경고 외에 아무런 조치도 취하지 않았다.

한편 주지사와 의회 사이에 갈등이 계속됐음에도 불구하고, 의회의 대변자인 나는 주지사와 그런대로 원만한 관계를 유지했고 사적인 감정은 전혀 없었다. 그가 보낸 메시지에 대한 답장을 의회에서 작성하는 사람이 나라는 것을 잘 알면서도 주지사는 내게 화를 내는 일이 거의 없었다. 지사의 직업상 특성 때문인 듯했다. 주지사 자신이 변호사였으므로, 그는 우리를 단순히 법정에서 의뢰인을 위해 싸우는 변호사들의 관계로 생각했던 것이다. 나는 의회를, 그는 영주를 대신해서 나선 변호사로 말이다. 그래서인지 그는 때때로 친근하게 나를 불러 어려운 문제에 대해 자문을 구했고, 자주는 아니지만 내 조언을 받아들이기도 했다.

우리는 브래독 장군의 군대에 물자를 제공하는 일에 보조를 맞춰 협력했다. 장군이 패했다는 충격적인 소식을 들었을 때 주지사는 내게 급히 사람을 보내 후방 지역에서 일어나는 탈영을 어떻게 막아야 하는지 의견을 구했다. 그때 했던 조언이 구체적으로 기억나지는 않지만, 가능하면 대령이 전방에 머물러 방어를 계속하고 식민지에서 보충 병력이 오면 원정전을 계획대로 밀고 나가는 게 좋을 것 같다는 편지를 던바 대령에게 보내라고 했던 것 같다. 내가 전방에서 돌아오자 지사는 주의 군대를 이끌고 듀케인 요새를 함락시키는 일을 수행해달라고 했다. 던바 대령과 그의 군대는 다른 일을 하고 있어 나를 원정군 사령관으로 임명하려는 것이었다. 나는 주지사가 생각하는 것만큼 군사적 능력이 뛰어나지 않았고, 그도 내 다른 능력을 활용하기 위해 그렇게 과대평가해 얘기하는 것이라고 생각했다. 아마도 그는 내 인지도로 모병을 촉진하고, 의회에서 영향력을 발휘해 영주에게 비과세하면서도 군인들의 급료를 지불해줄 것으로 기대했으리라. 그의 생각과는 달리 내가 적극 나서지 않자 계획은 무위로 돌아갔고 그는 곧 주지사를 그만두었다. 그후 데니 대위가 주지사로 부임해 왔다.

새로 온 주지사의 관리하에 맡은 공적인 업무를 논하기 전에, 내가 학문적 명성을 얻고 발전을 이룬 이야기를 해보고자 한다.

1746년 보스턴에서 나는 이제 막 스코틀랜드에서 온 스펜스 박사를 만났다. 그는 내게 몇 가지 전기 실험을 보여주었는데, 수행 과정이 능숙하거나 완벽하지는 못했다. 하지만 굉장히 새로운 분야였으므로 놀랍고도 즐거웠다. 그후 나는 곧 필라델피아로 돌아갔는데, 우리 회원제 도서관 앞으로 런던 왕립학회 회원인 콜린슨 씨가 보낸 유리관이와 있었다. 실험 과정에서 사용하는 방법에 대한 자세한 설명서도 함께 들어 있었다. 유리관을 받은 것을 기회로 삼아 나는 보스턴에서 봤던 실험에 열성적으로 매달렸다. 수많은 연습 끝에 영국에서 알려준 실험을 성공적으로 수행하는 법을 터득했으며 새로운 실험도 할 수 있었다. 그렇게 연습할 수 있었던 것은 때때로 사람들이 신기한 현상을 보러 내 집으로 몰려와 격려해주었기 때문이다.

힘든 실험을 하며 친구들과 협업하기 위해 나는 유리 공방에 비슷한 유리관을 여러 개 만들어달라고 부탁했고, 결국 여러 실험자가 실험에 참여하게 되었다. 이들 중 주축이라고 할 만한 사람은 키너슬리 씨였다. 그는 재주가 좋으나 딱히 하는 일이 없었기에 나는 실험 장면을 보여주는 것으로 돈을 벌어보라고 격려하며 강의록 두 개를 써주었다. 실험 순서와 방법, 그에 대한 설명 등이 포함되어 앞의 과정을 파악하면 자연스럽게 뒤의 과정을 이해할 수 있는 내용이었다. 그는 훌륭한 실험기구를 마련했다. 손재주가 훌륭한 이 장인이 내가 사용하려고 대충 만들었던 보잘것없는 기구들을 훌륭하게 개선시킨 것이다. 그의 강의는 언제나 많은 사람들을 모았고 관중을 크게 만족시켰다. 얼마 뒤엔 식민지 지역을 돌아다니며 각 중심지에서 실험을 시연하여 상당한 돈도 벌었다. 그러나 서인도제도는 아메리카보다 습도가 높아 실험을 하기가 힘들었다.

우리는 유리관을 보내준 일 등 여러 가지로 콜린슨 씨의 덕을 많이 봤으므로 그 유리관을 활용해 실험에 성공했다는 사실을 그에게 보고할 의무가 있었다. 나는 우리가 했던 실험을 설명하는 편지를 그에게 여러 통 보냈다. 그는 그 편지를 왕립학회에서 낭독했지만, 회원들은 처음에 회지에 실릴 가치가 없다고 보고 그다지 관심을 두지 않았다. 나는 키너슬리 씨를 위해, 번개가 전기와 같다는 내용의 논문을 써서 내 지인이자 왕립학회의 회원인 미첼 박사에게도 보냈다. 그는 학회에서 내 글을 읽었지만 전문가들이 웃음거리로 취급했다고 말했다. 그러나 이 논문을 본 포더길 박사는 묻어버리기에는 너무 귀중한 자료라면서 출판해보라고 조언했다. 콜린슨 씨는 그 글을『젠틀맨스 매거진』발행인인 케이브 씨에게 넘겨줬으나 그는 잡지에 싣는 대신 포더길 박사의 서문을 실어 소책자로 별도 출판했다. 그렇게 하면 더 유리하다고 판단한 것 같은데 그게 옳았다. 이후 소책자는 사절판짜리 책 한 권으로 늘어났고 5판까지 나왔다. 그는 복사 비용만 들이고 돈을 번 셈이다.

그러나 이 논문이 영국에서 주목을 받기까지는 상당한 시간이 걸렸다. 그 논문은 프랑스는 물론이고 전 유럽에서 엄청난 명성을 누리는 학자인 뷔퐁 백작의 손에 우연히 들어갔고, 그는 달리바르 씨에게 프랑스어로 번역하게 해 파리에서 출판했다. 당시 우세하던 전기 이론을 세우고 발표한 유능한 실험가이며, 왕족에게 자연과학을 가르치던 놀레 신부는 내 논문을 보고 매우 불쾌하게 여겼다. 처음에 신부는 아메리카에서 이런 실험을 했다니, 파리의 적대자들이 자신의 실험 체계를 흠집내기 위해 일부러 꾸며낸 일이라고 생각했다. 그후 필라델피아에 프랭클린이라는 사람이 실존한다는 사실을 확인하고 그는 엄청난 양의 편지를 써서 한 권으로 출판했다. 내게 보내는 내용이 주를 이루었는데, 그의 이론을 옹호하고 내 실험의 진실은 물론 그것으로부터 도출된 주장 역시 부정하는 것이었다.

한때 나도 신부에게 답장을 썼고 보내려 했지만 그만두었다. 내 글이 실험에 대해 충분히 설명하고 있음을 고려해볼 때 누구든 그것을 반복하고 검증할 수 있으며, 검증이 제대로 되지 않은 주장은 사상누각일 수밖에 없었다. 또한 그 관찰 의견은 추측이지 독단적인 제안이 아니므로 그 논문을 옹호해야 할 이유가 없었다. 또한 서로 다른 언어를 쓰는 두 사람이 논쟁을 벌이면 번역상의 실수로 인해 의미를 오해하게 되어 논쟁이 필요 이상으로 길어질 수 있었다. 신부의 논지 중 하나는 오역 때문에 내 글을 오해한 것이었다. 그래서 나는 내 논문을 옹호하지 않기로 했다. 이미 결론이 난 실험에 대한 논쟁으로 여가 시간을 허비하느니 새로운 실험을 하는 편이 낫겠다는 판단에서였다. 이리하여 나는 놀레 신부에게 한 번도 답변을 하지 않았고, 침묵한 일을 후회하지 않아도 되었다. 내 친구이자 프랑스 왕립과학협회의 회원인 르루아 씨가 나의 이론을 채택하면서 놀레 신부를 반박했기 때문이다. 내 책은 이탈리아어, 독일어, 라틴어로 번역되었고 유럽의 학자들은 그 안에 수록된 이론이 놀레 신부의 전기 이론보다 더 우수하다고 판정해 점차 널리 받아들여졌다. 놀레 신부의 문하생이자 직계 제자인 파리의 B씨를 제외하고는 아무도 신부의 전기 이론을 신봉하지 않았다.

내 책이 갑자기 유명해진 것은 제시한 실험 중 하나가 성공했기 때문이었다. 달리바르와 드로르 씨 두 사람은 마를리에서 구름으로부터 번개를 끌어내는 실험을 했다. 이 실험은 어디에서나 대중의 관심을 끌었다. 실험철학 분야에 필요한 도구들을 가지고 있었고 그 분야를 가르쳤던 드로르 씨는 그가 '필라델피아 실험'이라고 부른 것을 반복해서 보여주었다. 두 사람이 왕과 궁중 사람들 앞에서 실험한 이후로,

파리의 호기심 많은 사람들이 그 장면을 보러 떼로 몰려들었다. 그 대단한 실험에 대한 자세한 설명과, 이후 내가 필라델피아에서 연으로 비슷한 실험에 성공했을 때 느낀 커다란 기쁨에 대해서는 굳이 쓰지 않겠다. 이 두 가지 사실은 전기의 역사에서 찾아볼 수 있다.

파리에 있던 영국인 의사 라이트 씨는 영국 왕립학회의 회원인 친구에게 글을 써서, 해외의 지식인들 사이에서 내 실험이 높이 평가받고 있는데, 왜 영국에서는 그다지 반응이 없느냐고 물었다. 그러자 왕립학회는 이미 읽었던 내 편지를 재고해보기 시작했다. 유명한 왓슨 박사가 내가 영국에 보낸 편지들과 그후에 추가로 보낸 자료들을 요약하고 그에 대한 칭찬을 아끼지 않았다. 이 요약본은 『왕립학회지』에 실렸고, 굉장히 기발한 캔턴 씨를 비롯한 협회 회원 일부가 뾰족한 막대를 이용해 구름에서 번개를 끌어내는 실험에 성공했다. 그러자 그들은 예전의 홀대한 것에 대해 내게 충분히 보상을 해주었다. 요청하지도 않았는데도 나를 회원으로 뽑았고, 25기니 정도 되는 관례적인 회비도 면제해주었다. 또한 이후로는 회지를 내게 무상으로 보내주었다. 이어 1753년에 고드프리 코플리 메달을 내게 수여했고, 회장인 매클스필드 경은 수상식에서 멋진 연설로 내게 경의를 표했다.

새로운 주지사 데니 대위는 앞서 언급한 왕립학회의 메달을 받아와 필라델피아시가 마련한 축하연회에서 내게 전달했다. 그는 아주 정중한 태도로 존경심을 표현했고 오래전부터 내 높은 인품에 대한 소문을 들어왔다고 말했다. 저녁식사가 끝난 뒤 당시 관습에 따라 술을 마셨는데 그는 나를 다른 방으로 데려가더니 영국에 있는 자신의 친구들이 말하길, 최선의 조언을 해주고 정부를 원활하게 관리하는 데 가장 효율적으로 기여해줄 사람이 나라며 잘 사귀라는 충고를 해줬다고 했다. 그래서 만사에서 나와 원만히 지내고 싶으며 힘닿는 한 조력을 아끼지 않겠다고 했다. 그는 영주가 우리 주에 호의를 가지고 있으며, 너무나 오래 끌어온 비과세 반대를 철회하면 우리 모두, 특히 내게 이득일 것이고, 당연히 지사 자신과 식민지 사람들의 좋은 관계가 회복될 것이라고 말했다. 지사는 이어 나보다 이 일을 더 잘해낼 적임자는 없으며, 충분한 사례와 보상을 할 것이라고 말했다. 그 외에도 지사는 이런저런 말을 많이 했다. 밖에서 술을 마시던 사람들은 우리가 탁자로 바로 돌아오지 않자 마데이라주를 담은 술병을 보내줬다. 주지사는 거리낌 없이 마셨고 취할수록 내게 하는 부탁과 약속이 더 후해졌다.

이 제안에 대해 나는 이렇게 대답했다. 하느님 덕분에 나는 영주의 호의가 그다지 필요하지 않으며, 주의회 의원으로서 그런 호의를 받을 수도 없다. 하지만 영주에게 개인적인 반감은 없고, 주지사가 제안하는 공적 조치가 주민들에게 도움이 된다면 그 누구도 나만큼 열성적으로 옹호하고 나서지 못할 것이다. 예전부터 반대를 해온 건 명백히 영주의 이익에만 도움이 되고 주민들에게는 큰 손해이기 때문이다. 지사가 나를 이렇게 신경써주니 그저 감사할 뿐이며 행정을 수월히 해나갈 수 있도록 최대한 협력할 테니 그 점은 믿어도 좋다. 다만 전임 지사들을 괴롭혔던 불행한 지시를 영주에게서 받아오는 일은 없었으면 한다.

이에 주지사는 별말이 없었다. 하지만 이후에 의회와 일을 시작하자마자 영주 문제가 다시 등장했고 논쟁이 재점화되었다. 나는 영주에 반대하는 입장에 서서 가장 적극적으로 활동했고, 지사의 메시지에 답변하는 자로서 그 지시에 대해 원활한 의사소통을 추진하고 또 그에 대한 의원들의 논평을 기록했다. 당시의 의사록이나 내가 이후 출간한 『역사적 논평』에서 찾아볼 수 있는 내용이다. 하지만 주지사와 나는 개인적으로는 반감이 없었고 자주 어울렸다. 문필가인 그는 세상사를 잘 알았으며, 그와 대화를 하면 즐겁고 재미있었다. 그는 내 오랜 친구인 제임스 랠프가 살아 있다는 얘기를 내게 처음으로 알려주었다. 랠프는 최고의 정치평론가로 영국에서 존경받고 있었다. 프레더릭 왕자와 조지 2세 왕 사이의 논쟁*에서 중재인으로 고용되었고, 해마다 300파운드의 연금을 받는다고 했다. 포프가 「바보 열전」에서 그의 시를 비판한 것으로 보아 시인으로는 명성이 그리 높지 않아도, 산문은 괜찮은 평가를 받는 듯했다.

주의회는 마침내 영주가 주민들의 권리뿐만 아니라 국왕에 대한 봉사에도 배치되는 지시를 내려 주지사의 운신을 제약하고 있다고 결론 내렸다. 그러고는 나를 대리인으로 지명하여 영국으로 가 국왕에게 부당한 조치를 호소하는 탄원서를 제출하고, 그것이 사실임을 입증해달라고 요청했다. 의회는 예산 법안을 주지사에게 보내 국왕의 사용금 6만 파운드를 승인받고자 했다. 이중 1만 파운드는 장군인 라우든 경에게 보낼 것이었다. 하지만 주지사는 영주의 지시에 순응해 비과세 운운하며 법안의 통과를 절대 승인하지 않았다.

나는 뉴욕의 우편선 선장 모리스 씨의 배를 타고 영국에 건너가기로 하고 짐을 그의 배에 싣고 있었다. 그때 라우든 경이 황급히 필라델피

---

* 프레더릭 왕자는 영국 황태자인 프레더릭 루이스를 가리키는데, 이 황태자의 아들 조지 3세가 후일 조지 2세의 뒤를 이어 영국 왕위에 오른다. 프레더릭 왕자와 조지 2세 사이의 논쟁은 생활비를 올려달라는 황태자의 요청을 왕이 거부하면서 불거졌다.

아에 도착했다. 그가 한 말을 그대로 적어보면, 국왕의 통치에 방해가 되는 주지사와 의회 사이의 갈등을 조정하기 위해 왔다는 것이었다. 따라서 그는 주지사와 나를 만나서 양쪽이 무슨 말을 하는지 들어보고 싶다고 했다. 우리는 만나서 현안에 대해 이야기를 나눴다. 주의회를 대신하여 나는 당시 공문서에서 찾아볼 수 있는 다양한 주장을 전부 들면서 장군을 설득하려 했다. 내가 작성하여 의회의 의사록과 함께 인쇄된 문서였다. 주지사는 영주에게서 받은 지시를 옹호하며 반드시 따르겠다고 맹세했으며 불복할 경우 파면당할 것이라고 했다. 하지만 라우든 경의 조언이라면 그런 파면의 위험도 무릅쓸 것처럼 말했다. 나는 라우든 경을 거의 설득했다고 생각했고 그가 주지사에게 영주의 지시를 어겨도 무방하다고 말할 줄 알았는데, 오히려 장군은 결국 의회가 순종하는 편이 낫다고 말했다. 또한 의회가 순종하도록 영향력을 발휘해달라고 부탁까지 했다. 라우든 장군은 우리 식민지의 전방을 방어하는 일에 국왕의 군대를 아낌없이 투입할 생각이지만, 만약 우리가 스스로 국방에 쓸 자금을 제공하지 않으면 영국군을 보내지 않을 것이며 우리는 적에게 그대로 노출될 수밖에 없다고 말했다.

나는 주의회에 무슨 얘기가 오갔는지 알리고 내가 작성한 결의안을 제출했다. 내용은 우리의 권리를 다시 한번 확인하면서, 지금 우리는 못마땅하기는 하지만 상황이 여의치 못해 권리의 행사를 잠시 정지할 뿐, 권리를 포기한 것은 아니라고 주장하는 것이었다. 의회는 결국 원래 법안을 폐기하고 영주의 비과세 지시에 순응하는 다른 법안을 작성했다. 물론 주지사는 이 법안을 통과시켰고 나는 영국으로 갈 수 있는 자유를 얻었다. 하지만 그러는 사이에 우편선이 내 짐을 싣고 떠나버리는 다소 언짢은 일이 일어났다. 법안이 통과되어 내가 얻은 보상이라고는 라우든 경의 감사 인사 정도였고 주지사와 의회를 적절히 조정한 공로는 모두 그에게 돌아갔다.

라우든 경은 나보다 먼저 뉴욕으로 향했다. 우편선을 출항시키는 것은 그의 소관이었다. 뉴욕에는 우편선 두 척이 남아 있었는데 장군은 그중 한 척은 얼마 지나지 않아 출항할 것이라고 했다. 나는 곧바로 그 배를 타고 싶었기에 정확한 출발시간을 물었고 그가 대답했다. "그 배는 오는 토요일에 출항하도록 해놨습니다. 하지만 우리끼리 하는 이야기인데 월요일 아침까지만 오면 될 겁니다. 제시간에 오세요, 늦으면 안 됩니다." 부두에서 생각지도 못한 일로 늦어져 나는 월요일 정오에나 도착할 수 있었다. 바람이 괜찮았던 터라 배가 이미 떠났을 거라고 걱정했지만 여전히 배가 항구에 묶여 있다는 이야기를 듣고 안도했다. 다음날까지는 출항하지 않을 거라고 했다. 나는 곧 유럽으로 떠날 수 있겠구나 하고 생각했다. 하지만 그 당시 나는 라우든 경의 성격을 잘 알지 못했다. 우유부단함이 그의 가장 큰 특징이었다. 예를 들어보겠다. 내가 뉴욕에 간 것은 4월 초쯤이었는데 영국을 향해 떠난 것은 6월이 다 지나서였다. 항구에 오랫동안 묶여 있는 우편선이 두 척이나 있었지만, 라우든 경의 편지가 다음날에나 준비된다는 이유로 계속 붙들려 있었다. 또다른 배가 들어왔지만 역시 발이 묶여버렸고, 우리가 출항할 때는 또다른 배가 들어오기 직전이었다. 우리 배가 가장 오래 정박했기에 가장 먼저 출항하게 되어 있었다. 승객들은 전부 배를 예약했고, 일부 승객은 출항을 못하자 극도로 초조해했다. 상인들은 주문서가 빨리 발송되지 못해 불안해했다. 당시는 전쟁중이었으므로 상인들은 보험 차원에서 가을 상품을 미리 주문하는 편지를 보내려 했던 것이다. 그러나 걱정을 한다고 도움이 되지는 않았다. 라우든 경의 편지는 여전히 준비되지 않았고, 누가 장군을 찾아가보면 그는 항상 손에 펜을 쥐고 책상에 앉아 있었으므로 쓸 것이 아주 많은 사람처럼 보였다.

어느 날 아침 나는 장군에게 인사하고 나오는 길에 대기실에서 필라델피아에서 온 이니스라는 전령을 만났다. 데니 주지사가 라우든 경에게 전하는 우편물을 급히 가지고 온 것이었다. 그는 내 친구들이 보낸 편지도 전해주었다. 나는 그 전령 편으로 편지를 전달하려고 그가 언제쯤 돌아가는지, 어디에 묵는지를 물어보았다. 그는 라우든 경이 다음날 아홉시에 주지사에게 답장을 주겠다고 말했으니 즉시 돌아갈 것이라고 대답했다. 나는 내가 쓴 편지를 그날 그의 손에 쥐여주었다. 이주일이 지나고 나는 전령을 같은 장소에서 다시 만났다. "바로 돌아온 거요, 이니스?" "돌아왔느냐고요! 가지도 못했습니다." "어떻게 된 거요?" "라우든 경이 편지를 주겠다고 이 주일간 계속 아침에 불렀는데 가보면 준비가 안 됐습니다." "그럴 리가, 굉장한 문필가이신데 말이오? 늘 책상에서 계속 글을 쓰시는 걸 봤는데."

"그렇긴 하죠." 이니스가 말했다. "하지만 라우든 경은 술집 간판 속의 성 조지 같은 사람입니다. 말안장에 타고 있긴 한데 앞으로 나아갈 줄은 모르니까요." 이 전령의 안목은 제법 근거가 있는 것이었다. 내가 영국에 있는 동안 피트 수상은 라우든 경을 해임하고 애머스트 장군과 울프 장군을 후임으로 보냈다. 해임 사유 중에는, 영국 정부가 라우든 경으로부터 아무런 보고도 받지 못해 그가 무엇을 하는지 알 수 없다는 이유도 있었다.

매일 출항의 기대감만 가지고 있을 때 우편선 세 척 모두 샌디훅으로 가서 함대와 합류하게 되었다. 승객들은 갑자기 출항하라는 지시가 떨어지면 뒤에 남겨질지 모르니 배에 타고 버티는 것이 최선이라고 생각했다. 내 기억이 맞는다면 그들은 육 주가량을 기다렸고 가져온 식량이 떨어져 더 구해야만 했다. 결국 함대는 라우든 경과 그의 군대를 태우고 루이스버그* 요새를 공격하여 함락시킬 목적으로 떠났고, 장군의 함대와 함께 있던 모든 우편선은 그의 편지가 준비되는 대로 받아서 떠나라는 명령을 받았다. 우리는 편지를 받기까지 닷새를 더 기다려야 했고 마침내 함대와 헤어져 영국으로 향했다. 하지만 다른 두 우편선은 여전히 그에게 붙잡혀 결국엔 핼리팩스**까지 끌려가 그의 군대가 가상의 요새를 공격하는 훈련까지 지켜봤다. 그리고 난 뒤 그는 마음을 바꿔 루이스버그 공격을 중지한 후 군대를 이끌고 뉴욕으로 돌아왔다. 우편선 두 척과 그 배에 탄 승객까지 말이다! 그가 이런 일을 벌이는 동안 프랑스인들과 인디언들은 그 지역의 전방인 조지 요새를 점령했고, 인디언들은 항복한 주둔군을 대거 학살했다.

이후 나는 런던에서 앞에서 언급한 우편선 선장 중 한 명인 보넬을 만났다. 출항이 한 달 동안 지체되었을 때 그는 라우든 경에게 배의 상태가 점점 나빠져 우편선의 특기인 빠른 항해에 방해가 될 정도니 배를 끌어올려 바닥을 청소할 수 있게 해달라고 요청했다. 이에 라우든 경은 얼마나 걸리는지 물어보았고 선장이 사흘은 걸린다고 하자 경은 하루 만에 끝낼 수 있으면 해도 되지만 그렇지 않으면 놔두라고 했다.

---

* 캐나다 노바스코샤주 북동부 케이프브레턴에 있는 작은 마을.
** 캐나다 노바스코샤주의 주도.

모레 출항해야 한다는 것이었다. 그러나 선장의 배는 모레 출항하지 못했다. 하루하루 미뤄지다 결국에는 석 달을 채웠다.

런던에서도 보넬 선장의 승객을 만났는데 그 역시 라우든 경에게 격분해 있었다. 그렇게나 오래 속임수로 뉴욕에 묶어두고서 핼리팩스까지 끌고 갔다가 다시 뉴욕으로 돌아왔다면서 말이다. 그는 라우든 경에게 피해보상을 요구하는 소송을 걸겠다고 벼르고 있었다. 실제로 소송을 걸었는지는 이후에 듣지 못했지만 그가 입은 피해는 실로 엄청났다.

이런 일을 지켜보면서 어떻게 그런 사람이 대군의 지휘관이라는 막중한 직책을 맡게 되었는지 의문이 들었다. 그러나 더 큰 세상을 본 뒤, 그런 자리는 어떻게 얻어지는지, 어떤 동기로 그런 자리를 주는지 알게 되자 궁금증은 저절로 사라졌다. 내 의견일 뿐이지만, 브래독 장군이 죽은 직후 군대를 지휘했던 셜리 장군이 라우든 경의 자리에 있었다면 아마 전쟁을 훨씬 잘 수행했을 것이다. 1757년 라우든 경의 군사작전은 경솔하고 낭비적이었으며 상상 불가능한 치욕을 나라에 안겼다. 셜리 장군은 직업군인은 아니지만 분별력 있고 지혜로워서 다른 사람으로부터 좋은 조언을 들으면 받아들이는 인물이었다. 그는 신중하게 작전을 계획했고, 빠르고 능동적으로 실행에 옮겼다. 라우든 경은 대군을 거느리고 있으면서도 식민지를 수비하기는커녕 핼리팩스로 어리석은 행군을 하여 적에게 허점을 노출하는 바람에 조지 요새를 잃었다. 게다가 오랫동안 영국으로의 식량 수출 금지령을 내려 모든 상업 활동과 무역을 방해했다. 공급된 물량을 적에게 뺏기지 말아야 한다는 구실을 댔으나 실제로는 영국 상인들의 이익을 생각해 가격을 낮

추려는 속셈이었다. 의심에 불과할지 모르지만 그들의 수익 중 일부를 장군이 가져간다는 소리도 있었다. 결국 금지령을 풀었을 때도 찰스타운*에 그 사실을 알려주지 않아 캐롤라이나 함대는 석 달이나 항구에 묶여 있었다. 그동안 벌레가 함선의 바닥을 갉아먹었고, 본국으로 돌아가는 동안 배의 상당수가 침수되어 침몰했다.

그런데 내 생각에 셜리 장군은 군무에 익숙하지 않은 사람이 군대를 지휘해야 하는 부담에서 벗어나 진심으로 기뻐했던 것 같다. 라우든 경이 군 지휘관으로 뉴욕에 부임한 것을 축하하는 자리에 나도 참석했는데, 셜리 장군도 전임자로서 참석했다. 축하연은 장교, 시민, 방문객으로 붐벼 의자 일부를 근처에서 빌려와야 했다. 그중에는 굉장히 낮은 의자도 있었는데 그것이 셜리 장군에게 돌아갔다. 마침 내가 옆에 앉았기에 그 의자를 알아보고선 "굉장히 낮은 의자를 받으셨군요"라고 말하자 그가 대답했다. "상관없습니다, 프랭클린 씨. 낮은 자리가 편하다는 걸 아니까요."

앞서 언급했던 대로 뉴욕에서 지체하고 있을 동안, 나는 브래독 장군에게 제공했던 모든 물품의 회계보고서를 받았다. 그 보고서 중에는 군납 일을 위해 고용했던 사람들이 늦게 보고해 아직 대금이 미불상태인 것도 있었다. 나는 라우든 경에게 서류를 제출해 잔액을 지불해주길 요청했다. 그는 담당 장교에게 검토해보라고 지시했고 장교는 모든 품목을 서류와 대조해본 뒤 이상이 없다고 증명해줬다. 라우든 경은 지불 명령을 급여 담당자에게 내리겠다고 약속했다. 하지만 그 명령은

---

* 사우스캐롤라이나주의 항구도시.

차일피일 연기되었고, 나는 사전에 시간 약속을 하고서 만나러 갔는데도 명령을 받아내지 못했다. 결국 내가 영국으로 떠나기 직전에야 그는 전임자의 회계를 자신의 회계에 포함시키지 않는 것이 더 좋겠다며 "영국에 가서 재무부에 보고하면 즉시 지불받을 수 있을 거요"라고 말했다.

나는 사정 얘기를 했지만 효과가 없었다. 예상치 못한 뉴욕에서의 오랜 지체로 많은 비용이 발생해서 당장 그 돈을 받았으면 좋겠다는 뜻을 밝혔다. 내가 한 일에 대해 수수료를 받겠다는 것도 아니고 이미 사용한 내 돈을 받겠다는데 더이상의 유보나 지연은 부당하다고 말했다. 그러자 장군은 말했다. "아니 이보시오, 아무것도 얻지 못했다면서 우리를 설득하려는 생각은 하지 마시오. 이런 일이 어떻게 돌아가는지는 우리가 더 잘 알고 있소. 군납을 하는 모든 업자들은 제 주머니를 채우는 법을 알고, 실제로도 그렇게 하고 있소." 내 경우는 다르며 한 번도 뒷주머니를 찬 적이 없다고 말했으나, 그는 내 말을 전혀 믿지 않는 것 같았다. 실제로 군납 일을 하면서 막대한 재산을 챙길 수 있다는 것을 나중에야 알았다. 그 대금에 대해 말해보자면, 오늘까지도 받지 못했다. 이에 대해서는 나중에 더 쓰기로 하겠다.

우리가 탄 우편선의 선장은 항해를 하기 전에 자신의 배가 아주 빠르다며 자랑을 늘어놓았다. 하지만 불행히도 그 배는 우리가 바다로 나섰을 때 96척의 배 중 제일 느렸다. 선장은 매우 창피했을 것이다. 우리 배만큼이나 느린 배마저 우리를 앞지르자 선장은 그 원인에 대해 많은 생각을 해보더니 모두 뒤로 가서 가능한 한 돛 근처에 있으라고 말했다. 배에는 승객을 포함하여 40명 정도가 타고 있었다. 선장의 지시대로 우리가 뒤에 가자 배는 제 속도를 찾아 곧 근처의 배를 제치고 훨씬 앞서나갔다. 선장이 짐작한 대로 배 앞쪽에 물통들이 전부 놓이는 등 짐이 너무 많이 몰려 있었다. 선장은 그것을 뒤쪽으로 옮기라고 지시했다. 배는 이제 본래의 특성을 되찾아 쾌속선처럼 씽씽 나아갔다.

선장은 이 배가 한때 13노트, 즉 시간당 13마일로 전진했다고 말했다. 그때 승객들이 갑판에 나와 있었는데, 케네디 해군 대령은 불가능한 얘기라며 어떤 배도 그렇게 빨리 항해할 수 없다고 했다. 측정선의 눈금이 잘못되었거나 측정에 실수가 있었을 것이라고 했다. 선장과 대령은 내기를 했고 충분히 바람이 불 때 승부를 가리기로 했다. 케네디 대령은 열심히 측정선을 살펴보더니 만족스러워하며 직접 측정을 하겠다고 했다. 며칠 뒤 상쾌하게 순풍이 불자 러트위지 선장은 13노트로 나아가고 있을 것이라고 말했다. 대령이 속도를 측정했고, 그는 내기에서 졌다.

내가 앞의 사례를 쓴 이유는 다음 생각을 적기 위해서다. 조선 기술은 불완전하기 때문에 배를 띄우기 전까지는 새 배가 잘 나아갈지 아닐지 모른다. 잘 달리는 배를 견본으로 하여 새로운 배를 만들어도 굉장히 느릴 수 있다. 어떻게 선적하는지, 장비를 어떻게 사용하는지, 배를 어떻게 움직이는지에 대해 선원들의 생각이 다른 데 일부 원인이 있는 게 아닌가 싶다. 배에는 제각기 체계가 있다. 같은 배라고 해도 선장이 선적과 관련해 어떻게 판단하고 어떻게 지시를 내리는가에 따라 속도가 달라진다. 따라서 똑같은 배라도 다른 선장이 몰면 속도가 좋아질 수도 나빠질 수도 있다. 게다가 배를 만들고, 바다에 띄우고, 항해하는 일을 한 사람이 모두 하는 경우는 거의 없다. 누군가는 선체를 만들고, 누군가는 장비를 갖추고, 누군가는 선적을 하고, 누군가는 항해를 한다. 이중 어느 누구도 다른 이들이 갖고 있는 생각과 경험을 종합적으로 알 수 없으니 그 전체를 합쳐놓은 결론도 알 수 없다.

내가 계속 지켜본 결과, 심지어 바다에서 항해하는 동안 돛을 잡는 간단한 일에서도 차이가 있었다. 가령 바람이 같은데도 다른 명령을 내리는 것이었다. 어떤 선원은 다른 선원보다 예리하고 팽팽하게 돛을 잡았다. 따라서 어떤 상황에서 일정하게 적용되는 특정한 방법 따위는 없다. 하지만 나는 일련의 실험은 해볼 수 있다고 생각했다. 첫째, 빠른 항해에 가장 적합한 선체를 결정한다. 둘째, 돛대의 가장 좋은 비율과 가장 적합한 위치를 결정한다. 셋째, 돛의 모양과 수량, 바람에 따른 위치를 결정한다. 맨 마지막으로는 선적하는 방식을 결정한다. 지금은 실험의 시대이며, 이 일련의 실험을 정확하게 수행하고 결합하면 상당한 쓰임새가 있을 것이다. 그러므로 머지않아 재능 있는 학자가 이를 수행해 성공해주길 바란다.

우리는 항해중 여러 번 프랑스 전함의 추격을 받았으나 그 배들을 모두 제쳤다. 항해한 지 30일이 되자 항구가 가까워졌는지 알아보기 위해 수심 측정을 했다. 훌륭하게 수심 측정을 마친 끝에 선장은 우리가 팰머스항구 근처로부터 아주 가까운 곳에 있다고 했다. 밤에 순조롭게 나아가면 아침에는 입항할 수 있다고 했다. 그리고 밤에 나아가는 편이 해협 입구에 종종 나타나는 적군의 사략선의 눈길을 피할 수 있다는 소리도 들었다. 따라서 모든 돛을 최대한 펴고 순풍을 받으며 입항 준비를 했다. 실리군도를 지나가자, 선장은 해역을 관찰한 뒤 경로를 잡고 앞으로 나아갔다. 때때로 세인트조지해협 근처에 소용돌이가 생겨 선원들이 속는데, 클라우드슬리 쇼블 경의 함대가 거기 휘말려 침몰했다고 들었다. 그런데 그 일이 우리에게도 닥친 것 같았다.

우리는 뱃머리에 파수꾼을 배치했다. 선원들이 가끔 "앞을 잘 봐"라고 하면 그는 "그래, 그래"라고 대답했다. 하지만 눈이 감겼는지 반쯤은 자고 있었던 것 같다. 파수꾼은 잠결에도 기계적으로 대답한다고 하는데 아마 그랬던 모양이다. 그는 우리 바로 앞의 불빛을 보지 못했고, 조타수나 다른 파수꾼 역시 보조 돛에 가려 보지 못했다. 하지만 갑자기 배가 한쪽으로 기우뚱하는 바람에 불빛이 보이면서 비상 상황에 돌입했다. 우리는 불빛과 굉장히 가까운 지점에 있어서 그 빛은 수레바퀴만큼이나 크게 보였다. 때는 자정이었고 선장은 잠들어 있었다. 하지만 케네디 대령이 갑판 위로 뛰어올라와 위험한 상황을 보고는 배의 운행을 중지시키고 바람이 불어오는 쪽으로 배를 움직이라고 지시했다. 돛을 파손시킬 위험이 있는 행동이었지만, 결국 우릴 구했고 침몰을 막았다. 우리는 등대가 서 있는 암벽으로 달려가고 있었던 것이다. 이렇게 구사일생으로 살아난 나는 등대의 유용성에 깊은 인상을 받았고, 이 사건을 계기로 아메리카로 무사히 돌아가면 해안에 등대를 세워야겠다고 결심했다.

아침이 되자 이런저런 소리가 들려서 항구 가까이에 온 것을 알 수 있었지만, 안개가 짙어 땅이 보이지 않았다. 아홉시쯤 되자 안개가 걷혔는데 그 광경이 마치 극장에서 막이 올라가는 것 같았다. 밑으로 펠머스 마을이 보이고 항구의 배들, 그 주변을 둘러싼 평원이 보였다. 오랫동안 아무것도 없는 광대한 바다만 바라보던 우리에게 너무나도 기분좋은 광경이었다. 또한 당시는 프랑스를 상대로 전쟁을 하던 때여서 긴장감이 이만저만 아니었는데 그로부터 벗어날 수 있어서 즐겁기도 했다.

나는 아들과 함께 즉시 런던으로 향했다. 가는 길에 잠시 멈춰 솔즈베리평원에서 스톤헨지를 둘러보았고 윌턴에 있는 펨브로크 경의 집과 정원, 귀한 골동품을 구경했다. 1757년 7월 27일 우리는 런던에 도착했다.

제4부

찰스 씨가 마련해준 숙소에 도착하자마자 나는 포더길 박사를 찾아갔다. 어떻게 대응하는 것이 좋을지 그에게 조언을 구하라는 강력한 추천을 받았기 때문이다. 박사는 정부에 직접 탄원하기보다 영주들을 개인적으로 먼저 만나보는 게 좋겠다고 말했다. 영주와 친분을 가진 사람들의 중재나 설득을 통해 평화적으로 일을 마무리하라는 것이었다. 그후 나는 연락을 주고받던 오랜 친구 피터 콜린슨 씨를 만났다. 그는 버지니아주의 거상인 존 핸버리 씨로부터 내가 도착하면 알려달라는 부탁을 받았다고 했다. 영국 의회 의장인 그랜빌 경이 가능하면 빨리 나를 만나고 싶어하는데 핸버리 씨가 그에게 데려다주겠다는 것이었다. 다음날 아침에 그와 함께 가기로 동의했다. 핸버리 씨는 나를 데리러 와줬고 마차는 그랜빌 경의 저택으로 향했다. 경은 아주 정중히 나를 맞이하고 당시 아메리카의 상황을 몇 가지 물어본 뒤 본론으로 들어갔다.

"아메리카 사람들은 법률의 본질에 대해 잘못 생각하는 것 같소. 국왕이 주지사에게 내리는 지시는 법이 아니라서 재량으로 그것을 받아들이고 말고 할 수 있다고 주장하는데 그건 오해요. 국왕의 지시는 장관이 외교를 하러 갈 때 의식 절차를 정해주는 정도의 사소한 것이 아니오. 법을 공부한 판사들이 초안을 작성하고 의회에서 생각하고 의논하고 수정해서 국왕의 서명을 받은 것이오. 그러니 그건 아메리카 사람들에게 법률이라고 할 수 있소. 국왕은 식민지의 최고 입법자이니 말이오." 나는 경에게 그런 얘기는 좀 생소하다고 대답했다. 나는 우리 의회에서 만든 법은 국왕의 승인을 받았고 이미 승인된 이상 그 법을 철회하거나 변경할 수 없다고 알고 있었다. 또한 우리 의회가 국왕의 재가 없이 영구적인 법을 만들 수 없듯이, 국왕 또한 우리의 동의 없이 법을 만들 수 없다고 이해했다. 이렇게 말하자 그는 내가 완전히 잘못 알고 있다고 확언했다. 하지만 나는 경의 생각에 동의하지 않았다. 그랜빌 경과의 대화를 통해 영국 의회가 우리 식민지를 어떻게 생각하는지 생생하게 알게 되어 무척 놀랐다. 숙소로 돌아가자마자 나는 이 대화를 기록으로 남겼다. 이에 20년 전 일이 기억났다. 영국 정부가 식민지에서는 국왕의 지시가 법률처럼 효력을 가지게 하자는 법안을 의회에 올렸는데 하원이 이를 거부한 일 말이다. 우리는 그래서 하원을 친구로 여기고 자유를 따르는 동지로 존경했지만, 1765년 그들이 벌인 행동*을 보고는 생각을 바꿨다. 과거에 국왕의 특권을 거부한 일은 식민지를 봐주려는 것이 아니라 자신들의 특권을 보전하려는 행동, 그

이상도 이하도 아니었던 것이다.

며칠 뒤 포더길 박사는 영주들에게 부탁하여 스프링 가든에 있는 토머스 펜 씨의 집에서 나와 만나기로 했다. 대담은 처음엔 상식적인 선에서 합의를 보자고 상호 선언하며 시작되었지만, 서로 상식에 대한 생각 자체가 다른 듯했다. 우리는 서로에게 불만을 열거해나갔다. 영주들은 자신들의 행동을 최대한 정당화하려 했고, 나는 나대로 의회의 편에 섰다. 일이 그쯤 되자 굉장한 의견 차이가 생겨났고 의견을 교환해 합의를 본다는 희망은 이미 사라진 듯했다. 결국 내가 영주들에게 불만사항을 문서로 작성해서 보내면 그들이 고려해보겠다는 약속을 하는 것으로 결론이 났다. 나는 곧 문서를 작성해서 보냈지만 그들은 사무 변호사인 퍼디낸드 존 패리스에게 서류를 넘겼다. 패리스는 우리 인접 주 메릴랜드의 영주 볼티모어 경과 토머스 펜 씨의 70년이나 이어진 대규모 소송에서 법적 사무를 관리한 사람이었다. 또한 영주들을 대신해 의회와의 논쟁에서 서류를 작성하고 메시지를 보내는 일도 맡았다. 그는 거만하고 성말랐다. 나는 때로 의회에서 답변할 때 그가 작성한 글을 혹독하게 비판했었다. 논점이 아주 희박하고 표현도 매우 오만했기 때문이다. 그는 내게 지독한 앙심을 품었고, 만날 때마다 그 사실을 노골적으로 드러냈다. 나는 패리스와 둘이서 주요 불만사항을 논의해보라는 영주의 제안을 거절했고, 영주가 아니면 상대하지 않겠다고 대답했다. 그러자 그들은 패리스의 조언대로 서류를 법무장관과 차관의 손에 넘겨 그들의 의견과 충고에 따르기로 했다. 문서는 일 년

---

* 인지세법의 통과를 가리킨다.

에서 여드레가 모자라는 시간 동안 계류되었고, 영주들에게 여러 번 답변을 요구했으나 장차관의 의견을 아직 듣지 못했다는 답변뿐이었다. 영주들이 장차관으로부터 무슨 조언을 받았는지 나와 그들 간의 의사소통이 전혀 없으니 알 수가 없었다. 그런데 패리스가 작성하고 서명한 긴 메시지가 주의회에 도착했다. 내가 작성한 문서를 언급하면서 격식도 부족하고 무례하기 짝이 없다고 불평을 늘어놓은 후 자신들의 행동을 조잡하게 정당화하는 내용이었다. 주의회가 이 일에 관해 좀더 솔직한 사람을 보내온다면 일을 중재해볼 생각이 있다고 밝혔다. 한마디로 나는 그 협상에 걸맞은 사람이 아니라는 뜻이었다.

격식이 부족하다거나 무례하다는 것은 아마도 '펜실베이니아 속주의 진실하고 절대적인 영주들에게'라는 호칭을 문서에 붙이지 않아서였을 것이다. 나는 그런 호칭은 불필요하다고 생각했고, 구두로 오간 이야기만 적어 명확성을 확보하려 했을 뿐이었다.

그러나 일이 이렇게 지연되는 동안 주의회는 데니 주지사를 설득해 영주나 일반 주민에게 똑같이 과세하는 법안을 통과시켰다. 이 점이 논쟁의 핵심이었으므로 영주들의 메시지에 답변하는 일은 생략되었다.

하지만 이 법안이 영국으로 넘어갔을 때 패리스의 조언을 받은 영주들은 법안이 국왕의 승인을 받지 못하도록 방해하기로 결정했다. 이에 따라 그들은 추밀원에 탄원서를 제출했고 변호사 두 명을 고용해 법안에 반대하는 입장을 밝혔다. 반면 나도 같은 수의 변호사를 고용해 법안을 적극 지지하고 나섰다. 영주들은 그 법안이 주민들의 부담을 더는 반면 영주에게 더 부담을 안겨주므로, 계속 강행될 경우 주민들의 미움을 받는 영주들은 세금 명목으로 재산을 뜯겨 결국에는 파산할 것이라고 주장했다. 우리는 이 법안에 그럴 의도는 전혀 없으며 그런 결과도 생기지 않을 거라고 항변했다. 세금 평가원들은 공평하고 균등하게 세액을 평가하겠다고 서약한 정직하고 사려 깊은 이들이므로, 자기 세금을 가볍게 하고 영주에게 세금을 더하는 데서 얻는 너무나 사소한 이득 때문에 서약을 깨는 일은 없을 터라고 반박했다. 내가 기억하는 양쪽 주장의 요지가 이렇다. 이 법안이 폐기된다면 뒤따를 해악도 우리는 강력하게 주장했다. 왜냐하면 국왕의 사용금이라는 명목으로 통과된 십만 파운드가 벌써 인쇄되어 주민들 사이에 널리 유통되고 있었기 때문이다. 만약 법안이 철회된다면 지폐가 휴짓조각이 되어 많은 사람이 파산할 것이고 장차 의회에서 관련된 예산 법안을 승인할 때도 큰 어려움이 예상되었다. 또한 영주들은 세금을 과도하게 낼 것 같다는 황당한 두려움으로 이런 큰 재앙을 불러일으키려고 하는데 이야말로 이기적인 태도가 아닐 수 없다고 강하게 비판했다. 이처럼 우리 변호사들이 항변하는 동안 고문 중 한 사람인 맨스필드 경이 내게 손짓해 나를 서기실로 데려갔다. 그러고는 내게 정말로 이 법안의 실행으로 영주들에게 피해가 없겠느냐고 물었다. 나는 그렇게 확신한다고 대답했으며 경이 말했다. "그렇다면, 자네는 그 주장을 보증하는 계약서를 쓰는 데 이의가 없겠군." "전혀 없습니다." 내가 대답했다. 이후 맨스필드 경은 패리스를 불러 의논했고 맨스필드 경의 제안을 양측이 수용했다. 의회 서기가 이 안건에 대한 서류를 작성했고 나와 통상사무를 대행하는 식민지 대리인 찰스 씨가 서명했다. 맨스필드 경이 대회의실로 돌아왔고 마침내 법안이 통과되었다. 하지만 일부는 수정을 해야 했고 우리는 다음 법안에서 그렇게 하겠다고 했다. 그러나 주의회는 수정할 필요가 없다고 생각했다. 추밀원의 지시가 떨어지기도 전에 이 법안으로 일 년 치 세금을 이미 징수한 터였다. 게다가 주의회는 위원회를 임명해서 세금 평가원들의 업무 상황을 검토하게 했는데, 위원회에는 영주들의 가까운 친구 여러 명도 포함되어 있었다. 이런 완벽한 조사 끝에 위원회는 세금 액수가 완벽하고도 공평하게 부과되었다는 보고서에 만장일치로 서명했던 것이다.

주의회는 내가 계약의 첫 부분을 체결한 것을 식민지의 필수 업무를 수행한 것으로 인정해주었다. 그로 인해 발행된 지폐가 신용을 보장받고 온 나라로 유통될 수 있었으니까 말이다. 그들은 내가 아메리카에 돌아오자 정식으로 감사장을 주었다. 하지만 영주들은 데니 주지사가 법안을 통과시킨 것에 격분하여 지시에 불복했다며 고소하겠다고 위협했다. 그렇지만 주지사는 국왕에게 봉사하기 위해 장군의 요구에 응한 것뿐이었고, 영국 궁정에 강력한 후원자가 있었기에 이런 협박은 실행에 옮겨지지 못했다.*

---

* 라우든 경의 후임자인 제프리 애머스트 장군은 군자금을 마련해주지 않으면 펜실베이니아 전방에서 군대를 퇴각시키겠다고 위협하여 주지사와 주의회 양쪽으로부터 합의를 이끌어냈다.

벤저민 프랭클린
―미국인의 원형, 미국의 신화

이 책은 미국의 과학자, 철학자, 문장가이며 정치가, 외교관으로서 미국의 독립을 위해 커다란 공을 세운 벤저민 프랭클린의 자서전 제1~4부를 완역한 것이다. 이 책은 근면하게 일하면 반드시 성공한다는 메시지를 강조하여 많은 미국인들에게 아메리칸드림을 꿈꾸게 만든 명저다. 100달러 지폐에 실린 초상화의 주인공이기도 한 프랭클린은 미국 식민지 시대에 자연철학자로 유럽에서 높은 명성을 얻은 유일한 미국인이었다. 영국 철학자 데이비드 흄은 프랭클린을 가리켜 이렇게 말했다. "아메리카는 황금, 순은, 설탕, 담배 등 우리에게 좋은 물건을 많이 제공하는 나라다. 하지만 벤저민 프랭클린은 그 땅에서 태어난 최초의 철학자이며 최초의 위대한 문인이다."

1706년 보스턴에서 양초 제조공의 아들로 태어난 프랭클린은 가업을 돕기 위해 열 살 때 학교를 그만두었다. 이어 이복형인 제임스 프랭클린 밑에서 인쇄공 도제살이를 하면서 당시 형이 발행하던 〈뉴잉글랜드 커런트〉에 익명으로 기사를 기고했다. 그러나 이 형과는 사이가 좋지 않아 열일곱 살 되던 1723년에 필라델피아로 가서 인쇄공으로 일했다. 그후 창업을 위해 런던에 갔다가 여의치 않아 2년 동안 인쇄공 생활을 하다가 필라델피아로 돌아왔다. 1729년부터 〈펜실베이니아 가제트〉 신문의 소유주가 되어 운영하면서 호평받는 글을 많이 기고함으로써 이 신문을 인기 높은 정기간행물로 만들었다. 1732년부터 1757년까지는 「가난한 리처드의 달력」을 인쇄하여 호평을 받았다. 가난한 리처드의 명언은 주로 신중함과 상식과 정직을 강조하는 것으로서 그후 표준적인 미국 격언이 되었다. 프랭클린은 서적 판매에도 관여했고 회원제 도서관을 설립했으며 토론 클럽을 결성했는데, 이것이 나중에 미국철학회로 발전했다. 1751년 필라델피아에 설립한 학원은 후일 펜실베이니아대학이 되었다. 소방조직, 가로등, 방위시설 등 공공사업도 많이 제안하여 성사시켰다.

프랭클린은 혼자 공부하여 외국어, 철학, 과학에 대한 지식을 더욱 넓혀나갔다. 그는 다른 과학자들의 실험을 관찰하여 반복적으로 실험함으로써 프랭클린 난로, 쌍초점 망원경, 글라스하모니카 등의 과학용품을 발명했다. 특히 전기현상에 깊은 관심을 보였다. 그는 천둥이 치는 날에 연을 날리는 획기적인 실험을 하여 번개가 전기의 일종이라는 것을 증명했고 이 원리를 이용하여 피뢰침을 만들었다. 프랭클린은 이런 과학적 업적 덕분에 영국과 유럽의 유수한 과학자들로부터 높은 평가를 받았다. 1748년에는 과학 연구에 전념할 목적으로, 운영하던 인쇄소를 동업자에게 넘겼다.

프랭클린은 일찍이 공직에 눈을 돌려 1753년부터 1774년까지 식민지의 체신부 장관으로 근무했다. 그는 체신업무를 효율적으로 정비하여 유능한 관리라는 평가를 들었다. 공인으로서의 명성이 점점 높아져 1754년에는 올버니회의에 펜실베이니아 대표로 뽑혀 파견되었다. 그는 이 회의에서 식민지의 여러 주가 하나로 연합하는 계획을 제안하여 각 주의 대표들로부터 찬성을 이끌어냈으나, 각 주의 의회와 영국 정부 양쪽이 그 계획을 거부했다. 그는 프랑스와 인디언 연합군에 맞선 영국의 전쟁에서는 영국측을 적극 지원했다. 북아메리카에 파견된 영국군 사령관 에드워드 브래독 장군을 위하여 마차 등 군수품을 적시에 조달해주었으나, 듀케인 요새를 점령하려던 영국군의 작전은 실패로 끝나고 브래독 장군은 전사했다. 프랭클린은 펜실베이니아의 민중당 지도자 자격으로 그 지방의 영주였던 펜 가문과 맞서 싸웠다. 1757년에는 펜실베이니아의 대리인으로 영국에 파견되어 펜 가문의 부당함을 고발하는 문서를 영국 의회와 법무부에 제출했다. 『벤저민 프랭클린 자서전』은 이 영국 파견 시기까지만 언급했는데, 그의 사망으로 더이상 집필되지 않아 미완성으로 끝난다. 1760년 그는 식민지가 영주인 펜 가문의 토지에 과세할 수 있는 권리를 획득했으나, 그 권리를 남용해서는 안 된다고 제안했다.

프랭클린은 1763년까지 2년 동안 아메리카에 돌아와 있었으나 1764

년 인지세법이 식민지에서 엄청난 항의를 일으키자 영국으로 건너갔다. 그는 또다시 신중한 태도를 보였다. 그는 인지세법에 반대했으나, 식민지 거주자들이 법을 따라야 한다고 말했다. 이 때문에 식민지 지역에서 인기를 다소 잃기도 했지만 인지세법 철폐를 둘러싼 논쟁에서 철폐 주장을 강력하게 밀어붙여 인기를 회복했다. 그는 1768년 조지아, 1769년 매사추세츠, 1770년 뉴저지의 대리인으로 지명되었고 한동안 진지하게 영국에서 정착할 생각을 했다. 그의 과학적 업적, 총명한 정신, 뛰어난 사교적 능력 덕분에 그곳에서 높은 평가를 받았기 때문이다.

하지만 영국 정부와 식민지 사이에 갈등의 골이 점점 깊어지고 미국 독립전쟁이 임박하자, 조국을 사랑하고 개인의 자유를 숭상하는 평소의 신념에 따라 1775년 프랭클린은 아메리카로 돌아왔다. 독립전쟁 동안 프랭클린의 아들 윌리엄은 왕당파임을 공개 선언하며 감옥에 가기도 했으나, 프랭클린은 철저한 애국파로 일관했다. 그는 대륙회의에 대의원으로 참석했고, 1776년에는 독립선언서를 기초하는 위원에 임명되어 그 선언서에 서명했다. 미국 독립은 1776년 7월 4일에 선언되었다.

1776년 후반 프랭클린은 프랑스로 건너가 신생 미국을 독립국으로 인정받기 위한 외교적 노력을 펼쳤다. 프랑스에서도 높은 명성을 얻고 있던 그는 미국의 외교 노력에 큰 힘을 보탰고, 결국 1778년에 프랑스로부터 신생국가 미국을 공식적으로 인정하는 결과를 이끌어냈다. 1781년 그는 영국과 평화조약을 협상하는 미국측 외교관의 일원으로 선임되었다. 그는 이 평화조약의 체결을 위한 예비 포석을 깔았다. 그러나 영국 해군이 서인도제도에서 승리를 거두면서 평화조약은 프랭클린의 원안보다는 약간 불리하게 수정되었다. 영국과 미국의 평화협정인 파리조약은 미 의회의 반대 지시에도 불구하고 1783년에 체결되었다. 이 조약은 프랑스의 동의를 구하지 않았는데, 미국측의 또다른 협상대표인 존 제이와 존 애덤스가 프랑스를 불신했기 때문이다.

프랭클린은 1785년 미국으로 돌아와 펜실베이니아주 행정부의 수장인 주지사가 되었다. '가장 현명한 미국인'이라고 불리는 그가 국가에 봉사한 마지막 업적은 1787년에 연방 제헌회의에 펜실베이니아 대표로 참석한 것이었다. 의회를 단원제로 운영하자는 그의 제안은 받아들여지지 않았지만 여러 지역의 이해 갈등을 절충하여 마침내 미국 헌법을 탄생시켰다. 그는 노년에 늑막염으로 고생했는데 1790년 4월 초 폐렴 증세를 보였다. 4월 17일 폐의 종양이 심하게 터지면서 병약한 몸으로 견뎌내지 못해 밤 열한시에 운명했다. 여든네 살 생일을 석 달 앞두고 있었고 두 손자가 임종을 지켜보았다.

자서전의 구성

『벤저민 프랭클린 자서전』은 총 4부로 구성되어 있다. 제1부는 아들 윌리엄에게 들려주는 이야기 형식으로, 그가 65세였던 1771년 7월과 8월의 몇 주 동안 영국 햄프셔에서 세인트애새프 주교인 조너선 시플리의 주교관을 방문했을 때 쓴 것이었다. 그해 1월에 프랭클린은 매사추세츠주의 대리인으로 영국으로 건너가 식민지 담당 장관인 힐스버러 경에게 신임장을 제출한 터였다. 힐스버러 경은 그가 주지사 동의 없이 주의회가 일방적으로 임명한 대리인이라는 이유로 신임장 접수를 거부했다. 그러나 프랭클린은 사태가 호전되기를 바라며 영국에 계속 머물렀고, 이런 와중에 시플리 주교관을 방문하여 자서전 제1부를 집필했다. 그는 제1부를 쓰면서 동시에 앞으로 다루어야 할 화제들을 중심으로 집필 계획 메모를 준비했다.

이 제1부 원고와 집필 계획 메모가 여러 경로를 거쳐 에이블 제임스의 손에 들어갔고, 11년 후인 1782년 제임스는 제1부 원고는 빼고, 집필 계획 메모만 돌려주면서 자서전을 계속 쓰라고 권유했다. 이때가 1782년 말이거나 1783년 1월경이었는데, 프랭클린은 당시 영국과 평화협정을 교섭하는 평화위원으로 프랑스 파리에 가 있었다. 그는 1784년 파리 근교인 파시에서 자서전 제2부를 썼다. 파시는 프랑스측에서 프랭클린에게 알선해준 오텔 드 발랑트누아를 가리키는 것으로 집주인 쇼몽은 프랭클린에게 이 집을 무상으로 내주었다. 프랭클린은 프랑스 체류중 신생 독립국 미국에 대한 프랑스의 원조를 얻어냈고 또 미국과 영국 간의 평화조약을 체결했다.

1785년 프랭클린은 평화 업무를 무사히 마치고 미국으로 돌아오면서 항해중에 자서전 원고를 계속 쓰겠다고 약속했지만, 실용적인 기술과 관련된 논문 세 편을 썼을 뿐 정작 자서전 원고에는 손을 대지 못했다. 그는 3년 동안 자서전 집필은 엄두도 내지 못했다. 1788년 봄, 펜실베이니아 주지사직에서 은퇴한 프랭클린은 질병이 위중한 상태였다. 그는 유언을 작성하고 집안을 정리한 후 다시 자서전 집필에 시선을 돌려 제3부를 썼다. 이것이 1788년 8월의 일이었다. 프랭클린은 당시 여든세 살이었고 심하게 고통을 느끼며 죽음을 준비하고 있었다. 제3부는 자서전 중 제일 긴 부분이지만 앞의 두 부에 비해 박력이 떨어지며, 여러 해 동안 이것이 원고의 마지막이라고 생각되어왔다.

1789년 프랭클린은 손자 벤저민 프랭클린 배치에게 제1~3부의 깨끗한 사본 두 부를 만들게 해서 영국의 벤저민 본과 프랑스의 르베이야르에게 보냈다. 그리고 1790년 4월 17일 사망하기 며칠 전에 약 8페이지에 달하는 마지막 제4부를 집필했다. 물론 이 제4부는 해외의 두 친구에게 보낸 사본에는 포함되지 않았다.

프랭클린의 사망 후 독자들은 그의 자서전 발간을 고대했다. 그 원고가 존재한다는 사실이 널리 알려져 있었기 때문이다. 하지만 30여 년 동안 독자들은 제1부와 제2부만 번역한 프랑스어 판본으로 만족해야 했다. 그 프랑스어본이 다른 여러 나라 언어로 번역되었고, 심지어 프랑스어본이 다시 영어로 번역되기도 했다. 마침내 1818년에 공인된 영어본이 나왔으나 육필 원고를 그대로 전사한 것이 아니라 사본을 바탕으로 한 것이었다. 게다가 그 사본에는 제4부가 빠져 있었다. 이 제4부는 1828년 프랑스어 번역본으로 처음 세상에 알려지게 되었지만, 제1부부터 제4부가 모두 들어 있는 온전한 영어본은 저자 사후 약 80년 만인 1868년에야 나오게 되었다.

자서전의 시대적 배경

프랭클린이 성년이 되어 만년까지 주로 활약한 곳은 펜실베이니아와 이 지방의 주도인 필라델피아였다. 프랭클린의 자서전에는 필라델피아의 퀘이커교도와 펜실베이니아의 영주라는 말이 자주 등장한다. 따라서 퀘이커교도와 세습 지사인 영주에 대해 어느 정도 알아볼 필요가 있다.

펜실베이니아의 영주 윌리엄 펜은 퀘이커교도였다. 퀘이커는 민주적이고 사도적인 교파로서, 목사와 장로의 존재를 인정하지 않았다. 이것은 국교인 영국성공회와 정부를 동시에 위협하는 파괴적 교리로 인식되었다. 펜은 퀘이커교의 사상을 영국을 벗어나 아메리카에서 실천하기로 결심했다. 그는 국왕인 찰스 2세가 자신에게 지고 있던 빚을 변제하는 대신 신대륙의 황무지 일부, 즉 오늘날의 펜실베이니아를 달라고 요청했다. 그리하여 1681년에 펜실베이니아 식민지 혹은 영주지역Proprietary Province이 생겨났다.

영주지역은 영국이 식민지 제국을 건설하기 위해 무역회사의 조직을 본떠 만든 소유주 제도다. 영주지역은 사실상 봉건제도하의 봉지와 마찬가지였다. 영주는 구체적으로 열거된 예외사항을 제외하면 이 지역에 대해 절대군주의 권력을 행사했다. 이론상 영주는 관리를 임명하고 법정을 설립하고 범죄자를 사면하고 법률을 만들어 반포하고 민병대를 조직해 운영하고, 교회, 항구, 마을을 건설할 수 있었다. 그러나 영주는 식민지 주민들의 끈질긴 정치적 요구에 굴복하여 그들의 의회 설립을 인정해주었으므로, 영주의 이런 봉건적 권리는 허울뿐이었다. 그렇지만 영주들이 소유한 땅은 엄청난 개인적 영지였다. 그들은 정착자에게 조건을 내걸어 땅을 불하했고 또 그 땅을 부채에 대한 담보로 사용할 수도 있었다. 실제로 윌리엄 펜은 펜실베이니아 땅을 그런 담보로 활용했다. 메릴랜드, 메인, 뉴욕, 뉴저지 등도 영주 식민지로 시작했다가 점차 왕령 식민지로 전환되었는데, 펜실베이니아가 가장 늦게까지 영주 식민지로 남아 있었다. 프랭클린의 자서전에서는 영주의 토지에 대한 과세권 얘기가 자주 등장하는데, 이런 영주 식민지의 배경을 알면 이 책을 더욱 잘 이해할 수 있다.

펜실베이니아는 퀘이커교도가 주된 세력으로서 주정부와 주의회에서도 세력을 형성했다. 이런 지역에서 이신론理神論의 자유사상을 가진 프랭클린은 그들과 갈등 관계에 빠져들 수밖에 없었다. 그러나 프랭클린은 원만한 처세술과 겸손한 인간관계를 바탕으로 이런 어려움을 극복했는데, 그것이 이 책에 잘 기술되어 있다.

프랭클린이 신봉했던 이신론은 16세기에 소키아누스 일파가 처음으로 주장한 사상으로서 하느님을 아는 데 계시나 종교적 제도는 불필요하고 인간의 이성만 있으면 충분하다는 교리다. 18세기의 계몽사상에 의해 확산되었으며 볼테르가 대표적인 인물이다. 이신론은 하느님이 천지를 창조한 후에는 이 세상이 이성적 절차에 따라 돌아가게 만들어놓았다고 생각해 이 세상의 일에는 일절 개입하지 않는다고 주장한다. 하느님의 계시를 인정하지 않으니 예수그리스도의 신성에 대해서는 부정적인 견해를 취함으로써 정통파 기독교 교회의 격렬한 반발을 불러일으켰다.

이신론자로서 하느님의 창조는 인정하지만 예수그리스도를 부정하는 프랭클린의 일화가 있다. 프랭클린이 죽기 한 달쯤 전에 그의 친구 에즈라 스타일스가 그리스도의 신성에 대해 의견을 표명해달라고 요청했다. 프랭클린은 이렇게 대답했다. "나는 그 문제를 연구해본 적이 없으므로 내가 의견을 제시할 수 있는 사항이 아닙니다. 이제 그런 문제로 공연히 바빠질 이유는 없다고 봅니다. 나는 곧 별 힘을 들이지 않고 그 진실에 대해 알게 될 테니까요."

자서전 속에 표명된 프랭클린의 이신론적 입장은 이러하다. "어떤 행동은 계시에 의해 금지되었기 때문에 악한 것이 아니고, 또 어떤 행동은 계시에 의해 권장되었기 때문에 선한 것이 아니다. 여러 가지 상황을 종합하고 또 그 행동의 성질을 살펴보건대, 아마도 악한 행동은 우리에게 나쁘기 때문에 금지되었을 것이고, 선한 행동은 우리에게 좋기 때문에 권장되었을 것이다." 그는 다른 곳에서는 이런 말도 했다. "오로지 인간의 본성만 고려할 때, 사악한 행동은 금지되었기 때문에 해로운 것이 아니라 해롭기 때문에 금지된 것이다." 이것은 인간이 미덕의 기준이지, 미덕이 인간의 기준이 될 수 없다는 얘기다.

18세기 계몽시대의 산물인 이 합리주의 사상은 19세기에 들어와 낭만주의자들의 공격을 받는 빌미가 되었다. 그런데 프랭클린이 이성을 절대적으로 신봉한 것은 아니었다. 가령 대구 구운 것을 먹으며 채식주의를 포기했을 때 프랭클린은 이렇게 말한다. "합리적인 인간이라는 것은 참으로 편리한 구실이었다. 어떤 일이든 자기 마음대로 주무를 수 있는 적절한 이유를 발견해내니까." 또 자신의 열세 가지 미덕을 완성하지 못한 이유에 대해서는 이렇게 말하기도 한다. "이성을 가장한 것이 이렇게 속삭여온다. 내가 실천하려고 하는 이런 극단적인 미덕은 일종의 도덕적 겉치레일지도 몰라." 이처럼 프랭클린의 다면적이고 상충적인 모습 때문에 자서전은 더욱 흥미진진한 책이 되었다.

미국의 원형적 스토리, 미국적 신화의 형성

『벤저민 프랭클린 자서전』은 한미한 가문에서 태어난 사람이 오로지 근면성실을 바탕으로 한 나라의 최고 지도자로 출세한다는 아메리칸드림을 다루고 있으며, 프랭클린의 처세술과 대화법 그리고 미덕의 기술을 바탕으로 인생을 살아나간다면 누구나 다 성공할 수 있다는 희망찬 메시지를 담고 있다. 우리는 인물이 가난뱅이에서 부자로, 무명에서 유명 인사로 도약하는 스토리를 좋아하기 마련이다. 그런 도약은 행운과 용기에 의해 이루어지는데, 대체로 그중에서도 용기가 훨씬 중요하다. 프랭클린은『벤저민 프랭클린 자서전』에서 이 둘 사이의 적절한 균형을 잡기 위해 하느님의 축복을 간간이 언급한다. 이 책을 다 읽고 나면 우리는 프랭클린이 이렇게 말하고 있다고 생각하게 된다. '자, 봤지. 당신도 노력하면 얼마든지 성공할 수 있어. 아주 쉽다고. 나처럼 하면 돼.' 이 때문에 출판 이래 이 책은 미국 청소년들의 필독서가 되었고, 프랭클린의 다른 글 「가난한 리처드의 달력」과 함께 미국인의 기본적 성격 형성에 결정적인 역할을 했다.

이 책에서 프랭클린은 평범한 개인도 아니지만, 미래의 공인이자 만능 수완가도 아니다. 그보다는 대표적인 미국인 혹은 모범이나 원형이 되는 미국인이다. 그가 정말로 관심을 둔 것은 미국의 원형적 스토리 혹은 미국적 신화의 형성이었다. 여기서 말하는 신화는 정말로 중요한 이야기들의 묶음이라는 뜻이지 허구라는 뜻이 아니다. 그는 이 특별한 이야기가 후대의 미국인들에게 중요한 것이 되기를 바랐고, 그들이 그 이야기 속에서 발견되는 교훈을 중심으로 살아나가기를 바랐다.

그는 그 교훈을 열세 가지 미덕의 목록으로 요약한다. 이런 미덕을 갖춘 훌륭한 사람이 되면 누구나 더 생산적인 노동자, 더 좋은 시민이 된다고 생각한다. 그가 정말로 존중한 것은 개인의 발전을 극대화하는 사회였다. 사회 구성원들이 능력에 따라 성공하거나 실패할 수 있는 사회, 상속이나 특혜의 제한사항이 없는 사회, 이성을 가진 인간들이 군주제나 귀족제의 간섭 없이 스스로를 다스릴 수 있는 사회, 창조성과 지식의 진보가 교회나 검증되지 않은 신념의 제약 없이 번성할 수 있는 사회를 존중했다. 달리 말해서 자신과 같은 한미한 가문의 소년이 르네상스인으로 피어날 수 있게 해주는 사회를 동경했던 것이다.

이것은 그가 성장한 사회와도 무관하지 않다. 프랭클린이 공인으로 성장하여 본국의 영주들과 갈등을 겪는 시대적 배경은 1740~1750년이다. 이는 아메리카의 13개 식민지 지역이 독립국으로 발전하던 시기였다. 자서전 속에서 프랭클린 개인에게 벌어진 일은 펜실베이니아 식민지에서 벌어진 사건의 축소판으로 제시되어 있다. 그가 성공하려는 강한 의지를 가지고 불행한 환경을 극복한 것처럼, 이 당시 아메리카 식민지도 13개의 지역으로 나뉘어 밖으로는 영국 본국과, 안으로는 프랑스와 인디언 연합군을 상대로 싸우면서 독립 국가로 거듭나기 위해 몸부림치고 있었다. 프랭클린의 경험은 이런 극적인 사회 변화의 축소판인 것이다. 상황이 이런 만큼 그는 공허한 추상적 이론이나 도덕보다는 실용주의를 숭상했다. 이 때문에 그는 윌리엄 제임스보다 100년이나 앞서서 실용주의를 제창한 인물이라는 평가를 받는다.

『벤저민 프랭클린 자서전』은 이런 성공 스토리를 다루고 있기 때문에 후진국에서 중진국으로 발돋움하던 1960~1970년대의 한국 사회에서 널리 읽혔다. 그러나 한국이 선진국으로 진입한 21세기에도 지식의 탐구, 개인적 도약, 공동체에의 기여 등 그의 메시지는 여전히 유효하다. 『벤저민 프랭클린 자서전』은 성공 스토리 이외에도 여러 가지 독특한 매력을 갖고 있다.

제1부는 피카레스크 소설 같은 분위기가 강하다. 피카레스크는 스페인어로 '악한'을 뜻하는 피카로picaro에서 나온 것으로 불한당의 이야기다. 피카레스크 소설의 주인공은 통상적으로 하층계급 출신이고 이야기는 에피소드의 성격이 강하다. 대체로 피카로의 행동은 좀 무모하거나 비상식적인데, 주로 자기 내면의 소리를 따르고 다른 것은 신경쓰지 않는 사람이기 때문이다. 피카로는 부패하거나 불완전한 사회와 갈등하며 저항하기 때문에 코믹한 효과를 유발하며, 부도덕하거나 타락한 사회 질서를 파괴함으로써 승리를 거둔다. 프랭클린 당시에 영국에서는 헨리 필딩의 『톰 존스』, 대니얼 디포의 『몰 플랜더스』 같은 피카레스크 소설이 나와서 널리 읽혔는데 프랭클린도 자서전 집필에 영향을 받았을 것으로 보인다. 프랭클린의 자서전 중에서 가장 대표적인 피카레스크 에피소드들은 형 제임스와 싸우고 달아난 것, 사기꾼 지사의 말만 믿고 영국 땅으로 건너간 것, 친구 랠프의 내연녀를 건드려보려고 한 것, 첼시에서 블랙프라이어까지 약 4.5킬로미터를 헤엄친 것, 아내 데버라와 결혼하기 전에 저급한 여인들과 놀아난 것 등을 들 수 있다. 바로 이런 이야기의 매력 때문에 제1부는 재미있게 읽힌다.

제2부는 자서전의 핵심인데, 열세 가지 미덕의 배양 기술을 담고 있다. 미덕을 몇 개로 나누어 그것을 집중 배양한다는 사상은 고대 그리스의 플라톤 시대로까지 거슬러올라간다. 플라톤은 미덕을 신중, 용

기, 절제, 정의의 네 가지로 나누었다. 여기에 기독교에서 중요한 미덕으로 치는 신앙, 희망, 자비를 보태면 7대 미덕이 되는데 프랭클린은 이 3대 미덕은 다루지 않았다. 프랭클린은 플라톤의 미덕을 열두 가지로 세분하고 겸손을 안전판으로 추가했다. 이러한 미덕의 분류는 아리스토텔레스의 『니코마코스 윤리학』에도 제시되어 있다. 프랭클린이 기독교의 미덕을 제시하지 않은 것은 미덕의 목적이 자기희생이 아니라 자기개선이기 때문이다. 다시 말해 천상보다는 지상에 더 관심이 많았던 것이다.

이 미덕의 기술과 관련해서는 많은 찬반양론이 있어왔다. 반론을 살펴보면 이러하다. '기술'이라는 측면을 너무 강조하여 인간을 마치 기계장치처럼 조작할 수 있다고 생각하는 듯한 느낌을 준다. 너무 체험적 실용성만을 강조하여 사람이 빵만으로 살 수 있다고 말하는 듯하다. 열세 가지 미덕을 본인도 완벽하게 터득하지 못했으면서 실현 불가능한 얘기를 남들에게 권유하고 있다. 이러한 비판들은 식민지 시절에 프랑스와 인디언 연합군과 싸우는 한편, 영국 본국의 영주들을 상대로 식민지의 이익을 대변해야 했던 프랭클린의 역사적 상황을 충분히 감안하지 못한 것이다. 그 척박한 땅에서 살아남자면 첫째도 실용, 둘째도 실용이었던 것이다. 여기에다 프랭클린 당시의 '완전'이라는 말이 완벽한 상태를 의미하는 것이 아니라 그것을 향해 나아가는 접근 과정을 가리킨다는 것도 감안해야 한다. 실제로 프랭클린은 완성을 향해 나아가는 과정에서 오점이 발생한 사실을 시인하면서 그것을 고쳐나갔다. 그가 1728년 스물두 살 때 써놓은 자신의 묘비명도 그런 교정과 수정의 의지를 잘 보여준다.

"오래된 책의 표지와 같고, 그 내용물은 뜯겨져나갔으며, 표지의 글자와 금박도 벗겨져나간 인쇄공 벤저민 프랭클린의 시신이 여기 벌레의 밥으로 누워 있다. 하지만 이 책은 완전히 사라지지는 않았다. 이 책이 저자[신]에 의해 교정되고 수정되어 새롭고 보다 완벽한 판으로 다시 나타날 것이라고 그는 믿는다."

제2부가 인상적인 것은, 자신이 그렇게 미덕의 완성을 바랐지만 그것으로부터 멀리 떨어져 있다고 솔직히 고백한 점이다. '나는 내 가면을 가리키며 걷는다'는 라틴어 격언이 있는데, 프랭클린은 열세 개의 미덕을 강조하면서도 정작 자신은 그 미덕 중 일부는 전혀 갖지 못했다고 고백한다. 이것이 오히려 그의 자서전을 더욱 진실한 문건으로 만든다.

프랭클린은 이 책에서 스위밍리swimmingly라는 단어를 두 번 사용한다. '헤엄치듯 살아가다', '헤엄치듯 잘되어가다'의 뜻으로 썼는데, 헤엄치기는 수중과 수면의 두 공간에서 이루어진다. 프랭클린 자서전은 수면에서 벌어진 일들을 실용과 원칙의 관점에서 말하고 있지만, 수중에서 벌어진 일도 교묘하게 암시한다. 즉 실제와 외양을 구분하면서, 실제에 맞는 외양을 꾸미려고 애쓰다보면 그런 실제로 나아가게 된다는 생각을 피력한다. 가령 이렇게 말한다. "상인으로서 신용과 명성을 확보하기 위해 나는 정말로 근면하고 절약하는 사람이 되려 노력했고, 그렇게 보이려고 외양에도 신경을 썼다. 수수하게 옷을 입었다……이렇게 해서 나는 헤엄을 치듯 잘해나갔다."

그는 자서전 전편에 걸쳐 근면성실하게 일해온 역정을 기록하지만, 그것을 부정하는 듯한 발언도 하고 있다. "1726년에서 1727년으로 넘어가던 1월 초, 내가 갓 스물한 살을 지났을 때, 우리는 둘 다 중병에 걸렸다. 내 병명은 늑막염이었는데 거의 죽음의 문턱까지 갔다. 나는 몹시 아팠고 마음속으로 죽을 각오를 했다. 그러나 그후 회복되는 것을 보고서 오히려 실망했다."

이처럼 상반되는 이야기들을 읽고 있으면 한편으로는 어리둥절하다가도 다른 한편으로는 그것을 조화시키기 위해 열심히 노력하는 프랭클린의 모습이 떠오른다. 바로 그것이 이 자서전의 훌륭한 측면이다. 미덕의 완성은 어렵지만 그것을 향해 끊임없이 도전하는 자세가 중요하다고 말하는 것이다. 프랭클린은 다른 글인 「가난한 리처드의 달력」에서 이렇게 말했다. "자기 자신만큼 알기 어려운 것이 또 어디에 있겠는가?" 프랭클린은 이 자서전에서 그 알기 어려운 자신을 그가 아는 한도 내에서 모두 털어놓고 있다.

자서전의 제3부와 제4부는 앞의 제1부와 제2부에 비해 흥미가 다소 떨어진다. 자신의 대내외적 업적을 객관적으로 기술하여 개인적 의견이 별로 가미되지 않았기 때문이다. 또한 프랭클린이 80대의 노인이 되어 쓴 글이어서 65세 때 보인 박력과 활기가 빠져 있다. 이처럼 글쓰기의 분위기가 바뀐 것은 미덕의 기술이라는 공식을 이미 제시했고 그 원칙을 대내외적 사건에 적용하려 했기 때문이다. 이 결론 부분은 이 위대한 인물이 갖고 있는 다양한 재주와 업적이 실제 상황에서 성취되는 과정을 기술한 것이다.

옮긴이가 프랭클린 자서전을 읽은 것은 대학교 1학년 때였다. 그때 이 책을 읽은 소감은 '열심히 하면 이렇게 성공할 수 있구나' 하는 아주 교훈적인 것이었다. 그러나 자서전 제1부를 집필하던 때의 프랭클린 나이에 육박한 지금 이 책을 다시 읽어보니, 프랭클린이 얼마나 솔직하게 자신의 인생을 회고했는지 알게 되었다. 특히 젊은 사람들이 성공해 지상에 온 목적을 달성하기를 바라는 저자의 간절한 희망을 매 페이지에서 읽을 수 있었다. 옮긴이는 제1부부터 제4부까지 모두 흥미롭게 읽었으나 특히 제1부가 재미있었다.

　이 번역의 대본으로는 찰스 엘리엇이 편집한 소호판을 썼다. 독자의 편의를 위해 뒤에 붙인 '주요 등장인물'은 영문판 브리태니커백과사전, 스크리브너판 미국사 사전과 미국 인명사전, 노턴판 『벤저민 프랭클린 자서전』 등을 참조했음을 밝혀둔다.

이종인

1706년	1월 17일, 뉴잉글랜드 보스턴에서 태어나 올드사우스교회에서 세례를 받음.
1714년	그래머스쿨에 입학.
1716년	아버지가 운영하는 양초 가게에 조수로 들어감.
1718년	이복형 제임스가 운영하는 인쇄소에 도제로 들어감.
1721년	발라드를 써서 인쇄하여 거리에서 판매함. 형이 발간하던 신문 〈뉴잉글랜드 커런트*New England Courant*〉에 익명으로 기고함. 형의 투옥 후 일시적으로 신문의 발행인이 됨. 자유사상가가 되었고 채식주의를 실천함.
1723년	도제살이를 그만두고 필라델피아로 옮겨감. 키머인쇄소에 취직함. 채식주의를 그만둠.
1724년	독립하여 인쇄소를 차리라는 키스 지사의 조언을 받고서 런던에 활자를 사러 갔으나 지사의 협조는 빈말이었음. 런던에서 인쇄공으로 일함. 「자유와 필연, 쾌락과 고통에 관한 논문*Dissertation on Liberty and Necessity, Pleasure and Pain*」 발간.
1726년	필라델피아로 돌아와 잡화상의 점원으로 근무하다가 키머인쇄소의 관리자로 들어감.
1727년	준토라는 회원제 토론 클럽을 만듦.
1728년	휴 메러디스와 동업하여 인쇄소를 창업함.
1729년	신문 〈펜실베이니아 가제트*Pennsylvania Gazette*〉를 인수, 발행인이 됨. 「지폐의 본질과 필요성*Natures and Necessity of a Paper Currency*」이라는 글을 익명으로 인쇄, 출간함. 문구 가

	게를 인쇄소와 겸업함.
1730년	레베카(데버라) 리드와 결혼함.
1731년	필라델피아도서관 설립.
1732년	리처드 손더스라는 필명으로 쓴 「가난한 리처드의 달력_Poor Richard's Almanac_」 초판을 발간함. 그후 25년 동안 계속 발행된 이 달력은 프랭클린의 재치있고 현실적인 격언들을 많이 담고 있었음. 당시 다양한 인종들이 살고 있던 아메리카 대륙에서 미국인의 특성을 형성하는 데 큰 영향을 미침.
1736년	의회의 서기로 선임되고 유니언 소방조직을 설립함.
1737년	주의원으로 선임되고 우체국장에 임명됨. 필라델피아시의 경비조직을 구상함.
1738년	프랑스어, 이탈리아어, 스페인어, 라틴어를 혼자서 공부함.
1742년	프랭클린 난로를 발명함.
1743년	대학 설립 계획을 제안했고 이것이 1749년 채택되어 후일 펜실베이니아대학이 됨.
1744년	미국철학회를 창립함.
1746년	「명백한 진실_Plain Truth_」이라는 소논문을 발간하여 조직된 방위력과 군대 설립의 필요성을 역설함. 전기 실험을 시작함.
1748년	인쇄소를 동업자인 데이비드 홀에게 넘김. 평화위원회의 위원으로 임명되고, 시의회와 주의회 의원으로 선임됨.
1749년	인디언들과의 무역을 협상하는 위원으로 임명됨.
1751년	병원 설립에 적극 협조함.
1752년	연으로 실험하여 번개가 전기의 일종이라는 것을 발견함.
1753년	번개가 전기라는 것을 발견하여 고드프리 코플리 메달을 받음. 영국 왕립학회의 회원으로 선임되고, 예일대학과 하버드대학에서 명예 석사학위를 받음. 공동 체신부 장관에 임명됨.

1754년	올버니에서 열린 식민지회의에 펜실베이니아 대표로 임명됨. 여러 식민지들의 연합을 제안함.
1755년	브래독 장군의 군대에 군수품을 지원하기 위해 개인 재산을 담보로 잡혀 마차 등의 군수품을 조달함. 크라운 포인트 원정전을 지원하기 위하여 주의회로부터 자금을 지원받음. 자원 민병대 설립 법안을 통과시킴. 대령으로 임명되어 야전 부대를 지휘함.
1757년	필라델피아 시내의 가로등 설치에 관한 법안을 의회에서 통과시킴. 유명한 논문「부자로 가는 길*The Way to Wealth*」발표. 영주들에 대한 주의회의 입장을 호소하기 위해 영국으로 건너감. 계속 펜실베이니아 대리인으로 남음. 영국의 과학자, 문인들과 널리 교류함.
1760년	영국 추밀원으로부터 공공사업을 위해 영주들의 토지에 과세해도 좋다는 허락을 받아냄.
1762년	옥스퍼드대학과 에든버러대학으로부터 명예 법학박사 학위를 받음. 아메리카로 돌아옴.
1763년	우편업무를 시찰할 목적으로 북부 식민지들을 5개월 동안 여행함.
1764년	펜 가문의 공작으로 주의회 의원에 재선되지 못함. 펜실베이니아의 대리인으로 영국에 건너감.
1765년	인지세법의 통과를 막기 위해 총력을 기울임.
1766년	인지세법과 관련하여 영국 하원의 청문회에 참석. 매사추세츠, 뉴저지, 조지아의 대리인으로 임명됨. 괴팅겐대학 방문.
1767년	프랑스를 방문하여 프랑스 국왕을 알현함.
1769년	하버드대학을 위해 망원경을 확보함.
1772년	프랑스 학회의 외국인 회원으로 선임됨.
1774년	체신부 장관직에서 해임됨. 토머스 페인에게 영향을 주어

아메리카로 이민오게 함.

1775년	아메리카로 돌아옴. 제2차 대륙회의의 대의원으로 선임됨.
1776년	독립선언서 초안위원회의 위원으로 임명됨. 펜실베이니아 제헌위원회의 위원장으로 선출됨. 각 식민지들의 대리인으로 프랑스에 파견됨. 7월 4일 미국이 공식적으로 독립을 선언함.
1778년	프랑스와 방위, 친선, 통상 동맹을 맺음. 프랑스 왕을 알현함.
1779년	프랑스에 주재하는 전권全權 장관으로 임명됨.
1780년	폴 존스를 미국-프랑스 동맹의 사령관으로 임명함.
1782년	영국과의 예비 평화조약에 서명함.
1783년	영국과의 평화조약 본안에 서명함.
1785년~1788년	미국으로 돌아와 펜실베이니아 주지사로 재직함.
1787년	연방 제헌회의에 펜실베이니아 대표자로 파견됨.
1788년	공직생활에서 은퇴함.
1790년	4월 17일, 향년 84세로 사망함. 그의 무덤은 필라델피아 5번가와 아치스트리트의 교회 마당에 있다.

고드프리Godfrey, Thomas 1704~1749 1728~1730년 프랭클린의 집에 기숙한 임차인. 독학으로 뛰어난 수학자가 되었으며 '해들리의 사분의'를 발명했다. 유리 작업과 달력으로 수입을 보충했다. 프랭클린은 「고드프리의 달력」을 1729년, 1730년, 1731년에 인쇄했다. 그러나 프랭클린이 1732년 7월 10일 고드프리를 풍자하는 글을 〈펜실베이니아 가제트〉에 신자 화가 난 고드프리는 1732년 말 그의 달력을 앤드루 브래드퍼드에게로 가져갔다. 프랭클린은 황급히 「가난한 리처드의 달력」을 처음으로 편집했다. 그의 아들은 시인 토머스 고드프리다.

그레이스Grace, Robert 1709~1766 프랭클린의 초창기 은인. 프랭클린이 독자적으로 인쇄업을 할 수 있도록 도와준 인물이며, 프랭클린이 37년 동안 세들어 산 집의 주인이다. 아일랜드 귀족의 후예로 필라델피아에서 태어났다. 1740년 부유한 철기 제조업자 가문으로 장가들었다. 그레이스는 해외에서 광물학을 3년 동안 공부했고 귀국해서는 1745년부터 20년간 체스터 카운티에서 워릭 용광로를 운영하여 성공을 거두었다. 프랭클린은 1748년 그레이스가 채권자들에게 압박당할 때 그를 도와주었고, 프랭클린 난로를 고안하여 그레이스에게 제작하도록 했다.

노리스Norris, Isaac 1701~1766 칼라일과 올버니에서 열린 회의에 프랭클린과 동행했던 인물로 영주들에 반대하는 프랭클린의 정치적 동지였다. 시의회 의원을 거쳐 1734년 주의회 의원으로 선임되었다. 그는 의회의 다수파인 퀘이커교도의 지도자였고 주의회 의장으로 일하면서 프랭클린과 긴밀히 협조했으나 영주 식민지정부 대 왕령 식민지정부의 문제에 대해 의견이 갈라지면서 사이가 틀어졌다. 그의 서재는 필라델피아에서 장인인 제임스 로건의 서재 다음가는 훌륭한 서재로 알려졌다.

놀레|Nollet, Abbe Jean-Antoine 1700~1770 전기 이론을 두고서 프랭클린과 다툰 적수. 이 분야에서 프랑스 최고의 과학자였고 프랑스 왕립학회의 의장이었다. 놀레가 주장한 데카르트식 전기 이론이 널리 받아들여지고 있는 상황에서 프랭클린은 뉴턴식 전기 이론을 도입했다. 놀레는『전기 이론』을 써서 프랭클린의「실험과 관찰」을 공격했다.

달리바르|Dalibard, Thomas-Francois 1703~1799 프랭클린의「실험과 관찰」을 프랑스어로 번역한 사람. 번개가 전기의 성질을 띠고 있다는 프랭클린의 이론을 최초로 증명했다.

데넘|Denham, Thomas ?~1728 필라델피아의 상인. 브리스틀에서 나쁜 친구들을 만나 파산한 후 1715년에 신대륙으로 건너와 7년 만에 빚을 모두 갚았다. 그는 1726년 프랭클린이 영국에서 필라델피아로 돌아올 때 뱃삯을 빌려주었으며, 사망하면서 유서에 그 빚을 탕감한다고 적었다. 프랭클린은 1726년 10월부터 1727년 또는 1728년 3월까지 데넘의 가게에서 점원으로 일했다. 데넘의 사망 이전부터 프랭클린은 자신의 사업을 시작했다.

랠프|Ralph, James 1705~1762 프랭클린의 친구로, 프랭클린이 1726년 런던을 떠난 뒤에도 랠프는 계속 거기에 머무르면서 시와 희곡을 썼다. 소설가 헨리 필딩과 협력하여 정치적 저널리즘에 종사하기도 했다. 저명한 정치평

론가인 그가 정부에 반대하자 1753년 정부는 그에게 연간 300파운드의 연금을 주면서 정치에서 손 떼게 했다. 1757년, 랠프가 30년 전 아메리카에 버리고 떠났던 아들의 요청으로 프랭클린은 런던에서 랠프를 다시 만나 랠프에게 편집 일거리를 주었다. 랠프가 죽은 후에는 그의 책들을 아메리카로 가져와 후손들에게 주었다.

로건Logan, James 1674~1751 장서가, 고전학자, 수학자. 1699년 윌리엄 펜의 비서로 필라델피아에 왔고, 그후 50년 동안 영주들의 사업과 정치적 이익을 돌보았다. 1710년 모피수출 사업에서 성공을 거두어 그후에는 과학, 문학, 고전 등에 전념할 수 있는 여유를 얻었다. 1730년 로건은 필라델피아 맨션인 스텐턴으로 이사했다. 프랭클린은 로건의 3000권에 달하는 장서를 마음껏 빌려볼 수 있었고 그와 아주 흥미진진한 대화를 많이 나누었다. 프랭클린은 경력 초창기에 로건의 신세를 많이 졌다고 말했고 그와의 우정을 소중히 여겼다.

라우든Loudoun, John Campbell, 4-th Earl Of 1705~1782 1756년 브래독의 후임으로 군사령관이 된 우유부단한 장군. 당시 프랭클린은 라우든이 그 직책에 걸맞은 사람이라고 생각했지만 일 년 뒤에는 이렇게 말했다. "장군은 매사 나에게 잘 대해주었지만 그의 마음속에는 우리 지방에 대한 편견이 가득하다는 것을 발견했다." 라우든은 윌리엄 피트 경이 명령한 루이스버그 공격에서 참패한 직후 본국으로 소환되었다.

로즈Rose, Aquila 1695~1723 앤드루 브래드퍼드 밑에서 저니맨 인쇄공으로 일한 인물. 의회의 서기 일도 보았고 나룻배도 운영했다. 1723년 6월 24일에 사망했으며 사후에 그가 쓴 『시집』이 발간되었다. 그의 아들 조지프는 프랭클린 인쇄소에 도제로 들어갔다가 나중에 반장이 되었다.

르 루아Le Roy, Jean-Baptiste 1720~1800 프랭클린의 친구로 편지를 주고받았으며, 초창기의 과학적 제자이기도 하다. 르 루아는 1751년에 프랑스 왕립학회 회원에 선임되자마자 프랭클린의 전기 이론을 반박하는 놀레의 공격을 목격하고 프랭클린을 옹호하며 놀레를 재반박했다. 프랭클린은 1767년 파리에서 르 루아를 만났다.

리드, 세라 화이트Read, Sarah White 1675~1761 데버라 프랭클린의 어머니. 버밍엄에서 태어나 1701년 그곳에서 존 리드와 결혼했다. 그후 일곱 아이를 낳았으나 세 명만 성년까지 무사히 자라났다. 과부가 되자 프랭클린의 인쇄소 한구석에 가게를 내어 의약품을 팔았다. 프랭클린의 사생아 아들 윌리엄을 돌보았던 것으로 전해진다.

리드, 존Read, John 1677~1724 데버라 프랭클린의 아버지. 1711년 영국 버밍엄에서 필라델피아로 건너왔다. 목수 겸 건설업자였던 그는 부유했으나 사망 직전에 부동산을 잘못 저당잡혀 가족들에게 빚만 남기고 죽었다.

매더Mather, Cotton 1663~1728 보스턴의 세컨드 처치의 목사였던 아버지의 뒤를 이어 1685년 목사로 취임해 평생 일했다. 작가이자 정치가로도 활약했다. 세일럼 마녀재판을 지지함으로써 인심을 잃었고 국가에 대한 교회의 우위를 주장해 관가의 호의를 잃었다. 그는 천연두 예방접종을 적극적으로 옹호하고 홍보했다. 많은 신학 저서를 집필했고 프랭클린의 준토에 영향을 주었다. 프랭클린은 매더의 아들 새뮤얼 매더에게 그의 저서에 대해 이렇게 말했다. "내가 유능한 시민이라는 판정을 받는다면 그건 자네 아버지 책 덕분일세."

메러디스Meredith, Hugh 1697?~1750? 프랭클린의 인쇄업 동업자. 시골인 체스터 카운티 출신 주의원인 사이먼 메러디스의 아들. 1730년 인쇄업에서 철수하여 노스캐롤라이나의 케이프 피어로 떠나 농사를 지었다. 그 농장의 실상을 기록한 글을 〈펜실베이니아 가제트〉 1731년 5월 6일자와 15일자에 실었다. 1738년에 펜실베이니아로 돌아와 현지 정치에 참여해 농촌당의 대표가 되었다. 그는 프랭클린에게서 여러 번 돈을 빌려갔으나 1750년 종적 없이 사라졌다.

모리스, 로버트 헌터 Morris, Robert Hunter 1700?~1764 1754~1764년 펜실베이니아의 지사. 뉴저지 지사였던 루이스 모리스의 아들인데, 아버지에 의해 1730년 뉴저지의 대법관으로 지명되었다. 로버트 모리스는 토머스 펜과 함께 뉴저지의 영주이기도 했다. 모리스는 브래독 장군에게 펜실베이니아 사람들은 믿을 수 없다고 경고했고, 퍼디낸드 존 패리스에게 프랭클린은 오로지 자기 욕심밖에 모르는 사람이라고 말했다. 모리스가 사악하면서도 도발적인 방식으로 주정부를 운영하자, 프랭클린은 그를 가리켜 "악당이요, 바보요, 거짓말쟁이이며, 중상모략자"라고 비난했다. 지사직에서 물러난 후에는 평생직인 뉴저지 대법관으로 돌아갔다.

미첼 Mitchell, John ?~1768 프랭클린의 전기 이론을 영국 왕립학회에 소개한 친구. 자연학자, 내과의사, 지도 제작자였다. 프랭클린은 1782~1783년 평화협상 때 1755년 미첼이 만든 '북아메리카의 영국과 프랑스 영토'라는 지도를 사용했다. 미첼은 1725~1746년 버지니아에서 살다가 런던으로 돌아갔다.

버넌 Vernon, Samuel 1683~1737 로드아일랜드의 은세공업자. 프랭클린에게 빚을 대신 받아달라고 했으나 상당 기간 그 돈을 요청하지 않았다. 프랭클린은 훗날인 1754년 버넌의 아들 토머스를 뉴포트의 우체국장으로 임명했고, 버넌의 손자가 진 빚을 대신 갚아주기도 했다. "내 어린 시절 나의 진정한 친구였던 그의 할아버지에게 고마움을 표시하기 위해" 그렇게 했다고 프랭클린은 말했다.

본Vaughan, Benjamin 1751~1835 부유한 자메이카 상인인 아버지와 메인주 출신의 어머니 사이에서 태어났다. 조지프 프리스틀리의 제자로서 법률과 의학을 공부했으나 둘 다 생업으로 삼지는 않았다. 1776~1779년에 프랭클린의 도움을 받아가며 프랭클린의 에세이를 편집했다. 영국 수상 셸번 경의 개인 비서였던 본은 파리 평화회담 때인 1782~1783년에는 셸번 경의 개인 사절로 프랭클린에게 파견되었다. 이때 프랭클린에게 자서전 집필을 독려했다. 프랑스혁명 시기인 1794~1796년을 프랑스와 스위스에서 보낸 후 메인주의 가족 영지로 돌아와, 사망할 때까지 많은 분량의 저술을 남겼고 실험적 농업을 시도했다.

브래독Braddock, Edward 1695~1755 1755년 북아메리카의 영국 정규군 사령관으로 임명되었다. 그는 엉성한 조언에 바탕을 둔 엉터리 작전 계획의 희생자였다. 그는 보급품을 제대로 갖추지 않은 채, 군대가 기다란 행렬을 이루며 진군하게 했다. 그리하여 프랑스와 인디언 연합군과 맞닥뜨렸을 때 영국군은 완전히 지쳐 있는 상태였다. 1755년 7월 9일 머농가힐라전투에서 조지 워싱턴이 이끄는 민병대는 용감하게 싸웠지만 영국군은 패배했고 브래독 장군은 치명상을 입었다. 프랭클린은 "장군이 너무 많은 자신감을 갖고 있었고 또 자신이 너무 안전하다고 생각했다"고 적었다.

브래드퍼드, 앤드루 Bradford, Andrew 1686?~1742 필라델피아의 유일한 인쇄업자였으나 이후 새뮤얼 키머 인쇄소가 생겨났고 또 벤저민 프랭클린도 인쇄소를 차렸다. 세 인쇄소는 서로 치열한 경쟁업체가 되었고 프랭클린은 1737년 브래드퍼드의 뒤를 이어 그 도시의 우체국장이 되었다. 브래드퍼드는 우체국의 회계보고서를 정확하게 제출하지 않는 바람에 경질되었다. 브래드퍼드는 철기 사업과 부동산에 투자하여 인쇄업 이외의 수입원이 있었다.

브록던Brockden, Charles 1683~1769 1706년에 필라델피아에 도착한 이래 브록던은 법률 문서를 작성하는 공증인으로 활약했다. 그는 각종 계약서와 영주 기록의 기록자였다. 프랭클린은 1732년에서 1739년 사이에 그를 위해 인쇄 일을 많이 했다. 브록던은 신앙생활을 하면서 종파를 여러 번 바꾸었는데 처음에는 성공회, 이어 퀘이커, 그다음에 화이트필드 목사의 교도였다가 마지막으로 모라비아교도가 되었다. 그의 손자 찰스 브록던은 소설가로 알려져 있다.

브린트널Breintnall, Joseph ?~1746 준토의 여러 회원들 중 브린트널은 프랭클린이 가장 좋아하는 친구였다. 그는 앤드루 브래드퍼드의 신문에 프랭클린과 함께 〈호사가〉라는 칼럼을 공동으로 기고했고 가끔 시를 썼다. 프랭클린처럼 과학에 흥미가 깊어서 영국 왕립학회와 서신 교환을 했다. 그는 1746년 3월 16일 물에 빠져 죽었다. 그의 옷이 강가에서 발견되었기 때문에 자살 의혹이 있었다. 그는 이신론의 원칙들을 적극 표명하는 사람으로 유명했고 그것 때문에 주변의 압박을 받아 심한 스트레스를 느낀 터였다.

셜리Shirley, William 1694~1771 1741~1757년 매사추세츠의 지사를 역임했다. 그는 식민지연합이라는 프랭클린의 아이디어에 동조했고 1754년에는 이 아이디어에 대해 프랭클린과 서신을 주고받았다. 이 편지는 12년 뒤 언론에 공표되었고 인지세법을 반대하는 여론에 영향을 미쳤다. 1745년 셜리는 루이스버그 요새가 있는 케이프브레턴섬에 대해 성공적인 정벌전을 벌였고 1756년에는 브래독 장군의 후임으로 지명되었다. 그후 지휘관이 라우든 경으로 교체되자, 셜리는 런던으로 돌아가 1759~1767년 바하마 지사를 지냈다. 그후에는 매사추세츠주 록스베리로 완전히 은퇴했다.

스펜서Spencer, Archibald 1698?~1760 내과의사 겸 전기에 대한 강연을 한 대중적
연사. 프랭클린은 스펜서를 1743년 6월 보스턴에서 처음 만났다. 그리고
다음해 스펜서가 필라델피아에서 강연할 때도 또 만났을 것으로 추측된
다. 스펜서는 그후 버지니아주 프레더릭버그로 이사했다. 이신론자로 악
명이 높았으나 1749년 목사로 서품되었고 1751년 이후 여생을 메릴랜드
주의 앤 아룬델 카운티의 성공회 목사로 보냈다.

시플리Shipley, Jonathan, Bishop of St. Asaph 1714~1788 프랭클린이 소중하게 생각한
영국인 친구들 중 한 명. 그는 아메리카 식민지들을 대놓고 지지했기 때
문에 영국 교회 내에서 주교 이상으로 승진하지 못했다. 그는 미국을 가
리켜 "지구상에 유일하게 남아 있는 자유인의 배양소"라고 했다.

애머스트Amherst, Jeffrey 1717~1797 라우든 경에 이어 북아메리카에 주둔하는 영
국군의 사령관에 임명되었다. 그는 1758~1760년 일련의 전투를 벌여 아
메리카 식민지에 대한 프랑스의 위협을 제거했다. 애머스트가 소장으로
사령관직을 수행할 때 울프 장군이 준장으로 그를 충실히 보좌하며 많은
승리를 이끌었다. 1776년에도 사령관직을 제안받았으나 아메리카인을
상대로 하는 전투를 거부했다. 하지만 프랑스가 전쟁을 선언한 이후 영
국 내의 영국군 지휘는 수락했다.

와이게이트Wigate, John 프랭클린은 1726년 와츠인쇄소를 떠난 뒤에도 오랫
동안 이 동료 인쇄공과 우정을 나눴다. 그는 1744년의 한 편지에서 이렇
게 썼다. "나의 오랜 친구 와이게이트에게 다정한 안부를 전해주세요."

와츠Watts, John 1678?~1763 8세기 전반 런던에서 가장 유명했던 와츠인쇄소의
주인. 그는 윌리엄 스트래헌과 프랭클린의 동업자인 데이비드 홀 같은
유명한 인쇄공을 훈련시켰다.

왓슨, 조지프 Watson, Joseph ?~1728? 프랭클린의 젊은 시절 친구로서 시를 잘 지었고 공증인 찰스 브록던의 서기였다. 왓슨은 나중에 데버라 리드의 여동생과 결혼했다. 프랭클린은 자서전 초고에서 한 문장을 삭제했는데, 리드 가문이 1726년 왓슨 때문에 프랭클린의 귀국을 따뜻하게 환영했다는 내용이었다.

울프 Wolfe, James 1727~1759 애머스트 장군을 보좌하다가 1759년 소장으로 승진하여 캐나다의 퀘벡을 점령하는 작전을 지휘했다. 같은 해 9월 에이브러햄평원에서 프랑스의 몽칼름 장군이 이끄는 적을 맹렬히 공격하다가 승전을 눈앞에 두고 전사했다. 영국은 이 전투에서 승리하여 퀘벡을 차지했다. 1763년 파리조약이 맺어지자 영국은 캐나다로부터 플로리다에 이르는 미시시피강 유역의 광대한 영토를 차지하여 북아메리카에서 프랑스 세력을 완전히 몰아냈다.

웰페어 Welfare, Michael 1687~1741 던커파 지도자. 던커파는 펜실베이니아의 에프라타에 공동체를 이루고 살았다. 프랭클린은 1734년 9월 25일자 〈펜실베이니아 가제트〉에서 웰페어에 대해 이렇게 묘사했다. "웰페어는 청교도의 복장에 리넨 모자를 쓰고 수염을 길게 기르고 손에는 지팡이를 든 채 시장에 나타났다. 그는 자신이 이 도시의 불공정과 사악함을 비난하기 위하여 하느님이 직접 보낸 사자라고 말했다." 프랭클린은 1737년 그의 설교집을 인쇄했다.

제임스 James Abel, 1724~1790 여러 해 동안 퀘이커교단의 행정가로 일했고 퀘이커교도의 정치조직인 프렌들리 어소시에이션에 몸담았다. 그는 1750년대에 프랭클린과 함께 인디언 문제를 처리했다. 아메리카 독립혁명이 다가오자 그의 상업적 사무는 기울기 시작했는데 그가 왕당파라는 것이 알려졌기 때문이다. 하지만 그는 그레이스 갤러웨이 같은 고통받는 퀘이커교도들의 재정 자문 및 집행인으로 활약했다. 제임스는 그레이스 갤러웨이의 유품에서 프랭클린의 자서전 제1부 원고를 발견하고 그 뒤를 이어서 쓸 것을 프랭클린에게 권고했다.

캔턴Canton, John 1718~1772 런던의 학교 교사. 영국에서 처음으로 프랭클린의 전기 실험을 반복한 인물. 그는 그후에도 독자적으로 전기를 연구했고 프랭클린의 친구가 되어 과학, 합리적 종교, 자유주의 등에 대한 관심사를 공유했다.

케네디Kennedy, Archibald 1685~1763 프랭클린의 올버니 계획을 찬성한 사람. 뉴욕의 세입 징수관이었고 독립혁명 이전 시대의 대표적 지식인이며 정치 이론가였다. 그의 아들 케네디 아치볼드 주니어는 프랭클린이 1757년 영국으로 건너갈 때 탄 배가 실리군도에서 난파당할 뻔한 것을 아슬아슬하게 예방한 해군 대령이다.

콜린슨Collinson, Peter 1694~1768 회원제 도서관의 초기 후원자이자 런던 왕립학회 회원. 그는 영국의 상인으로 아메리카와 거래하면서 국내외의 과학자들과 편지를 주고받았다. 프랭클린은 1770년 2월 8일에 작성한 한 회고 문서에서 콜린슨의 조력으로 자신의 전기 이론이 널리 지지를 받게 되었다고 적었다.

콜먼Coleman, William 1704~1769 1728년 프랭클린의 인쇄업에 자금을 댔고 정치적 입장이 달랐음에도 평생 친구로 지냈다. 상인이었던 그는 1758~1769년 대법원의 대법관을 지냈다. 그가 1768년에 암수술을 받기 위해 런던에 건너갔을 때, 프랭클린이 옆에서 간호했다.

키스Keith, William 1680~1749 스코틀랜드 남작의 후예. 남부 식민지들에서 세관

검사원으로 일하다가 1716년 필라델피아 상인들의 요청으로 주지사에 임명되었다. 하지만 더 많은 지폐를 발행하라고 명령해 상인들의 반발을 샀다. 그는 독자적인 정당을 구축했고 1726년 영주들에 의해 지사직에서 해임되었다. 앤드루 해밀턴은 키스의 정치를 이렇게 평가했다. "키스는 부자들이 가난한 사람들을 노예로 만들려는 속셈을 가졌다며 공격했다. 그는 평민들의 가슴속에 엄청난 불안감을 불러일으켰다." 키스는 지사에서 해임되고 나서 주의회 의원으로 두 번 선출되었으나, 1728년 채권자들을 피해 영국으로 달아났고, 작가 겸 식민지 고문으로 일하다가 다시 새로운 빚을 져서 1734~1735년 감옥에 수감되었다. 그는 1749년 11월 18일 채무자 감옥에서 죽었다. 그의 손녀 엘리자베스 그래미는 윌리엄 프랭클린과 잠시 약혼했다가 파혼했다.

키머Keimer, Samuel 1688?~1742 키머는 런던에서 인쇄업자로 일한 9년 동안 두 번 파산하고 아홉 번 감옥에 수감되었다. 한번은 들어가서 6년을 복역했다. 1722년 필라델피아에서 그는 노예들을 위한 학교를 열었으나, 프랭클린이 필라델피아에 도착한 1723년에는 인쇄소를 운영했고 그 2년 뒤에는 새뮤얼 시월의 『퀘이커교도의 역사』를 인쇄하는 일에 고용되었다. 1728년 키머는 이 일의 일부를 프랭클린과 메러디스가 공동 운영하는 인쇄소에 하청을 주었다. 그는 프랭클린을 디오게네스와 돈키호테를 섞어놓은 듯한 인물이라고 풍자했다. 필라델피아에서 브래드퍼드와 경쟁하면서 신문을 발간했으나 구독자가 너무 없어서 곧 프랭클린에게 넘겼다. 키머는 그후 인쇄업이 잘되지 않자 바베이도스의 브리지타운으로 옮겨갔고 그곳에서 1731년에 카리브 지역 최초의 신문을 발간했다.

티머시Timothee, Elizabeth ?~1757 엘리자베스는 1738년에 사망한 루이스 티머시의 아내였다. 루이스는 1731년 네덜란드에서 아메리카로 이민온 사람으로, 프랭클린은 1732~1733년 루이스를 인쇄소의 저니맨 겸 회원제 도서관의 사서로 채용했고, 이후에는 사우스캐롤라이나에 파트너로 파견했다. 그가 죽자 엘리자베스가 인쇄소를 계속하여 6년 만에 프랭클린에게 투자금을 돌려주었다.

파머, 새뮤얼 Palmer, Samuel ?~1732 런던에 도착한 프랭클린을 처음으로 채용한 인쇄소 주인. 1723년경부터 바살러뮤 클로스에서 인쇄소를 운영했다. 그는 『인쇄의 역사』라는 형편없는 책의 일부분을 집필했고, 〈그러브 스트리트 저널〉을 발간했으며, 1731년에는 왕실의 개인 인쇄소를 감독했다. 하지만 사망 직전에 도산했다.

패리스 Paris, Ferdinand John ?~1759 런던에서 근무하는 영주들의 대리인으로서 그는 1720년대부터 펜 가문에 식민지 문제를 조언하는 자문관으로 일했고, 1730년대에 펜실베이니아의 대리인을 역임했다. 식민지 관련 법률의 전문가인 패리스는 주지사들에게 보내는 지시사항을 초안했고 의회의 메시지에 대한 답변을 작성했다. 그는 1759년 12월 16일에 사망했는데, 그 시점은 이 책 제4부에서 언급된 청문회가 개최되기 몇 달 전이었다.

펜, 윌리엄 Penn, William 1644~1718 펜실베이니아의 창업자이며 영주. 영국 제독의 아들로 태어나 옥스퍼드대학을 다녔다. 스물두 살 때 퀘이커교 설교자인 토머스 로의 '온 세상을 극복하는 승리'라는 설교를 듣고서 퀘이커교도가 되었다. 퀘이커교는 국교인 성공회의 반대 세력으로서, 그 당시 영국 내에서 가장 많은 오해와 경멸을 받았다. 그들은 영국 왕에 대한 정치적, 종교적 충성 맹세를 거부했고 전쟁 참가를 반대했다. 펜은 영국 내에서 퀘이커교의 종교적 신조를 납득시키려 했으나 여의치 못하자 그의 종교적 사상을 아메리카에서 실천하기로 결심했다. 당시 영국 국왕 찰스 2세는 윌리엄 펜의 아버지에게 금전적 채무를 지고 있었는데, 펜은 왕에게 그 빚 대신에 아메리카의 땅을 달라고 요청했다. 아메리카 신대륙의 황무지를 일부 떼어주고 빚을 변제한다는 것은 왕으로서도 괜찮은 거래였다. 이렇게 하여 생겨난 땅이 펜실베이니아(펜 가문의 숲)이고 그 주요 도시가 필라델피아(형제적 사랑의 도시)였다. 1701년 그가 왕으로부터 받은 특허장은 1776년까지 펜실베이니아의 헌법 역할을 했다.

펜, 토머스 Penn, Thomas 1702~1775 윌리엄 펜은 사망하면서 펜실베이니아 땅을 세 아들에게 물려주었다. 맏아들 존은 1746년에 죽으면서 자기 몫의 땅을 둘째 토머스에게 물려주었고, 막내 리처드 역시 자기 몫 땅의 관리를 형인 토머스에게 일임했다. 이리하여 대표 영주가 된 토머스는 퍼디낸드 존 패리스를 통해 영지의 관리 정책을 시달했고 패리스는 다시 펜실베이니아 지사(정확히 말하자면 부지사, 정식 지사는 세습 영주인 토머스 펜)에게 하달했다. 1754년 토머스 펜은 프랭클린을 가리켜 "영국 국왕에게 잘 봉사하는 아메리카 내의 유능한 인물"이라고 높이 평가했으나, 영주의 토지들에 대해 펜실베이니아 의회가 과세하려고 하자 프랭클린과 완전히 사이가 틀어져버렸고 "그자와는 다시 대화를 나누지 않겠다고" 선언했다. 프랭클린도 "이 세상에서 토머스 펜보다 더 많은 경멸을 받아 마땅한 자는 없을 것이다"라고 말하면서 불쾌감을 표시했다.

포널Pownall, Thomas 1722~1805 프랭클린의 가까운 친구이며 해외의 정치적 동지. 포널은 뉴욕 주지사의 비서 자격으로 뉴욕에 왔으나 지사가 자살해버리는 바람에 혼자서 식민지 지역을 여행해야 했다. 1756년 필라델피아에 온 포널은 프랭클린과 동맹했다. 포널이 런던에서 영향력을 갖고 있고 프랭클린은 아메리카에서 힘이 있었기 때문에 이 둘의 동맹은 영주들을 놀라게 했다. 포널은 1757~1760년에는 매사추세츠 주지사를 역임한 뒤, 영국으로 돌아가 아메리카 식민지 사정을 밝히는 저서들을 집필했다.

포더길Fothergill, John 1712~1780 런던에 사는 프랭클린의 개인 의사. 포더길은 영국 퀘이커교의 지도자로서 퀘이커교파에 영향을 미치는 모든 문제에 대해 펜실베이니아에 주기적으로 보고했다. 영국 고위 관리들의 주치의 이기도 한 그는 독립혁명 동안에 적절한 정보를 제공하고, 고위 관리들 과 프랭클린 사이에서 중재를 하기도 했다. 프랭클린은 포더길을 가리켜 "이 세상에서 그보다 더 선량한 사람을 생각하기 힘들다"고 말했다.

폴저Folger, Peter 1617~1690 프랭클린의 외할아버지. 침례교 신자이며 영국 노리치 출신으로 1635년에 아메리카로 이민했다. 청교도 지도자인 휴 피터의 하녀와 결혼했고 1664년 낸터컷에 인디언 말 통역사 겸 법원의 서기로 정착했다. 그는 새로 들어오는 행정부에 법원 기록의 인도를 거부했다는 죄목으로 1676년 감옥에 갔다.

프랭클린, 데버라 리드 Franklin, Deborah Read 1707?~1774 44년간 함께 산 프랭클린의 아내. 그녀의 출생지나 출생시점은 알려져 있지 않다. 1711년 필라델피아로 온 목수 존 리드의 일곱 자녀 중 둘째로 태어나 1725년 8월 도공인 존 로저스와 결혼했으나 로저스는 1727년 서인도제도로 도망쳤다. 프랭클린은 이 사실 때문에 1730년 9월 1일 데버라와 법적 결혼이 아니라 사실혼 관계를 유지할 수밖에 없었다. 데버라는 이미 결혼했다가 파혼한 몸에다 빚 많은 집의 딸이었으므로, 프랭클린에게 사생아가 있다는 것을 알면서도 결혼했다. 프랜시스 프랭클린보다 한두 살 위인 이 아들이 『벤저민 프랭클린 자서전』 제1부 첫머리에서 프랭클린이 언급한 "나의 아들", 윌리엄 프랭클린이다. 한동안 이 아들 때문에 집안에 긴장감이 감돌았으나 부부 사이에 프랜시스 프랭클린이 태어나면서 많이 완화되었다. 그러나 프랜시스는 1736년 11월에 사망했다. 데버라는 결혼 후 윌리엄을 집안에 두고 친정어머니 세라 리드와 함께 길렀다. 데버라는 배타는 것을 거부했기 때문에 프랭클린은 44년 결혼생활 중 25년을 혼자 살았다. 하지만 그들의 애정은 변함이 없었다. 그녀가 뇌졸중으로 사망하자 프랭클린은 아내의 부재가 점점 크게 느껴진다고 말했다.

프랭클린, 벤저민 Franklin, Benjamin 1650~1727 프랭클린이 좋아했던 삼촌. 영국에서 실크 염색공으로 재미를 보지 못하고 아내와 열 명의 자식 중 아홉 명을 잃은 후 1715년 아메리카로 이민했다. 아들인 새뮤얼이 거둘 때까지 그는 형 조사이어의 집에서 살았다. 프랭클린은 이 삼촌과 아버지가 서로 떨어져 있었을 때는 다정한 형제였으나, 한집에 같이 살 때는 서로 오해하고 싫어하는 사이였다고 적었다.

프랭클린, 어바이어 폴저 Franklin, Abiah Folger 1667~1752 프랭클린의 어머니. 낸터컷 출생. 22세 때 35세인 남편과 결혼했다. 남편은 이미 11세 이하의 자녀 여섯을 두고 있었으나 그후 20년 동안 10명의 자녀를 더 낳았다. 1745년 과부가 되어 딸 제인 미컴과 함께 보스턴에서 살았다. 어머니는 프랭클린이 프리메이슨에다 아르메니아교도인 것을 걱정했다. 어머니는 아들에게 "네가 모든 지위에서 사랑받기를 바란다"고 말했다.

프랭클린, 윌리엄 Franklin, William 1731?~1813 프랭클린의 사생아 아들. 아버지 프랭클린의 집에서 성장했고 1762년까지 프랭클린을 수행하며 공무를 배웠다. 그러나 이해에 법관 시험에 합격하고 돈 많은 상속녀와 결혼하면서 영국 국왕을 지지하는 왕당파 자격으로 뉴저지 주지사에 임명되었다. 프랭클린이 『벤저민 프랭클린 자서전』 제1부를 쓸 무렵, 윌리엄은 마흔 살 정도였고 가장 성공을 거둔 왕당파 주지사였다. 아메리카 독립혁명이 전개되면서 윌리엄은 점점 왕당파의 기질을 뚜렷하게 드러내기 시작했다. 식민지를 옹호하는 애국파인 프랭클린은 1773년 아들이 지독한 왕당파라고 지적하면서 모든 것을 영국 정부의 눈으로만 본다고 비난했다. 독립전쟁이 시작되자 윌리엄은 투옥되었으나 영국 정부가 손을 써서 풀려났다. 윌리엄은 영국으로 은퇴하여 그곳에서 살았다. 윌리엄 자신도 사생아 아들인 윌리엄 템플 프랭클린을 두었는데, 이 손자가 노년의 프랭클린을 수행했다.

프랭클린, 제임스 Franklin, James 1697~1735 프랭클린의 형. 1717년 런던에서 인쇄기와 활자를 가지고 돌아와 보스턴에 인쇄소를 차렸다. 1719년 12월부터 1720년 8월까지 〈보스턴 가제트〉를 인쇄, 발행했고 1721~1726년에는 자신의 명의로 〈뉴잉글랜드 커런트〉를 인쇄, 발행했다. 1727년 〈뉴잉글랜드 커런트〉가 실패하자, 뉴포트로 이사하여 〈로드아일랜드 가제트〉를 발간했다. 그의 사망 후에 아들 제임스 주니어가 프랭클린의 인쇄소에서 도제살이를 했는데 프랭클린은 이 조카가 "언제나 불평불만이 많은 아이"라고 말했다. 제임스 주니어는 1748년경 어머니 앤 스미스 프랭클린이 맡아 하고 있던 뉴포트의 인쇄소로 돌아갔다. 1762년 제임스 주니어가 사망하자, 앤 스미스 프랭클린은 사망할 때까지 인쇄소 일을 계속했다.

프랭클린, 조사이어 Franklin, Josiah 1655~1744 프랭클린의 아버지. 1683년에 보스턴으로 이민올 때는 실크 염색공이었고, 이후에는 양초와 비누를 제조했다. 올드사우스교회 바로 앞에 자리를 잡았는데, 프랭클린은 이 교회에서 세례를 받았다. 조사이어는 교회에서 합창단 지휘자로 활약했다. 1708년에 이르러 조사이어는 개인적인 예배 모임에 가입했는데 거기에는 대법관 새뮤얼 시월 같은 사람이 소속돼 있었다. 1771년 7월 프랭클린은 그의 아버지가 "아주 현명한 분"이었다고 회상했다.

프랭클린, 조사이어 주니어 Franklin, Josiah Jr. 1685?~1715 가출하여 선원이 된 프랭클린의 이복형. 그는 동인도제도에서 9년간을 선원으로 보낸 후 집으로 돌아와 프랭클린 가문의 자녀 열세 명이 참석한 커다란 잔치를 열었다. 그후에는 더이상 소식이 들려오지 않았다.

프랭클린, 존 Franklin, John 1690~1756 프랭클린이 좋아했던 맏형. 아버지 조사이어의 가업을 이어 비누 만드는 직공이 되었다. 1715년 뉴포트로 이사가서 왕관이 찍힌 초록색 비누를 개발하여 상당한 돈을 벌었고 이 돈으로 여러 해 동안 가족을 부양할 수 있었다. 1744년 보스턴으로 돌아와 새로 설립된 유리 공장의 파트너가 되었고, 그 10년 뒤에는 프랭클린의 도움으로 우체국장에 임명되어 사망할 때까지 그 자리를 지켰다.

프랭클린, 토머스 Franklin, Thomas 1598~1682 프랭클린의 할아버지로, 대장장이였다. 그는 중상모략하는 시를 썼다는 죄목으로 일 년 반 동안 옥살이를 했다. 하지만 엄격한 원칙과 모범 아래, 자녀들을 종교적인 사람으로 길러냈다.

프랭클린, 토머스 Franklin, Thomas 1637~1702 프랭클린의 큰아버지. 아버지 토머스 밑에서 대장장이로 훈련되었다. 프랭클린의 생애 및 성격은 이 토머스와 너무 유사하여 큰아버지의 환생이라는 말을 들었다. 토머스는 교사, 공증인, 담배 상인, 카운티 법원의 서기, 대주교의 서기 등으로 일했으며, 그는 홍수를 다스리는 방법을 고안하기도 했다. 그를 마법사라고 생각하는 사람도 있었으나, 여러 사람들이 그의 조언과 의견을 구했다. 그의 재능은 음악 분야에까지 뻗쳤다. 그는 엑턴교회에 차임벨을 달았고 손수 오르간을 제작하기도 했다.

피터스Peters, Richard 1704?~1776 문화적 관심사를 함께 나눈 프랭클린의 초창기 친구. 피터스는 1743년부터 1762년까지 지방 의회의 서기로서 영주들의 이익을 대변했다. 제임스 로건은 피터스를 가리켜 "펜실베이니아에서 가장 학식이 높은 사람"이라고 말했다. 피터스는 펜실베이니아대학의 재단이사장도 역임했다. 하지만 프랭클린이 영주들을 공격하면서 두 사람의 우정은 끝났다. 1757년에 피터스는 이렇게 썼다. "나는 프랭클린의 미덕과 부패하지 않는 정직성은 높이 평가한다. 하지만 당파심이 진실과 솔직함의 경계를 모두 걷어내버렸다. 그는 부지불식간에 당파심의 유혹에 빠져 자신의 영혼을 황폐하게 만들었다." 피터스는 1762년에 공직을 떠나 필라델피아 성공회 교회의 목사가 되었다.

피트Pitt, William 1708~1778 탁월한 연설가이며 1756~1761년 영국 총리를 지냈다. 1766년에 채텀 백작이 되었다. 그는 아메리카 식민지들을 옹호하면서 전쟁을 피하기 위해 1774~1775년에 프랭클린과 협력했다. 1761년 아메리카인들은 피트를 우상처럼 떠받들었다. 피트는 프랭클린을 가리켜 "영국뿐만 아니라 인류 전체에 명예가 되는 인물"이라고 평가했다.

하우스House, George ?~1754? 프랭클린이 1728년 인쇄소를 차렸을 때 처음 고객을 데리고 온 사람. 퀘이커교도인 그는 구두 제조업자였고 프랭클린이 설립한 유니언 소방조직의 초창기 회원이었다. 1746년 그는 시의회에서 근무했고 가난한 사람들을 구제하는 사업의 감독관으로 활동했다.

해밀턴Hamilton, Andrew 1676?~1741 버지니아의 변호사로 주의회의 의장 자리에까지 올랐으며 검열 철폐를 주장하는 변론을 펴서 '필라델피아 변호사'라는 별명을 얻기도 했다. 그의 아들 제임스는 나중에 지사가 되었다. 1754년 2월 주지사 제임스 해밀턴이 펜실베이니아 의회와 불화하고 있을 때 프랭클린이 영향력을 발휘해 제임스에게 연봉 500파운드를 지급하는 안건을 의회에서 의결했다.

헴필Hemphill, Samuel 아일랜드인 장로교 목사. 파격적인 설교를 하여 많은 자유사상가들을 매혹시켰으나 이단으로 고발되었으며 표절이라는 의혹을 받았다. 1735년 4월 26일 더이상 설교하지 말라는 명령을 받았다. 프랭클린은 이 목사를 옹호하는 논문을 써서 금지 명령의 타당성에 의문을 제기했다.

홀Hall, David 1714~1772 프랭클린의 인쇄소 동업자. 스코틀랜드 출신으로 런던에서 인쇄공으로 일했으나 1744년 7월 프랭클린의 초청으로 3년 기한으로 필라델피아에 일하러 왔다. 그다음에는 프랭클린의 지원 아래 서인도제도에 그의 인쇄소를 설립하기로 되어 있었다. 하지만 3년 기간이 끝나자 프랭클린은 홀에게 정식 파트너의 자격을 주어 필라델피아에 머무르게 했다. 1748년 1월 1일, 홀은 데버라 프랭클린 가문의 여자와 결혼하기 일주일 전에 프랭클린의 인쇄소 주식을 700파운드에 사들였고 가게 이익금에서 연간 500파운드를 주기로 했는데, 이것을 18년 동안 계속 지불했다. 또 〈펜실베이니아 가제트〉에서 나오는 이익금의 일부도 1772년까지 프랭클린에게 지불했다.

홈스Homes, Robert 1694~1743? 1716년 프랭클린의 누나 메리와 결혼. 보스턴과 필라델피아를 오가는 여객선의 선장이었으며, 바다에서 죽었다.

홉킨슨Hopkinson, Thomas 1709~1751 프랭클린과 친한 준토 클럽의 회원. 여러 법정에서 판사를 지냈고 정직과 성실, 재치와 예의로 명성이 높았다. 그는 미국철학회의 초대 회장이었다. 그의 아들 프랜시스 홉킨슨은 프랭클린 상속 재산의 집행인이었고 프랭클린의 유서에 따라 과학 장비를 물려받았다.

화이트필드Whitefield, George 1714~1770 인기가 높았던 감리교 목사. "커다란 깨달음"을 안겨주는 놀라운 웅변 능력의 소유자였다. 그는 1738년 아메리카로 건너올 때 그 배의 선원들을 개종시켰다고 전해진다. 1739년부터 1770년까지 아메리카를 여섯 번 방문하여 감리교를 널리 전파하고 조지아의 고아원 사업을 후원했다. 프랭클린은 화이트필드가 촉발한 신학 논쟁의 양측 주장을 동시에 인쇄하여 발간했다.

흄Hume, David 1711~1776 영국의 위대한 철학자 겸 역사가. 헨리 콘웨이 장군
의 비서였고 허트퍼드 후작 프랜시스 콘웨이의 비서였다. 1762년 흄은 프
랭클린을 철학자이며 위대한 문인이라고 칭송했으나, 1771년에는 프랭클
린의 애국적 정치관에 분노하여 "아주 파당적인 인물"이라고 비난했다.

문학동네 세계문학전집 발간에 부쳐

세계문학은 국민문학 혹은 지역문학을 떠나 존재하는 문학이 아니지만 그것들의 총합도 아니다. 세계문학이라는 용어에는 그 나름의 언어와 전통을 갖고 있는 국민문학이나 지역문학의 존재를 인정하면서 그것을 넘어서는 문학의 보편적 질서에 대한 관념이 새겨져 있다. 그 용어를 처음 고안한 19세기 유럽인들은 유럽문학을 중심으로 그 질서를 구축했지만 풍부한 국민문학의 전통을 가지고 있는 현대의 문학 강국들은 나름의 방식으로 세계문학을 이해하면서 정전(正典)의 목록을 작성하고 또 수정한다.

한국에서도 세계문학 관념은 우리 사회와 문화의 변화 속에서 거듭 수정돼왔다. 어느 시기에는 제국 일본의 교양주의를 반영한 세계문학 관념이, 어느 시기에는 제3세계 민족주의에 동조한 세계문학 관념이 출현했고, 그러한 관념을 실천한 전집물이 출판됐다. 21세기 한국에 새로운 세계문학전집이 필요하다는 것은 명백하다. 우리의 지성과 감성의 기준에 부합하는 세계문학을 다시 구상할 때가 되었다.

문학동네 세계문학전집은 범세계적으로 통용되는 고전에 대한 상식을 존중하면서도 지난 반세기 동안 해외 주요 언어권에서 창작과 연구의 진전에 따라 일어난 정전의 변동을 고려하여 편성되었다. 그래서 불멸의 명작은 물론 동시대 세계의 중요한 정치·문화적 실천에 영감을 준 새로운 작품들을 두루 포함시켰다.

창립 이후 지금까지 한국문학 및 번역문학 출판에서 가장 전문적이고 생산적인 그룹을 대표해온 문학동네가 그간 축적한 문학 출판 경험을 바탕으로 새로운 세계문학전집을 펴낸다. 인류가 무지와 몽매의 어둠 속을 방황하면서도 끝내 길을 잃지 않은 것은 세계문학사의 하늘에 떠 있는 빛나는 별들이 길잡이가 되어주었기 때문이다. 우리가 자부심과 사명감 속에서 그리게 될 이 새로운 별자리가 독자들의 관심과 애정에 힘입어 우리 모두의 뿌듯한 자산이 되기를 소망한다.

문학동네 세계문학전집 편집위원

민은경, 박유하, 변현태, 송병선, 이재룡, 홍길표, 남진우, 황종연

세계문학전집 231

벤저민 프랭클린 자서전

초판 인쇄 2023년 6월 30일
초판 발행 2023년 7월 7일

지은이 벤저민 프랭클린 | 옮긴이 이종인

책임편집 손예린 | 편집 안강휘 오동규
디자인 엄자영 이주영 | 저작권 박지영 형소진 최은진 서연주 오서영
마케팅 정민호 한민아 이민경 안남영 김수현 왕지경 황승현 김혜원 김하연
브랜딩 함유지 함근아 박민재 김희숙 고보미 정승민 배진성
제작 강신은 김동욱 이순호 | 제작처 영신사

펴낸곳 (주)문학동네 | 펴낸이 김소영
출판등록 1993년 10월 22일 제406-2003-000045호
주소 10881 경기도 파주시 회동길 210
전자우편 editor@munhak.com | 대표전화 031) 955-8888 | 팩스 031) 955-8855
문의전화 031) 955-2696(마케팅), 031) 955-2634(편집)
문학동네카페 http://cafe.naver.com/mhdn
인스타그램 @munhakdongne | 트위터 @munhakdongne
북클럽문학동네 http://bookclubmunhak.com

ISBN 978-89-546-9918-1 04840
      978-89-546-0901-2 (세트)

www.munhak.com

● 문학동네 세계문학전집은 계속 출간됩니다